JN046086
嫌われ妻は、英雄将軍と離婚したい！3
永遠を誓う夫の溺愛からは逃げられません。

嫌われ妻は、英雄将軍と離婚したい！3

永遠を誓う夫の溺愛からは逃げられません。

枠 一葉

illustration 三浦ひらく

ICHIJINSHA IRIS NEO

CONTENTS

この作品はフィクションです。
実際の人物・団体・事件などには関係ありません。

嫌われ妻は、英雄将軍と離婚したい！3

永遠を誓う夫の溺愛からは逃げられません。

【プロローグ】 英雄将軍は妻を大事にしたい

威圧感ある巨大な門扉には、高く剣を掲げる騎士の姿をモチーフにした紋章が輝く。

十年以上続いた戦が終わりを迎え平穏を取り戻したかのように見える今も、ノーグ王国騎士団の訓練場には優秀な騎士が集っていた。

黒い隊服に帯剣した騎士たちは、育成期間が明けた青年騎士三十名。彼らの表情は、いずれも緊張感に包まれている。

ピリリと肌を刺すような鋭い空気は、壇上に救国の英雄が現れたことでさらに険しさを増した。

漆黒の髪に蒼《あお》い瞳。二十五歳という若さで将軍として軍を率いるアレンディオ・ヒースランは、その身に注がれる視線や期待を感じつつも、名声に恥じない堂々とした態度で語りかけた。

「今日から騎士となる諸君に、まずは労《ねぎら》いを。百日間におよぶ厳しい訓練をよくぞ耐え抜いた」

力強いその声を一つも聞き漏らすまいと、新兵たちは背筋を正し集中する。

アレンディオは、目を輝かせる彼らの顔を見回して続けた。

「諸君がこれから進む道は、決して容易《たやす》いものではない。だがこの訓練を乗り越えたこと、困難を耐え抜いて騎士になろうとした志は、決して折れることのない内なる剣となるだろう。どうか我らと共に、王国の平和を守るべく力を貸して欲しい」

終戦を迎えても、騎士はいついかなるときも国民を守るために鍛錬を続けておかなければならない。

人々が笑って健やかに暮らすには、まだまだ騎士の力が必要だとアレンディオは感じていた。

（この者たちが一人前の騎士になる頃には、どんな時代になっているのだろうか）

没落寸前の伯爵家を再興したい、妻のソアリスが誇れるような強い男になりたい。

その一心で将軍にまで上りつめたアレンディオは、気迫の篭《こも》った声で新兵に命じた。

「敵を倒し、仲間を守り、そして生き残ることに執着しろ。何があっても死に急ぐな。国を導く王家のため、待っている家族や友人、恋人のために剣を取れ！」

短い激励の言葉を終えると、アレンディオは壇上から去っていく。

救国の英雄の言葉に奮起した騎士たちは、「特務隊に入ってみせる！」と決意を露《あら》わにしていた。

この中から将軍直属の特務隊に入れる者は一人か二人か、各々に理想を描く若者たちはこれから始まる選抜訓練について補佐官から説明を受け、各部門へと振り分けられる。

颯爽《さっそう》と訓練場を後にしたアレンディオは、執務棟へと戻った。

その傍らには補佐官のルードが付き従い、すれ違う騎士は皆二人に道を譲る。

執務棟のエントランスには、騎士に勝利をもたらす平和の女神《エイレーネー》のブロンズ像が光っていた。

執務室の扉を開ければ、書類や手紙、本が塔のように積み上げられた机が真っ先に目に入ってくる。

アレンディオは慣れた様子で、表情一つ動かさずに席に着いた。

この十日、全身全霊を賭して書類仕事に向き合っているので、塔の数は減ってきている。

「お疲れさまでした。少し休憩なさいますか？」

ルードが柔和な笑みでそう提案すると、アレンディオは「少しだけな」とそっけなく答えた。声を発するのとほぼ同時に、彼は右手で隊服のポケットを探り、手のひらに収まるサイズの革の手帳を取り出した。表の隅には、小さな文字で『平和の女神《エイレーネー》』と刻印が入れられている。

それを開くと、内側から妻の姿絵が出てきた。

アレンディオは手帳をしっかりと握り、呻《うめ》くように言った。

「ソアリス……！」

多忙を極め、妻の寝顔しか見ていない。理由はこの机の上にある書類たちで、仕事が溜《た》まっているからである。

（ソアリスに会いたい。かわいらしい声を聞きたい。笑った顔を見たい）

そろそろ限界が近づいたアレンディオは、ルードに向かって叫ぶように言った。

「妻に会いたくて俺はもう死にそうなんだが、どうすればいい!?」

「たった今、新兵に死に急ぐなって言っていましたよね!?」

「それとこれとは話が別だ！　覚悟のないやつは死ぬだけだ！　俺は妻のために死なないだけだ！」

新兵の前であれほど威厳ある将軍を演じておきながら、いざ妻のことを考えるとこの有様だ。

「すみません。敷地内だけでも、立派な将軍を演じてくれませんか!?」

「今日の分はもう演《や》った。おまえの前で演じる必要はないだろう」

「はいはい。明日には帰れますから。もう少しがんばってください」

ルードは、「姿絵をいつ誰に描かせたのか？」ということが気になったものの、ユンリエッタが家の伝手《つて》で絵師を紹介したのだろうと予想がついたらしく、それについては何も聞かなかった。

ただ、「金庫番にいらっしゃるエイレーネーはこのことを知りませんよね？」と呆《あき》れていた。

新兵や文官の前では立派な将軍で居続けるアレンディオだったが、現在ルードと二人きりの執務室ではただ妻に会いたがる男に過ぎない。

苛立ちがピークに達し、普段から鋭い雰囲気がさらに殺気交じりになるのを感じた。

「このまま会議に出たら、文官が気絶しますよ」

見かねたルードは、そろそろ休みを与えなければ憤死するのではと本気で案じ始める。

アレンディオは、しばらくの沈黙の後で真剣な表情で提案した。

「もういっそ、ルードを騎士団長に据えて辞職するのはどうだろう？　領地へ戻って爵位を継げば、さすがに誰も追ってこないと思う」

「私を犠牲にするのはやめてくれません？」

「何事にも、犠牲は付き物だ」

「それは犠牲者の前で言うことじゃありません」

補佐官のため息は深い。

ここはもうエサで釣るしかない、と切り替えたルードはある提案をした。

「ニーナ嬢のデビュタントも近いですし、その後は領地でのお披露目もありますよね？　奥様と共にゆっくりと過ごせるよう、向こうでの予定を調整します。二人きりで思う存分いちゃついて過ごせばよろしいのでは？」

「ソアリスと、二人きりでゆっくり……」

希望の光が見えたアレンディオは、急いで仕事に取りかかる。

用意してあったティーセットでお茶を淹《い》れたルードは、それをアレンディオのそばに置くと少しでも早く邸《やしき》へ帰れるように各部門への根回しやスケジュールの調整を始める。

ペラペラと計画表をめくっていた彼は、領地までの移動手段とその行程に目を留めた。

「どうした？」

何か問題でもあるのか、とアレンディオは尋ねる。

ルードは、少し考えながら話し始めた。

「ヒースラン伯爵家の本邸があるルクリアの街まで、三日で移動する行程が組まれています。奥様のお身体《からだ》にご負担がかからないか気になりました。先日お会いしたときはお元気そうでしたが、もしもご懐妊ということになれば体調が不安定になりますので……」

ルードの懸念に、アレンディオはペンを握ったままふっと笑う。

まだ一度もそういう関係になっていないのに、妊娠するはずがなかった。

「俺は今度こそソアリスを大切にすると決めた。だからまだ寝室は別にしている」

「は？」

ルードは呆れた様子でアレンディオを見る。

「もしかして、『婚約者として暮らそう』というあれは継続中ですか？」

「あぁ、何度も理性が焼き切れそうになっているが、ソアリスの気持ちを優先したいからな」

積年の恋心を吐き出すかのように深いため息をついたアレンディオは、憂いを帯びた表情で遠くを見る。

一方で、ルードは目元を引き攣《つ》らせていた。「理解できない」そんな声が聞こえてきそうだった。

「今さら我慢する必要などないでしょうに……。どうしてそう律儀に？」

「ソアリスは、将軍の妻の座を望んでいなかった。十年間、俺のことを好きでも何でもなかったんだ。

俺がいくらソアリスを愛しているからといって、関係を無理やり求めたらそれこそ永遠に信頼してはもらえない」

世界で一番大切な妻に、アレンディオという一人の男を知って欲しい。知った上で、愛して欲しいと切に願っていた。

「将軍になればソアリスにふさわしい男になれるのだと、俺はそう思っていた。だがいざ戻ってみれば、ソアリスが俺を受け入れてくれたとしてそれは本心なのかと……。英雄と謳《うた》われる将軍に求められ、否と言える者はいないのではと根本的なことに気づいたんだ。俺がソアリスを抱きたいと迫ったとして、それを受け入れる彼女の気持ちが本心でなかったとしたら」

十年前、ソアリスと政略結婚したときアレンディオは貧乏な伯爵令息だった。あるのは家柄のみで、リンドル子爵家の財力によって生かされた。

けれど今は違う。自分が願ったこととはいえ、アレンディオは救国の英雄と持て囃《はや》される立場になり、反対にリンドル子爵家は没落し、伯爵家から援助を受けている。

こちらの立場が強くなってしまったからこそ、「ソアリスに無理強いはしたくない」と思う。

（ソアリスは俺を想《おも》ってくれている……。その自信は少しはあるが、抱かれてもいいと思うほどかどうかはわからない）

彼女が許しをくれるまで、決して自分本位に押し倒さないようにしなければとアレンディオは思っていた。

「何というか、よく耐えていますね」

ずっとそばでアレンディオを見てきたルードには、この状況は信じがたいことだった。

帰還早々、王女宮へ突撃して妻を攫《さら》った男が自制しているのが奇跡だと苦笑いで言う。

「愛するソアリスのためだ。妻のためなら何だってできる」

ペンを握り締め、ぐっと眉間に皺《しわ》を寄せるアレンディオ。

ルードはため息交じりに言った。

「意志が強いのはいいことなのか、悪いことなのか……」

「そういうわけで、今のところ妊娠による体調不良の心配はない。その行程でも大丈夫だ」

「わかりました」

ルードは残念なものを見る目でアレンディオを見ていたが、これ以上考えるのはやめたようで、またすぐに書類に視線を落として仕事を再開した。

【第一章】愛され妻の悩みは尽きない

アレンが王都に戻ってきて早半年。

十年間も離れ離れだった私たちは、王都の貴族街にある邸《やしき》で一緒に暮らしている。

二階の私室の窓から見えるのは、アレンが私のために造ってくれた壮大な薔薇《ばら》園。そのすべてが夕日に染まり、眺めていると穏やかな気持ちになる。

「ソアリス、何て美しいんだ。永遠に見ていたい」

「アレン、褒めすぎです……！」

舞踏会用に仕立てた薄紫色のドレスに着替えた私を見て、アレンは熱い視線を送りながらそう漏らす。部屋に入ってくるなり蕩《とろ》けるような笑みを浮かべ、感極まった様子で大げさに褒めた。

今夜のドレスは、アルノーのお姉さんのドレスサロンで仕立てたものだ。「宣伝して！」とはっきり言われ、代金は受け取ってもらえなかった。

「ソアリスの気品と愛らしさの両方を引き出した、いいドレスを作ってもらえてよかった」

いえ、ドレスが素晴らしいんです、ドレスが。

もちろん、彼に褒められるのはうれしい。好きな人に美しいと言ってもらえるのは幸せだ。

ただ、王国一の美貌と噂《うわさ》の英雄将軍が、自他共に認める平凡顔の妻を本気で美しいと思っている違和感はなくならない。

今でこそ躊躇《ためら》いなく私を褒めてくれるアレンだが、十年前は無口で不愛想な青年で、昔のことを思い出すたびに「別人では？」と思うくらいの変わりようだ。

会話は弾まず、互いの好きな物や趣味も知らない。

私が何を話しかけても「あぁ」というそっけない返事しかもらえなかった。

そんな状態だったのに、アレンは結婚してたった三カ月で戦地へ行ってしまった。

当時の彼は「武功を立て、ソアリスにふさわしい男になる」と決意していたそうだが、会話もほとんどないのに私がそれに気づくわけもなく……。

私は「夫に嫌われている」と勘違いしたまま、アレンの出立を見送った。

救国の英雄となって凱旋したアレンに再会したときは「離婚しよう」と決意していたのに、すべては勘違いだったのだとわかり、私たちはもう一度やり直すことにした。

あれから半年、色々なことがあったけれど、今なお彼は愛《いと》おしいという感情がたっぷり篭《こも》った目で私を見つめている。

「ソアリスの夫が俺だとすぐにわかるよう、揃《そろ》いの色のタイと用意させた。でも油断は禁物だ、舞踏会では絶対にそばを離れないようにしてくれ」

今日はこれから、ニーナのデビュタントのために舞踏会へ向かう。

アレンはダークグレーの盛装に、私のドレスと同じ薄紫色のタイを結んでいた。

にこりと笑う姿は、いつもの将軍としての鋭い空気とまったく違う。どちらも素敵だけれど、私は自分と一緒にいるときの柔らかな笑みを浮かべるアレンが好きだ。

「私はいつもアレンの隣にいますよ？」

「そうだな。俺がソアリスを離さないから……」

「自覚はあったんですね？」

アレンが王都に戻ってきてから、何度か舞踏会や夜会に招待されることがあった。

そのたびに、アレンは私の腰にしっかりと腕を回し「俺の妻に近寄るな」というオーラをずっと放っていた。

少し離れるときでさえ必ず護衛をつけてくれるので、私は誰かに嫌みを言われたり女同士のいさかいに巻き込まれたり、いわゆる社交界の洗礼は一度も受けたことがなかった。

「今日は私のことよりニーナが心配です。あの子はほとんど社交をしたことがないんです」

舞踏会には、リンドル家の両親、そして姉夫婦である私たちも参加する。

ニーナは、貴族令嬢らしい暮らしはしておらず、ちゃんとデビュタントを乗り切れるかどうか姉として心配だった。

「ニーナは逞《たくま》しいから大丈夫じゃないか？　剣も社交も、結局は精神力が強い者が生き残る」

アレンは私を落ち着かせようと、大丈夫だと力強く言ってくれた。

確かに私の妹は相当に逞しいけれど、それでも「何か失敗したら？　それをきっかけに虐《いじ》められたら？」と次々と心配事が頭をよぎる。

「王都になかなか来られないニーナの代わりに、ソアリスが懸命に準備したんだ。マナーもユンリエッタたちがしっかり指導したし、今夜はどうにか乗り切れるだろう」

「そう願います」

アレンは私を抱き寄せ、頭にそっと口づける。

私も彼の背中に腕を回し、「きっと大丈夫」と心の中で自分に言い聞かせた。包み込まれるような温かさが心地よく、目を閉じる。

「ニーナやエリオットは、私と違って裕福だった頃をほとんど知りません。今ようやく暮らしが安定してきて、家族総出で働かなくてよくなったので、これからは普通のご令嬢みたいに趣味を持ったり、パーティーで友人に出会ったり、少しでも楽しい思い出を作って欲しいです」

学校に通いながら朝も夜も働いて、そんな生活を今まで続けてきたのだ。アカデミーの学費がとにかく高いから、二人は菓子も本も満足に買えなかっただろうな。

ニーナは明るいから、自分が不幸だなんてまったく思っていないだろうけれど、姉としては一般的な貴族子女のような暮らしをさせてあげたかった。

「それを言うなら、ソアリスもだろう？　十六歳で王都へ出稼ぎに来て、ずっと苦労してきたんだ」

見上げれば、アレンが少し申し訳なさそうな顔をしている。

リンドル子爵家が没落したのはアレンのせいじゃないのに、彼は私のそばにいられなかったことを悔やんでいるみたいだった。

私は、今となればこれでよかったのだと思っている。

「私には、アレンがいますから……。その、金庫番の仕事もありますし、今が幸せなのでこれでよかったのです」

口にすると恥ずかしい。頬が熱くなり、私は目を逸《そ》らした。その視線の先には、偶然にもチェストの上でちょこんと座るキノコもどきのぬいぐるみがあった。

戦地にいたアレンからの贈り物であるこの子は、魔除《まよ》けのぬいぐるみである。黒曜石の瞳がきらりと光り不気味な雰囲気を放っているが、縁起物らしい。

じっと見られている気がして、私は反射的に目を伏せる。

「ソアリス」

抱き締めてくる腕の強さが増す。

「舞踏会は欠席して、二人でずっと一緒にいないか？」

「それはさすがに無理です」

困った顔をする私を見て、アレンは苦笑いになる。「冗談だ」と言って話を終わらせ、もう一度軽くキスをしてから腕を離した。

「そろそろニーナの支度もできたかな？　一階へ下りてみよう」

「はい、楽しみです」

差し出された手をそっと取り、私はアレンと共に部屋を出る。

着飾った妹は、どんなにかわいくなっただろう？

私は心を躍らせ、階段を下りていった。


一階にあるサロンにやってくると、そこには両親と妹がいた。皆の着飾った姿を見るのは、かなり久しぶりである。

ニーナはこの日のために仕立てた真白いドレスを着ている。ふわふわのチュールスカートは幾重にも重なって足元まで覆い、両肩についた紫色の宝石は国王陛下からいただいた希少なものだ。

キャラメルブラウンの髪はハーフアップにして、翡翠《ひすい》の輝く銀製のバレッタで留めていた。

大きなリュックを背負って王都までやってくるような妹が、こうして着飾ればすっかり深窓の令嬢に見えた……のは一瞬だった。

「あ、お姉様！　出発前にパンなら食べてもいい⁉　ドレスに零《こぼ》さないように気をつけるから！」

私を見て、まず尋ねるのがそれなの⁉

妹はまったく緊張もせず、舞踏会までにどうやってお腹《なか》を満たすかに必死だった。

「騎士隊で配給されている一口サイズの乾パンなら零れにくいが、それを食べるか？」

「えっ！　そんなのがあるんですか？　わぁい、食べてみたいです！」

アレンの配慮が少しずれていた。

そもそも、手でちぎって食べればいいのでは？

「せっかく着飾ったのに、食べることばかり考えて……」

お母様が嘆く。

お父様はそれを「まぁまぁ」と言って宥《なだ》めていた。

「ソアリス、とてもきれいよ」

「ありがとう、お母様」

「アレンディオ様も、ニーナの支度を何から何までありがとうございました。おかげさまで、このように立派な姿でデビュタントを迎えられます」

両親は、涙ながらにアレンにお礼を伝える。

「私は何も。ソアリスが姉としてニーナのことを想《おも》って準備しました」

アレンは私を見て、そう言って笑う。

「こんな日が来るなんて……」

ニーナの姿を見ながら、母は感極まって涙を浮かべていた。

私も、こんなに感動している母の姿を見られてうれしかった。

「ううっ、ごめんねソアリス」

「何がです？」

「私たちがふがいないから、ソアリスにはこんな風にお祝いしてあげられなかったわ」

貴族令嬢は、ほとんどが十六歳か十七歳には社交界デビューをする。

私の場合、リンドル子爵家が一番貧乏な時期にデビュタントの年頃になり、しかも結婚していたからあえてする必要がなかった。

ニーナの準備をしているとき少しだけ切ない気持ちにはなったけれど、何もかも今さらなので考えても仕方ないと諦めている。

私は笑顔で両親に伝えた。

「私は十分に幸せよ？　だから、謝らないで。それに今夜はニーナの記念すべきデビューなんだから、明るい顔でお祝いしましょう？」

久しぶりに家族が揃った日でもあるし、笑顔でニーナのこれからを祝福したい。

隣にいるアレンを見上げれば、優しい目でこちらを見守ってくれていた。

「ソアリスはこれから、領地での披露目と結婚式があります。ぜひそこで存分に祝っていただければ」

「はい、アレンディオ様。娘をどうかよろしくお願いいたします」

お父様は穏やかな顔でそう言い、深々と頭を下げた。

ひと月後には、ヒースラン伯爵領にある本邸で私たちのお披露目のパーティーが開かれる。

最初は凱旋報告や帰還の祝賀パーティーと聞いていたが、いざ計画が始まれば「将軍夫妻のお披露目」になっていた。

アレンは凱旋パレードのみならず、領地でも私の存在を大々的にアピールしようとしていた。

「領地がどうなっているか……」

アレンは出征して以来、十年も領地に戻っていない。

ヒースランのお義父様《とうさま》の尽力で、今は昔と違って随分と栄えているから驚くだろう。

「きっとびっくりしますよ？」

「あぁ、楽しみにしている」

私たちは微笑《ほほえ》み合う。

するとそこへ、いつもよりきれいな服を着た弟がやってくる。

「うわぁ！　ニーナ姉《ねえ》、化けたね～。あれ？　姉上も顔がいつもと違う」

衣服が変わっても、エリオットは変わっていなかった。

私は呆《あき》れてため息をつきながら言う。

「お化粧をすれば変わるものなの。きれいだねってお世辞の一つくらい覚えてね？」

エリオットは、今夜はここで待っているだけだ。社交界デビューは再来年かな？

本人はあまり興味がないようだが、ニーナにもエリオットにも「英雄将軍の親戚」なので招待状は山のように送られてきている。

相変わらず「将来は借金取りになる！」とキラキラした目で言っているし、私の心配は長く続きそうだ。

「皆様、そろそろお時間でございます」

ヘルトさんが笑顔で声をかけてくる。

その隣には、黒い盛装姿のルードさんとドレス姿のユンさんがいた。二人は私たちと共に舞踏会に出席する予定で、でもその目的は私の護衛である。

ジャックスさんは、貴族令息ではあるものの堅苦しい場が苦手だから、馬車の護衛を務めると言っていた。

扇を手に、優雅な所作で歩いてきたユンさんは、藍色のドレスがよく似合う。その雰囲気は、気高い女王様みたいだった。

「ソアリス様、参りましょう」

スッと差し出された手を、思わず取りそうになった。すかさずアレンの手が伸びてきて、私をぐいっと引き寄せた。

「ソアリスは俺の妻だ！」

「まだ邸の中ですし、いいじゃありませんか？　それに油断しているアレン様がいけないのです」

ユンさんはにこりと笑い、アレンをからかう。

私もくすりと笑ってしまった。

「アレン様、奥様。このたびは誠におめでとうございます。ニーナ嬢のことは、特務隊がしっかりお守りしますのでどうかお任せください」

ルードさんの言葉に驚いたのは、私たちの後ろにいたニーナだった。自分には護衛なんてつかない、と思っていたらしい。

「ええっ！　私みたいな田舎娘に特務隊が……!?　冗談ですよね？」

ニーナを見ていると、アレンと暮らし始めたばかりの自分を思い出した。

戸惑うのはわかるけれど、今日の舞踏会でニーナは王妃様から声をかけられる。

私が国王陛下に「アレンと別れろ」と脅されたと勘違いしてしまったとき、そのお詫《わ》びとして妹に王妃様からお言葉を頂戴するということが決まっていたのだ。

とても栄誉なことだけれど、それを機にニーナに近づいてくる者が増えるかもしれない。アレンはそれを警戒し、特務隊をつけることにした。

「さぁ、ニーナ嬢。馬車に乗って会場へ向かいましょう」

にこにこ顔のルードさんに急《せ》かされたら、嫌とは言えない。ニーナはドレスの裾を踏まないよう気をつけながら、ぎこちない動きで馬車に乗り込んだ。

今夜の会場は、トリスカーナ公爵邸。

四季折々の自然を楽しめる広大な庭園の中心に、まるで宮殿かと思う豪華絢爛《けんらん》な白亜の建物がある。

中に入ると、アイボリーの壁に透明度の高いガラス製の大きな窓、壁に描かれた模様はいずれも金《きん》箔《ぱく》が贅沢《ぜいたく》に使われている。

「わぁ……！　こんなにきれいなところ、初めて来たわ」

ニーナは呆気《あっけ》に取られ、入り口近くでしばらくの間立ち尽くしていた。

「さすがは宰相様の邸宅ね」

舞踏会が初めてではない私も、この煌《きら》びやかさには驚いた。

大広間にはたくさんの人たちが集まっていて、色とりどりの衣装を纏《まと》った貴族たちの姿はいつものパーティーよりも格段に華やかだ。

「宰相のイヴァン・トリスカーナ公爵様は、芸術方面にもお詳しいのです。有名な建築家に様々なデザイン案を出させ、その中から最も気に入ったものを選び、こちらの邸宅を建てたそうですよ」

ルードさんは、解説しながら私たちを大広間の奥へ案内する。その先には、金縁の大きな椅子に座る王族の方々のお姿があった。

アレンからは「王妃様がニーナに声をかけてくれる」とだけ聞いていたから、国王陛下とジェイデン王太子殿下までいらっしゃって驚いた。

将軍であるアレンやルードさん、ユンさんは何度も王族の方々に拝謁しているけれど、王女宮の金庫番に王族と接する機会はほとんどない。

先日、国王陛下にご挨拶したのもあれが初めてだった。

将軍とその妻がやってきたことで、周囲の人々は一斉に視線をこちらへ向ける。

深紅の生地に黒い縁取りの威厳溢《あふ》れるドレスを纏った王妃様は、近づいてくる私たちを温かい目で見守ってくれているようだった。

国王陛下のお顔は相変わらず恐ろしいが、怒っているわけではないと知っているので、以前よりも幾らか気分が楽だ。

「練習通りにね？　ニーナ」

「わ、わかった……！」

妹は、あまりの緊張で顔が強張《こわば》っている。

純白のドレスのチュールをぎゅうっと握り、深呼吸する様は小動物みたい。これから王妃様から直々にお声がけいただくというヤラセに挑むのだ、緊張するのは無理もなかった。

私たちは王族の方々の正面にやってくると、形式的な挨拶を行う。

アレンはまったく緊張しておらず、いつもの様子で話し始めた。

「国王陛下に拝謁いたします。アレンディオ・ヒースランでございます。両陛下ならびにジェイデン王太子殿下におきましては、ごきげん麗しく何よりです」

私とニーナは、揃って膝を折る。

陛下はすぐに「顔を上げよ」と告げ、もっと近くに来るようにとおっしゃった。三人で少し先へ進むと、互いの顔がはっきりと見えるところにまでやってくる。

王妃様はスッと立ち上がり、私の正面に来て笑みを浮かべた。

「そなたがアレンの妻ですか。何と愛らしい人でしょう。アレンが会わせてくれない理由がわかりました」

王妃様は楽しげに笑っている。

アレン、王妃様にまで私への過保護さが伝わっているの……？

恥ずかしくて黙り込んでしまった。

王妃様は視線をニーナに向け、慈しむような声で告げる。

「ニーナ・リンドル嬢。今宵は、よく顔を見せてくれました。私のことは王都の母と思い、何でも相談してちょうだい」

「ももも、もったいなきお言葉にございます……！」

ニーナは声を震わせながら、どうにか答えた。

これほど注目されている中で、たった一言でもきちんと返事ができたのは上出来だ。

「本日は非公式の場です。それほどかしこまらずとも、ゆるりと過ごしなさい」

「ありがとうございます」

ここでゆるりとできる精神力があれば、私たちは本当にどこでも生きていけるでしょう。

残念ながら、そんな心の余裕はなかった。

しかしここで、王妃様がさらなる贈り物を繰り出した。

「ジェイデン、今夜はまだ踊っていませんね？」

王妃様が振り返って声をかけたのは、王太子殿下だった。

このタイミングでダンスの話を持ち出すということは、それはつまり……。

王妃様と同じ黒髪に、陛下の碧眼《へきがん》を受け継いだ麗しい王子様がニーナのもとへ歩いてくる。

「嘘《うそ》……」

ニーナは、今にも倒れそうな顔をしていた。

目の前に正真正銘の王子様がいて、だんだん近づいてくるのだ。その緊張感は計り知れない。

「ジェイデン、今日はニーナ嬢の記念すべき日です。二人でダンスを」

「はい。光栄です。ニーナ嬢、ぜひお相手を」

「………………」

妹の意識はない。ぴしりと固まってしまっていて、目は開いているけれど焦点が合っていない。

「ニーナ、ニーナ」

「はっ⁉」

私が小声で呼びかけると、ニーナは意識を取り戻した。

ニーナは小刻みに震えながら王子様の手を取り、おぼつかない足取りでダンスの輪へと入っていく。

途中、振り返ったときの目が「助けて」と訴えかけていたけれど、王太子殿下と踊れるなんて一生に一度のことだろう。

私にはどうしようもないので、笑顔で妹を見送った。

「ダンスは得意なはずだが、相当に緊張しているな」

アレンもさすがに心配していた。

ニーナは私と違ってリズム感もいいし、運動神経がいいのかダンスがうまい。本人も楽しんでレッスンを受けていたが、踊る相手が王太子殿下となればいつものようにはいかないようだ。

王妃様は、ニーナの引き攣《つ》った顔がかわいそうになってきたのか、私に向かって尋ねる。

「もしやニーナ嬢は男性が苦手でしたか？　年頃の令嬢であればジェイデンと踊りたがると思っていましたが、いらぬ世話だったようですね」

私たちの視線は、大広間の中央で踊る二人に向かっている。王太子殿下にリードされるニーナは、顔を真っ赤にして涙目になりながら必死でステップを踏んでいた。

王太子殿下はときおり何かニーナに話しかけているが、ニーナは頷《うなず》くだけで精いっぱいに見える。

デビュタントではよく見かける光景、といえばそうである。

「申し訳ございません。あまりの栄誉に気が動転しているようです」

王妃様はニーナの様子に、幼子を見るような目で微笑んだ。

「デビュタントを迎え、緊張した娘たちは本当にかわいらしいものですね。わたくしにはあのような時代はありませんでしたが、皆の初々しい様子を見ると心が和みます」

「そうおっしゃっていただけるとありがたいです」

「それに、あなたたち姉妹を見ていると故郷の姉を思い出しました。いつまでも仲のいい姉妹でいなさい」

王妃様はとても心の広い方だった。

私は自然と笑みが零れる。

「ありがとうございます。では、これにて御前を失礼いたします」

話が終わると、王妃様はドレスの裾を優雅に翻し、颯爽《さっそう》と歩いていった。凛《りん》とした後ろ姿がとても素敵で、皆が憧れる理想の王妃様そのものだった。

アレンは国王陛下と話をするでもなく、「それではまた」と言ってその場から下がる。

会場を見回せば、ニーナのように今日が初めての舞踏会だという十代の男女がたくさんいた。アレンによると「将軍の妹に友人を……」と宰相様が気を利かせてくれたらしい。

「皆さんがニーナのために心を砕いてくださって、本当にうれしいです」

私がそう言うと、アレンは優しい眼差《まなざ》しで軽く頷いた。

「ソアリスがこれほど幸せそうに笑ってくれるとは、想像以上だ」

「そんなに顔に出ていますか？　でも本当にうれしくて……。大事な妹を皆さんが大事にしてくれて、本当にうれしいんです」

流れていた曲が次第に緩やかになり、ニーナは王太子殿下とのダンスを終える。こちらに戻ってくるかなと思いきや、ほかの貴族令息にダンスを申し込まれ、ニーナはその手を取った。

「大丈夫そうですね」

「あぁ」

ホッとする私に、アレンが白い手袋をつけた手をスッと差し出す。

「一曲いかがですか？」

一度も踊らずに帰るのはマナー違反になる。ダンスが苦手な私たちでも、参加しているからには避けられない。

「よろしくお願いします」

私はアレンの手を取り、笑顔で答えた。

今宵はゆったりとした曲が多く、胸の内で「助かった」と思う。ダンスを踊っているときのアレンは、やや緊張気味で私の足を踏まないように細心の注意を払っているように見える。私も余裕があるわけじゃないけれど、アレンのことがかわいらしく感じられた。

「ソアリス」

「はい」

「俺たちの披露目のパーティーでは、もっと上手に踊れるように練習しておく。君にふさわしい夫になれるように」

ふいにそんなことを言うものだから、私は目を丸くする。

「今のままで十分です」

アレンがダンスを克服してしまったら、今よりもさらにお誘いが増える気がした。今だって周囲のご令嬢方は「奥様の次は、私がアレンディオ様と……！」という熱烈な視線を送ってきているのだ。

アレンが誘いを受けることはないとわかっていても、独り占めしていたいからこのままでいいと思ってしまった。

予想通り、曲が終わるとアレンはすぐさま私を連れて人々の輪の中から抜け出す。近くで踊っていたルードさんとユンさんも、それを見計らって移動するのが横目に見えた。

二人のダンスはとても優雅で、何度踊っても緊張感に包まれる私たちとは違う。アレンと同様、私も「もっと上手に踊れるように練習しよう」と密《ひそ》かに思うのだった。


窓の外に目をやれば、赤や黄色のレンガ造りの家々が建ち並んでいるのが見える。

よく晴れた日には海も見え、絵画として残しておきたいほど美しい風景が広がっている。

窓辺には淡いピンク色の薔薇が飾られていて、主《あるじ》にふさわしい可憐《かれん》な雰囲気が感じられた。

「ソアリスさんは初めてですよね、模様替えをしてからこの部屋に来てくださるのは」

「はい」

金庫番の仕事を皆より少し早く切り上げた私は、ローズ様の私室を訪れていた。

ローズ様は先王様の隠し子で、国王陛下の異母妹にあたる。飴《あめ》色に近い金の髪はふわふわのウェーブで、空色の瞳はいつもキラキラと輝いていて愛らしい。

花屋の娘として市井《しせい》で祖父母と暮らしていたローズ様は、ある日王妹殿下だと発覚してお城へと連れてこられた。

アレンは、「妹を守ってやって欲しい」という国王陛下の依頼でローズ様の護衛につき、私も偶然ローズ様に出会ったことで、金庫番の仕事を続けながら教育係の一端を担うことに……。

今日、私がローズ様のお部屋を訪れたのは、しばらくお休みしますというご挨拶のためだ。

私とアレンは明日からヒースラン伯爵領に帰郷し、あちらでお披露目パーティーをする予定になっている。

すぐに失礼するつもりが、ローズ様が「お茶会のマナーレッスンをぜひ一緒に」とおっしゃって、一緒にテーブルを囲むことになった。

護衛としてついてきてくれたユンさんもローズ様に誘われたが、仕事中だということで辞退して壁際で控えている。

ローズ様は部屋を見回した後、明るい笑みを浮かべた。

「陛下が私の希望を叶《かな》えてくれたのです。私室は何でも好きにしていいって」

アイボリーの壁紙に調度品は柔らかなピンクや白で統一され、かわいらしい雰囲気になっている。

侍女たちは「もう少し淑女らしい大人びた部屋にしては」と提案していたそうだが、ローズ様が気に入った物を集めたらこうなったらしい。

純真無垢なローズ様らしい、愛らしいお部屋だと思った。

「どうぞ、お召し上がりください」

「ありがとうございます」

ローズ様のお世話をしている執事のゴドウィンさんが、温かいハーブティーを淹《い》れてくれた。

白髪がダンディな優しいおじさまといった印象の彼に、ローズ様はとても懐いているように見える。

「いつもありがとう。ゴドウィンさんも一緒にどうですか？」

ローズ様が冗談めかして誘う。

彼はにこりと笑い、一歩下がって返事をした。

「このような老体がお嬢様方の中に入るなど、めっそうもないことにございます」

今、この白い丸テーブルにはローズ様と私、そして筆頭侍女のマルグリッド様がいる。

ゴドウィンさんがここに加われば、孫とおじいちゃんのお茶会みたいになりそうだ。

「では、今度私がマナーレッスンで合格をもらえたら、一緒にお茶を飲んでくれますか？」

甘えるようにお願いするローズ様に、ゴドウィンさんは優しく微笑みながら頷く。その目は、本当の孫娘に向けられるような慈愛に満ちていた。

ローズ様は、育ててくれた祖父の姿をこの人に重ねているのかもしれない。

ゴドウィンさんの笑顔や声には癒《いや》し効果があるのか、とてもほのぼのとした気分になるから、つい甘えてしまうローズ様のお気持ちはよくわかる。

あまり依存しすぎるのは心配だけれど、侍女たちに虐められ、城にもなかなか馴染《なじ》めない中で心の支えがあるのはいいことだと思った。

ゴドウィンさんが下がった後、私たち三人でのティータイムが始まる。

「ソアリスさんは、先日妹さんのデビュタントで舞踏会に参加なさったと聞きました。王妃様が『とても素敵な姉妹だった』とおっしゃっていました」

「王妃様が？　それはうれしいです」

ローズ様が最初に話題にしたのは、ニーナのデビュタントだった。

タイミングとしては少し遅くなってしまったけれど、アレンやスタッド商会のおかげでデビュタント用のドレスはばっちり用意することができてホッとした。

「純白のドレス、素敵でしょうね〜！」

ローズ様がうっとりとした表情をする。

私はくすりと笑い、「はい」と答えた。

ローズ様は、まだデビュタントを経験していない。

来年には……という話が進んでいるそうだが、詳しいことは未定だそうだ。

「えーっと、私のデビュタントはどこでするんでしたっけ？」

ローズ様が斜め上を見て、考えながら呟《つぶや》く。

それを見たマルグリッド様が、落ち着いた声音で言った。

「ローズ様の場合は、城内にある迎賓館が会場になりますわ」

「あ、そうでした！　そんな話を聞きました」

きっと陛下は、大切な妹のために念入りに準備をするのだろう。

顔は恐ろしいけれど、ローズ様のことは本当に大切にしているとアレンが言っていた。突然に現れた妹に、陛下も最初はどう扱っていいか悩んだことだろう。

今思えば、異母兄弟・姉妹がたくさんいる陛下はなかなかに苦労をなさっていそうだった。

ローズ様の口から陛下の話題が出ることはほとんどないので、どれくらい打ち解けたのか気になった私はふと尋ねてみた。

「デビュタントでは、陛下がローズ様のエスコートをなさるのでしょうか？」

一般的には親か兄、もしくは親戚か婚約者といった繋《つな》がりの男性がエスコートする。

その前提で質問したのだが、ローズ様はぎょっと目を見開き、身を強張らせた。

「陛下ですか……？」

とても嫌そうだった。どうやら、兄妹《きょうだい》の仲はまだ深まっていないらしい。

マルグリッド様は「顔に出さないでください」と言いたげで、ちょっと目を細めている。

「デビュタントって、先生や侍女の方から話を聞いて『素敵だな』って思ったんです。陛下は私にとてもよくしてくれますが、あまり知らない人なので……」

ローズ様は、俯《うつむ》きながら理由をそう説明した。

お気持ちはわかるけれど、「あまり知らない人」と言われた陛下がちょっとかわいそうだった。

「私は、素敵な人にエスコートされてダンスを踊ってみたいです」

花屋の娘として育ったローズ様は、舞踏会やパーティーをまだ知らない。デビュタントに対して、キラキラと輝く夢のような世界だと憧れているらしい。

私も子どもの頃はそんな風に思っていたから、共感できる部分もある。

もちろん楽しいことばかりではないけれど、ローズ様の理想のデビュタントができるといいなと思った。

「ローズ様は、ダンスがお得意だと耳にしました。デビュタントが楽しみですね。……あぁ、そういえば初めてのパーティーは、お決まりになりましたか？」

「そろそろだって、先生方や陛下には言われましたけれど……、う〜ん」

困ったように笑うその反応を見る限り、まだ作法の習得が完全に終わっていないのだろう。いくら市井育ちとはいえ、『王妹殿下』として公の場に出るなら失敗は許されない。ローズ様もおそらくそれはわかっていて、だからこそ不安を感じているようだ。

ローズ様の歯切れの悪い言葉を受け、優雅にお茶を飲んでいたマルグリッド様が冷静に忠告した。

「あなた様は王族です。不安をお顔に出さず、堂々となさってください」

「はい……。そうですよね」

波打つ赤髪は、まるで庭園に咲き誇る薔薇のような深い赤。十八歳という年齢よりも大人びていて、意志の強そうな瞳はさすがヴォーレス公爵家のご令嬢といった気高さがある。

社交界の華、ノーグ王国の宝石、そんな風に称《たた》えられるマルグリッド様は私やローズ様と違い、社交界で生き抜く強さを持っている。

マルグリッド様は、本来であればローズ様の侍女になるような身分ではない。彼女は、昨年まで王太子であるジェイデン殿下の婚約者候補だったのだから……。幼い頃から「未来の王太子妃」として周囲からも扱われてきて、婚約目前だと言われていた。

ところが、終戦のあと王太子殿下は様々な事情から隣国の王女様をお選びになった。

社交界に疎い私でも、婚約発表を聞いて驚いたくらいだ。

二人の間に恋愛感情があったのかはわからない。でも、王太子殿下もマルグリッド様も特に互いを避ける様子はなく、今でも顔を合わせれば談笑できる仲だと知られている。

今、こうしてマルグリッド様がローズ様の筆頭侍女になっているのも、わだかまりがないからだろうと思っていた。

「一流の講師たちがローズ様につき、貴重なお時間をくださっているのです。しっかりなさいませ」

「はい、ごめんなさい」

「それもです。王女たるもの、侍女に簡単に謝らないでください」

「ごめ……。わかりました」

マルグリッド様の厳しい口調に、ローズ様は委縮していた。とはいえ、マルグリッド様は意地悪をしているわけではない。

ローズ様が王女として暮らすには、必要なアドバイスだと私にもわかった。

でも、ローズ様は潤んだ瞳で私に助けを求める。

「ソアリスさん。私、こんなことで大丈夫でしょうか?」

「それは……」

大丈夫と言ってあげたい。ただ、現実的に考えて大丈夫ではなさそうだ。

どうしよう、と返答に困った私は懸命にローズ様を励まそうと試みる。

「私と一緒にがんばりましょう。ローズ様はもうがんばっておられますが、私も微力ながら応援いたしますので」

「はい、ソアリスさんが応援してくれるならがんばれそうです……」

しょんぼりしたままのローズ様だったが、泣くのは堪《こら》えてくれた。

私はホッと胸を撫《な》でおろす。

「ヒースラン将軍にも、助けてくださいって頼んでおきます。パーティーに参加するときも、護衛として一緒にいてくだされば安心できるので」

「アレンに、ですか？」

こくりと頷くローズ様。

パーティーでは近衛がそばにつくと思うけれど、ローズ様は近衛騎士よりアレンを頼りにしていた。

夫が頼りにされるのは栄誉なはずなのに、私はそれがローズ様というだけでどきりとする。

「あ、昨日も将軍に助けられたんです！　庭園からここに戻る途中、特務隊の皆さんとすれ違ったときに靴が引っかかって転びそうになってしまって」

「大丈夫だったんですか⁉」

ローズ様はドレープの多いかわいらしいデザインが似合うため、比較的重いドレスを纏っている。

私が金庫番の制服で躓《つまず》くのとはわけが違い、少し転んだだけでもケガをしてもおかしくない。

驚いて目を瞠《みは》る私に、ローズ様は笑顔で話を続けた。

「偶然、特務隊の方々が前から歩いてきていたんです。先頭にいた将軍に受け止めてもらって、ケガをせずに済みました」

よかった、とうれしそうに話すローズ様を見て、おそらくその場にいたマルグリッド様は苦い顔で軽く額を手で押さえていた。「己の恥は嬉々《きき》として報告することはない」と思っていそうだった。

「きっと重かったでしょうに、将軍は『ケガがなくてよかった』とだけ言って顔色一つ変えず……。すごいですよね！　アレンディオ将軍は優しくて頼もしくて、あんなに素敵な人と結婚しているソアリスさんが羨ましいです」

「そ、そうですか……」

アレンを絶賛するローズ様に、私は心から笑みを浮かべることができなかった。

王女様と護衛という関係に過ぎないとわかっているのに、ローズ様からアレンの話を聞くと胸がざわざわして不安になってしまう。

天真爛漫《らんまん》な笑顔は、本当にお美しい。守ってあげたくなる人だと、女の私でも思う。

毎日そばにいたら、アレンもローズ様に特別な感情を持ってしまうのでは？　守りたくなるような女の子、可憐なお姫様。なんといっても絶世の美女……。

あぁ、またモヤッとしたものが。

小さな不安と嫉妬が、胸に巣食う。

「おケガがなくてよかったです。でもどうか、お気をつけくださいね？」

それしか言えず、無理やり笑顔を作ってごまかした。

「はい、気をつけます！　あ、そういえば私の誕生日のパーティーにはご夫婦で出席してくださるんですよね？　陛下が『近しい者だけで』と、小さなパーティーを開いてくれるそうです」

ローズ様のお誕生日は、まだ随分と先だ。

招待状は受け取っているが、返事はしていないとアレンから聞いていた。

「パーティーは……」

私の言葉を遮るように、マルグリッド様が忠告する。

「ローズ様、招待状を渡した後は直接お返事を尋ねてはいけません。お相手への配慮に欠ける行為であり、忙《せわ》しないことも美しくありませんから」

「え？　直接会っているのに、返事を聞いちゃダメなんですか？」

「人にはそれぞれ事情がございますから。口にしにくいことで欠席する場合、理由を尋ねられたら困るでしょう？　それくらい察せられるようになってください」

「はい……」

マルグリッド様に叱られて、ローズ様はまたもや肩を落とす。

私が一緒にいないときも、この二人はきっとこんなやりとりをしているのだろう。

気落ちしたローズ様は、小さくため息をつきながらティーカップに手をかける。しかし、手が滑ってカップが大きく傾いてしまった。

「きゃっ！」

「ローズ様！」

まだたっぷりと入っていたハーブティーが、ローズ様のドレスに零れる。生地が濡《ぬ》れるほどにかかってしまい、ローズ様は慌てて立ち上がった。

扉の近くにいたメイドが直ちにやってきて、ナプキンでさっと表面を拭う。ローズ様は「やってしまった」と悲しげな顔で私たちに謝った。

「すみません、すぐに着替えてきます」

「ええ、どうか私たちのことはお気になさらず」

「すみません、すみません、本当にごめんなさい……！」

王女としての教育は、かれこれ四カ月に及んでいる。ローズ様はやや蒼褪《あおざ》めていて、かわいそうなくらい反省していた。

三人のメイドに連れられて、フィッティングルームへ向かう後ろ姿も相当に落ち込んでいるのがわかる様子だった。

マルグリッド様は呆れた目でそれを見ていて、二人きりになってしまった私はとても気まずい。

お茶を零すくらい誰にだってあるけれど、身分が高ければ高いほど些細《ささい》なミスも許されないんだろうな。そんな厳しい世界で生きてきた、公爵令嬢のマルグリッド様が厳しいのは当たり前だ。

ちらりとマルグリッド様を見れば、優雅な所作で紅茶を飲んでいた。

マナーも姿勢も、模範的な美しさがある。

「…………」

「…………」

それにしても気まずい。何か話をしなくては、と焦った私は笑顔で話しかける。

「さすが、ゴドウィンさんの淹れたハーブティーはおいしいですね」

「そうですね」

マルグリッド様も同意を示す。

目を見合わせ微笑み、会話の滑り出しは好調かと思われた。

「ローズ様、随分と気にしておられましたね。お元気になってくださるといいのですが」

私のこの一言で、マルグリッド様の纏う雰囲気が変わる。

「……このようにか弱い性格では困ります。王女とは特別な存在なのです、それなのに些細なことを気にして落ち込んで、それではいつまで経《た》っても立派な淑女になれません」

冷たく言い放つような口調に、私は驚いて沈黙する。

マルグリッド様は、ローズ様を支えるおつもりはないんだろうか？

そういえば、以前アレンがローズ様の陰口を言っている侍女たちを諫《いさ》め、その侍女たちが解雇されたことがあった。

知らなかったという理由で、筆頭侍女であるマルグリッド様にお咎《とが》めはなかったけれど、もしかして知っていたけれど止めなかったのでは？

嫌がらせをしたり、虐めたりしている様子はまったくないけれど、マルグリッド様がローズ様と親しくなりたいと思っている気配はない。

どこか投げやりというか、棘《とげ》のある雰囲気を感じた。

「ローズ様は、まだお城に上がって間もないですから……。素直で愛らしいところも、王女として民に愛される資質だと私は思います」

ローズ様には、悪意というものがない。好きなものを好きと言い、傷ついたら涙を流す、素直な人なのだ。少なくとも、私にはそう思えていた。

ところが、マルグリッド様は少しバカにしたような目を私に向ける。

「寛容ですのね、さすがは英雄の妻」

「寛容？　どういう意味でしょう？」

崩れそうになる笑顔を、どうにか貼りつけ尋ねる。

彼女は、優雅な笑みを浮かべたまま答えた。

「そのままの意味ですわ。強大な権力に守られた奥様は、寛容でいられて羨ましいですこと。ローズ様が何をなさっても、許してあげられるのでしょうね」

妙に含みのある言い方だった。

これまで完璧すぎて怖いほどだったのに、今の彼女は普通のご令嬢みたい。

顔つきはずっと笑顔なんだけれど、その声色は友好的ではなかった。

「権力と申されましても、私はただの文官ですので」

将軍はアレンで、私じゃない。

夫の権力を自分のものとして振るおうなんて、思ったこともない。

「ふふっ、英雄の妻がそのようなお戯れを。ご自分はただの文官だなどと、そのようなことが通用すると本心からお思いですか？　ふふっ、労せずしてその座を得たお方は、考え方がお優しいのですね」

「労せずとは？」

「その通りでございましょう？　困窮していたヒースラン伯爵家との縁を、金銭の援助と引き換えに得たのですから」

他人から見た私たちの結婚がどういうものなのか、改めて思い知らされた。

この事実をあえて口にする人はめったにいないけれど、心の中では私たちの結婚に疑問を抱いている人は少なからずいるだろう。

マルグリッド様は、その一人だった。

ただ、ここで憤ったり泣いたりしても意味はないので私は受け流すことにした。

「ええ、その通りです。私たちはお金の絡んだ政略結婚ですので。だからこそ、大事にしてくださるアレンディオ様にはとても感謝しています。このような巡りあわせを得られて、本当に幸運です」

私の返答に、マルグリッド様はかすかに悔しそうな目をした。

その目を見れば、「あぁ、この方は私のことが嫌いなんだ」とわかってしまった。

それ自体はショックだけれど、それでもこんなことくらいで笑顔は崩せない。にっこりと微笑んで、平静を装った。

すると次第にマルグリッド様の笑みは消え、憎しみの感情が窺《うかが》える目を向けられる。

「どうして……どうしてあなたのような人やローズ様が、幸せになれるの？　何の努力もしていないのに……」

それは、意外な言葉だった。

いつも優雅で余裕がありそうに見えるマルグリッド様が、これではまるで私やローズ様に嫉妬しているみたいだ。

私は予想外のことに目を丸くする。

「努力と言われても、人はそれぞれですよ」

こんなこと、私に言われなくてもマルグリッド様ならわかっていそうなのに。

貧乏から脱却しようと必死だった私の努力と、王太子妃候補として令嬢の鑑《かがみ》を目指したマルグリッド様の努力は、まったく違うものだろうけれど……。

「人の苦労は様々ですし、幸せになるために努力しているのは皆同じでは？」

「まぁ、さもご苦労されたかのようなお言葉ですわね」

妙に突っかかってくるマルグリッド様に、私は大人げなくちょっとムッとしてしまった。

でも、ローズ様の私室で、喧嘩《けんか》なんてしちゃいけない。

言い返してはいけない。

深呼吸をして落ち着こうとするも、胸がもやもやとした。

「私にだって、苦労の一つや二つ……」

不幸自慢をするつもりはないけれど、苦労していない、努力していないと言われると腑《ふ》に落ちず、うっかり呟いてしまった。

没落して大変だったんだから。

「あぁ、でもこれからご苦労なさるかもしれませんね」

「どういう意味ですか？」

「ローズ様のお誕生日のパーティーに、ご夫婦で出席なさるのでしょう？　もしもローズ様がパートナーに将軍を指名したら、どうなさるおつもりですか？」

「指名？」

アレンは私の夫である。

いくら頼りにしていても、パートナーに指名するなんてあり得ない。

「陛下は、ローズ様を大変案じておいでです。誕生日パーティーでは、いかにご自身が妹を大切にしているかをアピールしたいとお考えになるでしょう。そのとき、ヒースラン将軍がローズ様のそばにいれば皆は悟ります。王家と将軍の確かな絆《きずな》、ひいては特務隊や騎士団の強固な後ろ盾がローズ様にはあるのだと……」

マルグリッド様のおっしゃることは、為政者の言葉に近いものだった。王太子妃候補だっただけあり、彼女の推察はいかにもそれらしいご意見だ。

政局に疎い私にも、ローズ様のためにはそれが有効な手段なのだと理解できる。

ただし、アレンは陛下に頼まれても拒否する。アレンの頑固さは、マルグリッド様のような貴族らしい人には想像の範疇《はんちゅう》を越えているんだろうと思った。

「ソアリス様は、もっとご自分のお立場の脆《もろ》さに気づいた方がよろしいわ。いくら将軍があなたを愛していても、家や立場というものはその背に重くのしかかる……。将軍の妻がいつまでもお一人だと思っていては、足をすくわれるでしょう」

「それはどういう意味でしょうか？」

私の問いかけに、答えはなかった。

マルグリッド様は「おわかりでしょう？」というように微笑む。

『ローズ様が将軍に降嫁する可能性はあり得る』

『あなたにその覚悟はあるのですか？』

彼女の言いたいことは伝わってきた。

もしもローズ様が……、と私だって考えたことはある。

アレンが「妻を一人しか持たない」と貴族院に届けを出しているとはいえ、陛下が命令すれば覆せる。

本人の承諾がないと無理なことではあるが、もしもそれが実現した場合、王妹であるローズ様が第一夫人になり、私は第二夫人になるのが自然だ。

「……ご忠告ありがとうございます」

精いっぱい虚勢を張り、お礼を述べる。胸の奥にある不安に蓋をして、「私たちは大丈夫です」と自信があるように見せた。

マルグリッド様は、何事もなかったかのように微笑んでいる。私にこんなことを言って、彼女は一体何がしたいんだろう？　嫌みではなさそうで、でも純粋な心配でもなさそうで……。

それがわからなくて、警戒心が強まった。

そのとき、突然部屋の扉をノックする音が聞こえてくる。

私は驚いて少しだけ肩を揺らした。

壁際に控えていた騎士姿のユンさんが応答し、メイドだとわかるとすぐに扉を開けた。

年若いメイドが入ってきて、その手には大きな箱を持っている。その表情が今にも泣きそうで気にかかった。

メイドの背後には、近衛騎士が二人もついてきている。

「あの……！　ヒースラン将軍の奥様に確認したいことがございまして……」

「私ですか？」

てっきり、着替えで席を外しているローズ様に用があるのだと思った。

なぜ私なんだろう、と不思議に思いながらそっと席を立つ。

マルグリッド様も訝《いぶか》しげな顔で、私に続いて席を立った。

「ご歓談中に誠に申し訳ございません。こちらをご確認いただけますか？」

一体何があったというの？

メイドは声を震わせながら報告する。

「昨日から、ローズ様のお誕生日を祝うために多くの方から贈り物が届いているのですが……。さきほど、騎士団を通してこれが届きまして……」

「騎士団から？　つまりこれはアレンが贈った物だと？」

「はい」

木箱を覗《のぞ》いてみると、光沢のある布に包まれた何かが見えた。

近衛騎士が緊張の面持ちで布を取り払う。

すると、異形とも言えるそれとばっちり目が合った。

「えっ？」

きらりと輝く二つの黒曜石。どう見ても、我が家にいる魔除けのキノコにそっくりだ。

どうしてこれが⁉

メイドは私が怯《おび》えているのだと勘違いし、慌てて補足した。

「こ、このようなものが、果たして本当にヒースラン将軍からの贈り物なのかと、もちろん信じているわけではございません！　ただ、確認を、確認をと思いまして……！」

いいえ、これはアレンの贈り物で間違いないです。

なぜこれをローズ様の贈り物に選んだの……？

隣にいるユンさんも、じとりとした目で魔除けのキノコを見ているので、アレンだと確信しているはず。その目が「何をやっているのですか、アレン様」と呆れていた。

「ひっ！」

マルグリッド様も小さく悲鳴を上げ、そして口元を手で押さえて険しい顔になる。

そんなに、ですか……？

私はもう慣れてしまったけれど、確かに初めて見たときはびっくりしたのを思い出した。

「これは、間違いなくアレンディオ様からの贈り物です」

「え？」

「そんな……」

愕然《がくぜん》とするメイドと近衛騎士に向かい、私は弁解を始めた。

「うちにもありますので……。いえ、趣味が悪いとかそういうことではなくてですね？　これは魔除けで、色々なご利益があるという風に聞いています。アレンディオ様もこれが気持ち悪いということは認識していますが、諸事情がございまして、こうなったのだと……！」

長い沈黙が続く。誰も何も言ってくれない。

ちらりとマルグリッド様を見れば、いつもの雰囲気とは程遠い唖然《あぜん》としたお顔になっていた。

「マルグリッド様？」

ぱちりと目が合うも、彼女は私を見て何とも悲しそうな色を滲《にじ》ませる。

「違いますよ？」

私の苦労の一つや二つって、コレのことじゃありませんよ!?

どうしよう。おかしな趣味の夫を持った不幸な妻と思われている。

「あの、これはですね？　何度も言いますが魔除けでして。趣味うんぬんの物ではないのです」

「はぁ……」

ううっ、メイドも近衛も信じてくれていない!!

とにかくこれは嫌がらせでも危険物でもないということを説明し、どうにか納得してもらって木箱の中にまた収めてもらった。


馬車の窓を開けると、爽やかな風が吹き込んでくる。

どこまでも広い草原は、ヒースラン伯爵領に入ってもまだまだ続いていた。

王都から西へ、ヒースラン伯爵領までは馬で駆けると半日程度で着くらしいが、馬車での移動は大きな道に迂回する必要があるため、余裕を見て三日間の行程が組まれている。

「奥様、お疲れではないですか？」

「大丈夫です、昨夜もたっぷり寝られましたから」

同じ馬車に乗っているのはユンさんだ。

慣れない遠出だから、私を常に気遣ってくれているのがありがたい。

「明日の夕方までには、ルクリアの街に到着するでしょう。きっと盛大に迎えられますよ」

「アレンにとっては、十年ぶりの凱旋ですから」

私は一年ぶりの帰郷となるが、アレンは戦地へ向かった十五歳から十年も故郷に戻っていない。約半年前に凱旋してからも、何かと忙しくて領地へは戻れないままだった。

「昔と違って栄えているので、アレンはびっくりすると思います」

目を閉じれば、ルクリアの街がすぐに思い浮かぶ。白や水色の石造りの家々が建ち並び、まるで物語の世界のように美しい。

今、ルクリアの街に過去にあった水害を感じさせるものはなく、多くの人々で賑《にぎ》わっている。

アレンのお父様が、亡き妻とアレンのために領地の再興に力を注いできたことが大きい。

ヒースラン家の歴史で言うと十年前がまさに底であり、跡取りのアレンが数々の試練を乗り越えて将軍にまで上り詰めた現在は、誰もが今後の未来を輝かしいものと確信しているだろう。

お義父様《とうさま》からの手紙によれば、ひと月以上前から領民たちは大いに盛り上がり、「英雄将軍のご帰還だ！」とアレンの話題で持ち切りらしい。

「本邸に着くまで、パレード状態になりそうですね」

「ひっそり帰りたかったんですが、それは早々に諦めました」

私はともかく、アレンが領民たちに姿を見せないわけにはいかない。でもそうなると、私が馬車から顔も出さないわけにはいかない。つまり、これはある意味で英雄将軍の妻としてのおつとめみたいなものだった。

パーティー前日には、陛下も到着する予定になっている。

領地で帰還報告を、そしてお披露目パーティーを……という話が、いつの間にか盛大な催しになっていて「どうしてこうなった⁉」と思わずにはいられない。

結婚式には陛下と王妃様が参列してくれることは知っていたけれど、まさか領地のお披露目もこんなに盛大なものになるとは予想外だった。

「アレンたちは、ずっと馬に乗っていて疲れないのでしょうか？」

領地まで、アレンやルードさんは特務隊を率いて馬で移動している。

窓の外に目をやれば、涼しい顔をした二人の姿が見えた。

立派な黒い馬に跨《またが》るアレンはどこからどう見ても立派な『将軍』で、十年前にルクリアの街を出たときの面影はほとんどない。

盛大なお披露目に気後れしていた私も、やっと故郷に戻れる日が来たアレンの心情を思えばうれしい気持ちが込み上げる。

そのとき、ユンさんが嘆くように言った。

「こうしていると、英雄の名に恥じないご立派な騎士でいらっしゃるのに……。あの魔除けのぬいぐるみをローズ様に贈ったと知ったときは、何という空気の読めない方でしょうと絶望しました」

「…………」

返す言葉はなかった。

あのあと、ローズ様は不気味なぬいぐるみを見て『これが噂の……』と呟いた。

詳しく聞いてみれば、なんとあれはローズ様がアレンに頼んだ物だったのだ。

護衛中にローズ様の誕生祝いの話になり、アレンは『何か欲しい物はありますか？』と尋ねたらしい。貴族である以上、ヒースラン伯爵家からも贈り物をする必要があったからだ。

それに対するローズ様の答えが『ソアリスさんが気に入っている物が欲しいです。お揃いにしたいです』という希望だったと。

「アレンって、私が一番気に入っているプレゼントはあのキノコだと思ってたんですね。本当に一番気に入っている物はこのブレスレットなんですけれど……」

今、左手に付けている翡翠のブレスレットに視線を落とす。

キノコのぬいぐるみは、確かに抱き心地はふわふわで一緒に眠っている。でも、アレンがくれた物の中で一番好きかというとそれは違うのよね……。

　アレンはローズ様の要望通りにしただけなんだろうけれど、まさか「私が気に入っている物」の認識がずれていたとは。

「そもそも、あれを人に贈るのはどうかと思います。とても女性が好むような見た目ではございませんので……。ローズ様が特に嫌がっておられなかったのが、まだ救いでしたね」

「はい。魔除けだということも信じてもらえて本当によかったです」

　私たちはくすくすと笑い合う。

　窓から見えるアレンは、私の様子をときおり確認してはかすかに口角を上げる。こんなに気遣ってくれる人なのに、どうして……。と思わずにはいられなかった。

　見渡す限り広がる麦畑を抜けると、馬車はスピードを上げる。

　ユンさんは、話題を領地でのお披露目パーティーのことに変更した。

「お二人の幸せな姿を存分に披露いたしましょうね。そのためのお披露目ですから！」

　事前に聞いた話では、王都には将軍夫妻を応援する若い令嬢たちが溢れているけれど、実際に私たちの姿を見たことのない地方の貴族の中には「将軍に我が娘を！」と画策する者もいるんだとか。

　私からすれば、そちらの方が自然で「ようやく？」と思ってしまった。

「しばらく忘れていましたが、『将軍の妻コレじゃない感』をまた皆さんに見せつけることに……！」

「そんなことはございません。ソアリス様あってのアレン様です。第一、今朝そのお姿を見たときのアレン様のお顔、覚えていらっしゃいます？」

　今日、私が身につけている菫《すみれ》色のワンピースやブレスレット、イヤリング、そして銀細工の髪飾りはすべてアレンが贈ってくれた誕生日プレゼントだ。

この姿を見たアレンは、ひと目で自分が贈った物だと気づき、とても幸せそうに微笑んでくれた。

「アレン様にあのような顔をさせられるのは、世界でソアリス様ただお一人です。この世で一番自分が美しいのだと自信が大事ですわ」

「それは、えっと、努力します」

ユンさんは笑顔で私を励ましてくれた。

さすが、元婚約者のルードさんを追いかけて戦場まで行っただけあり、彼女の言葉はいつも前向きで心強い。

私の護衛と世話係という二つの仕事を持ち、毎日忙しくしながらも、ルードさんのことも絶対に諦めないと豪語している。

あれこれ考えすぎてしまいすぐに心が折れそうになる私は、ユンさんの強い心に憧れていた。

アレンの隣で茶色の馬に跨るルードさんを見ながら、ユンさんに尋ねる。

「そういえば、ルードさんは相変わらずですか？」

再婚約した、という報告はない。

ユンさんは呆れ交じりの笑みを浮かべ、手をひらひらと振る。どうやら進展はないらしい。

「寮に忍び込むための鍵は作ったんですが」

「本当に作ったんですね」

「ええ。ですが、何かと忙しくしておりましたから、今はじっと機を見ております」

不敵な笑みを浮かべるユンさんに、ルードさんがふいに肩を揺らすのが見えた。もしかすると、迫りくる危機を感じ取ったのかもしれない。

「そろそろだとは思っています」

忙しくしていた理由は色々あるが、アレンに敵対心を燃やしていたリヴィト・ヘンデスの起こした事件の影響は大きい。

彼には処分が下され、メルージェの元夫であるダグラスと同じく身分はく奪の上、追放処分となった。

私たちが彼らに会うことは二度とない。

「ルードさんは頑固ですから。未《いま》だに『ユンさんにはほかの人と幸せになってもらいたい』なんて言うんですよ？　ばかばかしい」

「アレンの補佐官である限り、ご自身は常にアレンを優先するべきと思っているから……ですか？」

私の問いかけに、ユンさんは「そうです」と頷いた。

職務に忠実で、有能な補佐官。ルードさんの考えはわからなくもない。

ユンさんだって、ルードさんが恋愛感情よりも仕事を優先することは百も承知だと話す。

「政略結婚でも、互いに想《おも》い合えるならそれでいいと思います。ただ、私はルードさんに出会ってしまいました。ままならないことの多い人生で、一つくらい本当に欲しい物を手に入れたい……。私は、ルードさんと結婚できるのなら自分が一番でなくてもいいのです」

シュヴェル侯爵家の三女として生まれたユンさんは、子どもの頃から多くのしがらみを感じてきた。

子爵令嬢の私とは比べ物にならないくらい、貴族社会の不自由さを知っていると思う。

だからこそ、好きな人と結婚できるチャンスを逃したくないと思うのは理解できた。

私には、二人は信頼し合った素敵な関係に見える。

ルードさんもユンさんのことを想っていると、ときおりその目に表れていて、私は二人に幸せになってもらいたいと心から願っていた。

「ユンさん、がんばってくださいね？　私も応援していますから……！」

私が何か協力することは、ユンさんが望まないだろう。こんなことしか言えないのが少しはがゆい。

けれど、ユンさんはにこりと笑って逆に私に質問した。

「ソアリス様もがんばってくださいね？　アレン様ったら、いつまで『俺たちは婚約者だ』なんて言い張るおつもりなんでしょう？　騎士たるもの、いつ倒れてもいいように心残りはなくしておくのが基本ですのに」

ユンさんは、私とアレンの寝室が別々であることを知っている。でも、つい先日はっきり「抱きたい」と言われたことは知らないはずで……。

思い出すと顔に熱が集まってくる私は、できるだけ平常心を保とうとして背筋を伸ばす。

「アレンは優しいですから、私がまだ心の準備ができていないということで気遣ってくれているんです。今は、その、少しずつ夫婦らしくなっていけたらと」

なぜか、言葉を付け足せば付け足すほどに言い訳みたいに聞こえる。

アレンのことが好きなのに、ここから先に進むことができない勇気のない自分が悲しい。

「もう、何を言っても言い訳ですね。どうすればいいのか……？」

「ふふっ、アレン様がソアリス様を必要以上に構う気持ちがわかります。そんな反応をされては、つい遊んでしまいたくなります」

アレンから向けられる声も仕草も、笑顔も何もかもが甘くて気を失ってしまいそうなのだ。

こんな風に誰かに愛されたことも、私がいないと寂しいだなんてそんな態度を取られたこともない。

私はこれまでずっと、幼い弟妹をかわいがる側だったのだ。

長女だからしっかりしなきゃ、お姉ちゃんだから我慢するものだ。

両親に強制されたわけではなく、気づいたときには自然にそうなっていたんだけれど、こんな性分だからアレンのまっすぐな愛情には戸惑ってしまう。

「早く素直になれるといいですね。向こうはいつでも大歓迎なのですから、いっそ寝室を同じにしてみてはどうですか？　そもそも、愛する人と肌を合わせたくなるのは当然です。恥ずかしがる必要はありません。ただのステップに過ぎないのです」

「ユンさん。前から思っていましたが、ユンさんのその欲望に忠実なところが本当に羨ましいです」

窓から入ってくる爽やかな風が、私の髪や頬を撫でる。

少し熱くなった顔にはちょうどいい心地よさだった。

懐かしいルクリアの街まで、あと一日。

お披露目を終えたら、私も覚悟が決まるかしら……？

そんなことを考えながら、しばらくぼんやりとしていた。


ヒースラン伯爵領に入り、宿泊予定の街までもう少しというところで休憩になる。

馬たちは水を飲み、飼葉を食べて体力を回復させている。

私は、馬車から降りるとアレンと一緒に近くの池まで気分転換のために出かけた。

「アレン、ここって魚がいないんじゃないでしょうか?」

「そうだな。俺もそんな気がしていた」

今、私はアレンと池のほとりに座っている。それも、彼の脚の間にすっぽり収まり、釣竿《つりざお》を握る逞しい腕に囚《とら》われていた。

少しひんやりとした空気だな、とは思っていたけれどこんな風にされるとドキドキしてまた顔が熱くなる。

アレンは森の中にある池まで来ると釣りを始め、私はずっと彼の腕の中でおとなしくしていた。

「しばらく二人きりになれるかと思って釣りでもどうかと思ったが、そもそもここで釣りをしている人間を見たことがない。子どもの頃はよくここへ来たが、一度たりとも釣り人は見たことがないな」

「それじゃあ無理ですね」

透明度の高い池は、覗くと小さな巻貝やエビが見える。ただし、魚に至っては小指の爪ほどのサイズしかいないように思われた。

「まぁ、釣りは口実だ。こうして二人きりになれるならそれでいい」

アレンは私の髪に顔を埋め、まるでこれまで足りなかった分を補うかのようにくっついて離れない。甘える仕草がかわいく思えて、私はくすりと笑ってしまった。

「ずっとこうして二人でいたい」

「本邸に着いたら、しばらくはゆっくりできるのではないですか?」

「だといいが」

望みは薄い、そんな風に聞こえた。

それもそのはず、本邸にはヒースラン家の親戚やお付き合いのある貴族、そして私の家族もやってくる。彼らと挨拶をして食事をして、おもてなしをしなくてはいけないのだろう。

ゆっくりする時間はないような気がしてきた。

「ソアリスのドレス姿が楽しみだ」

「っ！」

自分の体重が増えている現実を思い出し、絶句する。

ドレスはお義父様が用意してくれているはずだけれど、「着られなかったらどうしよう」と不安に駆られる。

せっかく用意してもらったんだから、何としてもこの身をねじ込まなきゃ……！

密かに決意する私に、アレンが心配そうに呼びかけた。

「ソアリス？」

「はい……」

ドレスのことでもやもやする私に、アレンはそっと顔を寄せる。

耳元で小さなリップ音が聞こえ、首筋にキスをされたのだと気づいた。

「ひゃっ!?」

慌てて振り返り、アレンに恨みがましい目を向ける。

アレンは私の反応を楽しそうに見つめ、「かわいい」と呟いた。

「あまりいじわるしないでください」

「ただかわいがっているだけなのに？　ソアリスはつれないな」

顔を真っ赤にして睨《にら》んでも、美貌の夫は幸せそうに笑っている。

あぁ、結局私はアレンに勝てない。この人の一挙一動に翻弄されてしまう。

「もういっそ、お披露目の日まで二人で逃げようか？」

「できませんよ、そんなこと……」

「それは残念だ」

アレンは私を引き寄せ、優しくキスをした。

もう何度もこうしているのに、唇の柔らかな感触も温かさも慣れない。

けれど最近はこうして唇を重ねることに抵抗がなくなり、愛されていると実感できるので、幸せだなぁと思ってしまう自分がいる。

だんだん、アレンの存在が大きくなってしまって、もうこの人がいない暮らしは耐えられないんじゃないかと思い始めていた。

「そろそろ誰か呼びに来るかな」

「そうですよね」

護衛騎士は、近くにはいるが見える範囲には誰もいない。二人きりになりたいという、アレンの要望に応えてくれているらしい。

キスをしているところを誰かに見られでもしたら、気まずすぎて卒倒しそうだ。

まだ足りないとばかりに顔を寄せるアレンだったけれど、私は「誰か来ますから！」と慌ててぐいぐい彼の胸を手で押し、必死で離れようとした。

「もうおしまい？」

「はい……」

アレンは意外にも、あっさり私を解放する。

「？」

離れたくない、と抵抗するかと思っていたので私は目を丸くする。

アレンは私の考えていることがわかったようで、にやりと笑って言った。

「妻のかわいらしいところは、俺以外に見せたくないんだ」

どうしてアレンは、躊躇いなくそんなことが言えるのだろう？

首まで真っ赤にした私は、両手で顔を覆ってその場に崩れ落ちそうになる。

「はぁ……、本当に俺の妻はかわいい」

やはり今日も夫の目は曇っていた。

そしてその直後、ジャックスさんの声が茂みの向こうから聞こえてくる。

「アレン様！　近づいても大丈夫ですか～？　服脱いでたら着てくださ～い」

どういうこと⁉　こんなところで脱ぐわけないでしょう⁉

アレンも同じことを思ったらしく、落ちていた小石を声のする方へ思いきり投げた。

「ぐっ⁉」

鈍い音がして、ジャックスさんに当たったのがわかる。

アレンは咳払《せきばら》いをして立ち上がると、私を連れて馬車の停めてある方へと歩き出した。

「あいつは、あぁいうところが要人警護に向かないんだ。腕は確かなんだが……」

「親しくない要人に対してもあんな風に接するんですか？」

それはさすがにダメだわ。

一応、アレンも上官だから本当はダメだけれど、私としては和むのでジャックスさんに不満はない。

「私は平気ですよ？　いつも助けてもらっています」

「ソアリスがそう言うならいいんだが、何かあればすぐに教えてくれ」

繋がれた大きな手は、いつでも私を守ろうとしてくれる。

王都にいると、同じ邸に住んでいても忙しさから寂しい気持ちになることもあったのに、領地への道のりは一緒にいられる喜びを感じていた。

私は何だか離れがたい気持ちになり、いつもより強くその手を握り返した。

【第二章】将軍夫妻は過去を懐かしむ

ヒースラン伯爵家の本邸は、南側に大きな庭園を構えた凹型のお邸《やしき》だ。

初めてここを訪れたとき私は十二歳。あの頃のお邸はボロボロで、今のような清潔感あるアイボリーの外壁にオメガ・ブルーの屋根といった落ち着いた印象ではなかった。

「これはまた、随分と変わったな」

到着したアレンは、邸を見上げて思わずそう感想を漏らした。

隣に立つ私も、「そうですね」と同じ気持ちだった。

「おかえりなさいませ、アレンディオ様。ソアリス様」

ずらりと並んだ使用人たちが、一斉に頭を下げる。今玄関で出迎えている者たちだけでも、総勢五十人以上いる。今いる使用人たちは、ほとんどが伯爵家の再興後に雇われた者たちで、私には顔も名前もさっぱりわからない。

使用人たちをまとめる執事とメイド長だけは、アレンが生まれたときから勤めていて、私が結婚したときにも会っていた。

国の英雄であり、将来この家を継ぐアレンを迎える使用人たちは皆とても誇らしげだった。

お義父様《とうさま》は、私たち一行を笑顔で迎え、ようやく領地へ戻ってきたアレンを抱き締めて喜びを露《あら》わにした。

「本当に、よく帰ってきてくれた。やっと実感が湧いてきたよ」

改めてアレンを迎えたお義父様は、心の底から安堵《あんど》を吐き出す。

つい二カ月前に王都で会ったばかりだけれど、それでもこの邸に息子が帰ってきた喜びは誰よりも大きいように感じられた。

「ただいま戻りました。ようやく帰ってこられてうれしいです」

「さぁ、皆によく顔を見せてやってくれ」

お義父様もアレンもとてもうれしそうで、私も胸がいっぱいになった。

「ソアリスもよく来てくれた。やっと君におかえりと言える」

「ただいま戻りました。お義父様」

抱擁を交わすと、本当の親子みたいに思えてくる。

ところが、アレンにすぐさま「もういいでしょう」と引き離された。

「ソアリスは疲れていますので、部屋で休ませます」

「アレン、今日くらいいいだろう？　我が息子ながら、本当に狭量で心配だよ」

お義父様をはじめ、もう見慣れたはずのルードさんも呆《あき》れて苦笑していた。

再会を喜び合った私たちは、さっそく本邸へと入っていく。お義父様は私たちの旅の疲れを気遣ってくれて、「また晩餐《ばんさん》のときに」と笑って手を振った。

私はアレンと共に本館の二階へ上がり、彼の私室へと入る。

「本当に懐かしいな」

「ここはほとんどそのままなんですね」

アレンの私室は、柱時計が新しい物に変わっているほかは十年前とほぼ同じだった。

見覚えのあるアカシアの葉の模様が上品な白い壁紙は、わざわざ同じものを張り替えたのだろう。

「懐かしいですね。十年前、一度だけこの部屋でお茶を飲んだことを覚えています」

「そうだったな」

「昔のアレンを思い出します」

十五歳のアレンは、私が何を話しかけてもすごくそっけない態度だった。

今では私の肩を抱きながら、ソファーに座って休むよう気遣ってくれるのに。

あのときの私が、今のアレンを見たらどう思うかしら？

私が昔を懐かしむ一方で、アレンはスッと目を逸《そ》らす。

「あの頃はすまなかった。ソアリスに逃げられなくてよかった」

「ふふっ、もう過ぎたことです。それに、私は逃げなくてよかったです」

二人して笑い合った後、彼は私の頭を抱え込むようにして抱き寄せ、頭にそっと口づけた。

幸せだなと思って目を閉じていると、換気のために開けていた扉の外から声がかかる。

「失礼いたします」

ソファーに並んで座っていた私は、慌ててアレンから距離を取る。

入り口には、手紙の束を持ったメイド長のカミラさんがいた。彼女は、十年前にも会ったことがある数少ない使用人の一人だ。

黒いメイド服を着ているところは十年前と変わらないが、後ろできつく結んでお団子にした亜麻色の髪は、白髪交じりに変わっている。

「親戚の皆様やご友人方から、お手紙がこんなに届いております」

アレンに友人なんていたかしら、と思ったのは私だけではなかった。

彼自身も「友人？」と首を傾《かし》げ、カミラさんの方へ近づいていく。

「面倒だな。父上は何と？」

「最低限の返事は出すように、と」

アレンは手紙の束を手に、お義父様のところへ行くことに。

「私も行きましょうか？」

「いや、いい。ソアリスはゆっくりしていてくれ」

アレンが出て行くのと入れ替わりに、カミラさんが廊下に置いてあったカートを押しながら入室してくる。

どうやら、私にお茶を淹《い》れてくれるらしい。

無言で深々とお辞儀をしたカミラさんは、少し雰囲気が険しいように見えた。

私はヒースラン家の妻でありながら、法的に同居してもいい年齢である十五歳を過ぎても実家暮らしを続けていた。

夫であるアレンもいないのに、私がこの邸で暮らすのは違和感があったから……。

十六歳になると王都へは働きに出ていたので、ここで暮らすことのないまま現在に至る。

カミラさんが、私に対していい印象を持っていなくても当然だ。

沈黙が広がるより前に、私から挨拶をした方がいいだろうか？

私は思いきって声をかける。

「お久しぶりです。カミラさんも本邸の皆さんも、お元気そうでよかったです」

気まずい。でも、ここでしばらくお世話になるからには避けて通れない。

私が必死に笑顔でそう言うと、カミラさんは眉根を寄せてより険しい顔つきになった。

「お久しぶりでございます」

カミラさんは、ゆっくりと、そして丁寧すぎるくらいに頭を下げる。

あまりの気まずさに、私は沈黙した。

「どうぞ」

「ありがとうございます」

テーブルの上に、オレンジピールの入った紅茶がそっと置かれた。

今頃のこのことやってきて、と思われているかもしれない。胸がドキドキしてきて、どんどん顔が強張《こわば》っていくのを感じる。

私は無言で紅茶のカップに口をつけ、ゴクリとそれを飲む。

「おいしい」

ほどよい苦味とオレンジの香り。お砂糖を入れなくてもほんのり甘くて、私が初めてこの邸に来たときに飲んだ味を思い出した。

「……懐かしいです、この味」

きっとあのとき、初めて私が来訪するということでいいお茶を淹れてくれたのだろう。いい茶葉を買う余裕なんてなかったはずなのに。

今頃になって、当時のカミラさんのもてなしに気づかされた。

するとそのとき、控えていたカミラさんが「うっ」と喉を詰まらせる声が漏れ聞こえた。

「え？」

驚いてそちらを見ると、唇を噛《か》みしめて俯《うつむ》いている姿が見える。

彼女のスカートや袖に、ポタポタと涙の雫《しずく》が落ちるのもわかった。

「なぜ泣いているんです？」

私は急いで立ち上がり、カミラさんのそばに駆け寄る。

その表情を窺《うかが》うと、彼女は何か我慢の限界が来たように涙を溢《あふ》れさせていた。

「申し訳、ご、ざいませ……」

右手で口元を覆い、必死で言葉を発しようとするカミラさんはとても小さく見えた。

私は何が何だかわからず、狼狽《うろた》えながら彼女の背に手を添える。

「うれしくて……。あの無口だった坊ちゃまが成長なさって……！　お嬢様とお幸せそうに並んでお座りになって……」

もしかして顔つきが険しかったのは、涙を堪《こら》えていたからなの？

私は驚いて、呆気《あっけ》に取られた。

「お二人がご結婚なさったときは、もうどうなることかと心配で……」

私もどうなることかと思っていたけれど、使用人にもとても心配されていたらしい。

「もう、本当に赤子の頃からお顔はとてもおきれいなのに、何ともまぁ言葉の少ないお方でしたので、どうにも浮いた話など一つもなく、お嬢様とご結婚したときもそれはもうこちらがもどかしい思いを
……」

アレンは、生まれてから二十五年間ずっと心配されてきたんだなぁと思うと複雑な心境である。

「坊ちゃまが将軍になられたと聞き、しかも王都へ戻ってきたと耳にしたときはそれはそれは喜んだものです。お嬢様とようやく一緒に暮らせると……！　ですが、あの不愛想なままの坊ちゃまがどうやってお嬢様と夫婦をやっていくつもりなのかと、遠いこちらから案じておりました」

カミラさんは涙ながらに「よかった」と繰り返す。

将軍となったアレンも、彼女にとってはずっと子どもの頃の印象のままだったのだ。

「お嬢様、あぁ、いえ、もう奥様とお呼びしなくてはいけませんね。坊ちゃまが十年も戦地へ行かれて、さぞ奥様はご心労があったと思います。ご実家からこちらへ来られなかったのは、坊ちゃまを思い出して寂しい思いをなさりたくなかったからでしょう？　なんとお労《いたわ》しい……！」

実際とは異なる解釈をされていた。

もしかして、お義父様がうまくフォローしてくれていたのかも？

「私はヒースラン家のために何もしてこなかった不誠実な嫁ですので、そのように言ってもらえるなんて」

「何をおっしゃいますか！　お嬢様はその身を挺《てい》して、嫁入りという形でこの領内の者を救ってくださいました。貴族令嬢とはいえ、十二歳で見ず知らずの相手に突然嫁ぐなど……！　『なんと哀れなお嬢様なのだ』と、当時からわたくし共はそのように感じておりました」

そんな風に思われていたのかと、私は目を瞠《みは》る。

「しかもお家が貧しくなられた折、ご自身だけでもヒースラン家に身を寄せることもできたでしょうに、ご家族を支えるために働きに出るなんて……。どこを探しても、かようにお心の優しいお嬢様はおられません！」

王都で流れている『将軍と妻の純愛物語』ほどではないけれど、私のこの七年も脚色されていた。

カミラさんは涙を拭うこともなく、感情を爆発させて訴えかける。

「これからは、お二人でお幸せになってくださいませ！　本邸にいる身ではございますが、わたくし共は陰ながら見守っております!!」

「あ、ありがとうございます」

よく思われていないかも……、と不安を抱いていたのに、まさかの大歓迎だった。戸惑うけれど、非難されるよりはずっといい。

私はカミラさんの手を両手で握り、笑顔で告げた。

「どうかこれからも、よろしくお願いします。私とアレンはまだまだ未熟な夫婦ですが、お互いに支え合っていこうと思っておりますので」

「はい……！　はい……！」

ようやく泣き止《や》んだカミラさんは、親のような乳母のような温かい顔で微笑《ほほえ》んでくれた。

「カミラさんのお気持ちを聞けてよかったです」

嫌われていないどころか、応援してもらえているなんて思わなかった。本音を聞けてよかったと心から安堵した。

だがここで、答えにくい質問が飛んでくる。

「ところで奥様。ご夫婦の寝室を別で用意するよう承りましたが、何か特別なご事情でもおありでしょうか？」

「!?」

この国では、夫婦は基本的に同じ寝室を使う。メイド長として、確認しておこうという彼女の質問はもっともだった。

どう説明すればいいのか、私は返答に詰まる。

その結果、カミラさんが「はっ！」と息を呑《の》み、大きく目を見開いた。

「まさか、坊ちゃまは奥様を……？」

みるみるうちに、カミラさんの顔色が変わっていく。

何ですか、その「かわいそうな奥様！」という目は……。

「あの、違いますよ？　私のせいなんです」

「とんでもございません！　このように愛らしい奥様に寂しい思いをさせるなど、坊ちゃまはなんということを……！　どうか、わたくし共にお任せください!!」

「はい!?　何をです!?」

「女性に対して奥手な男性もいます、珍しいことではありません。坊ちゃまも、騎士として名声を手に入れたものの、そちらの方面はきっと疎いのでございましょう！　せっかくのお披露目もございます、こちらにいらっしゃる間にお二人が仲睦《なかむつ》まじく過ごせるよう皆で準備をいたしますから!!」

勘違いがどんどん進んでいく。

カミラさんの中では、アレンが奥手で妻に迫れない性格なんだということになってしまっている。

そして、私は寂しい思いをしている妻……そんなイメージを持たれているみたい。

私の心の準備が整うまで、アレンは待ってくれているだけなのに……！

慌てふためく私は、どうにか誤解を解こうとする。

「あの、カミラさん。違うんです、ちょっと待ってください」

「大丈夫でございます、苦しい胸の内をわざわざ打ち明ける必要はございません。これまでさぞおつらかったでしょう」

ダメだ、まったく私の話を聞いていない！

カミラさんは笑顔で何度も頷《うなず》き、「お任せください」と言うとカートを押して部屋を出ようとする。

「そろそろパイが焼き上がる時間です、すぐにお持ちいたしますね！　滋養強壮にいいとされる、子宝祈願も込めたブラックベリーと白海老のパイでございます！」

「あ、その」

「このカミラ、命に代えてもお二人の幸せを応援します！」

風を切るような勢いで出て行ったカミラさんは、こちらが驚くほど生き生きしていた。

やりがいのある仕事を見つけた、と思っていそうだった。

部屋に残された私は、どうしてこんなことになったのだろうと頭を抱えるも、すでにここにいないカミラさんの誤解を解くことはできない。

「後でまた説明すれば……、きっと大丈夫よね？」

ソファーに座り直し、ぽつりと呟《つぶや》く。

アレンの故郷への凱旋は、予想外の出来事で幕を開けた。


本邸に着いた翌朝。

朝食を終えた私は薄桃色のドレスに着替え、髪は後ろですっきりと結い上げてもらった。

今日はこれから客人を迎えるのだ。

私の隣を歩くジャックスさんは、私の緊張を感じ取ったのかいつも通りの様子で明るく話しかけてくれる。

「アレン様の親戚って、奥様は会ったことがあるんですか？」

「いえ、まったく」

ジャックスさんの質問に、私は苦笑いで答える。

「アレン様が相当に嫌そうな顔をしていましたよ。『面倒で極まりない』と」

「そうらしいですね……。私もそれは聞いています」

聞いたというか、事前に謝られた。「面倒な奴らが来る」と……。

今日はお義父様のご弟妹《きょうだい》を中心に、総勢三十名ほどが入れ代わり立ち代わりやってくる予定になっている。

「ヒースラン伯爵は、実のご弟妹《きょうだい》と仲良くないんですね」

「ええ、そうみたいです。私が一度も会ったことがないのも、そのせいかと」

お義父様は伯爵家の長男として生まれ、二人の妹と一人の弟がいる。

いずれも「もう自分は他家の者だ」という理由から、お義兄様が困窮しているときもまったく援助はなく、交流さえもなかったそうだ。遠い場所に住んでいるわけではないのに、様子を案じる手紙の一通もなかったと。

その後、再興が叶《かな》ってアレンが将軍になったことで、急にすり寄ってきたのだとアレンからは聞いている。

おそらく、私のことも難癖をつけてくる可能性があるだろう。

『ソアリスのことは、俺が守るから』

アレンは話の終わりに、真剣な目でそう言った。

リンドル子爵家が没落したときも、親戚や友人たちが離れていくのは目に見えてわかった。当然、その逆も想像できる。

ちなみに、亡くなったお義母様《かあさま》側の親戚はアレンのアカデミーの入学金を用立ててくれるなど、陰ながら支援を続けてくれたありがたい存在だ。

アレンが将軍になったからと言って何かを要求することはなく、祝いの花や手紙を送るなどして適度な距離感で接してくれている。

「私は、アレンの妻としてできることをするだけです。もしも何か言われても、彼らに私とアレンのことをどうにかする権限はありませんから」

意気込む私を見て、ジャックスさんはあははと明るく笑った。

腰の剣に触れ、任せてくれというような目をする。

「いざとなる前にコレもありますから」

「なる前に？　あの、何もないときは剣を抜かないでくださいね？」

護衛の力が必要になるのは、いざというときだけであって欲しい。親戚付き合いをするだけで、そんな物騒なことになっては頭が痛む……。

廊下から見える裏庭には、豪華な馬車が数台停まっているのが見える。すでに人の気配はなく、中へ通されているんだろうというのがわかった。

「急ぎましょう」

私は、少し足早に応接室へと向かった。

ヒースラン伯爵邸を訪れる人たちは、午前中は五組、午後は七組だという。

お義父様側の親戚を中心に、お客様がひっきりなしに訪れる予定だ。

「お久しぶりです。ご立派になられて、一族の者としてうれしく思います」

彼らはお祝いを述べつつも、アレンがどういう人物なのか探ろうとしていた。貴族社会では、血縁者を優遇することは少なくない。

アレンのもたらす恩恵に縋《すが》りたい、という思惑が透けて見える人もいた。彼らは凱旋祝いの言葉もそこそこに「ぜひ我が子を騎士団の文官に」とか「いい投資話があって……」とか、自分たちの利益になるような話ばかりを繰り出した。

また、わかりやすく結婚適齢期の娘を連れてくる人もいた。これは露骨な「第二夫人にどうですか？」というアピールである。

彼らは、将軍夫妻の噂《うわさ》は耳にしていても「見初められれば儲《もう》けもの」とばかりに娘を紹介した。

「夫人がお勤めであれば、何かと不自由なさることもございましょう！　我が娘は明るく社交に長《た》けた性格でして、踊りも得意で……」

最初に娘を連れてきたのは、アレンの叔父にあたるディノス子爵。子爵家に婿入りした、お義父様の弟である。

娘さんは二十歳で、空色の華やかなドレス姿の淑《しと》やかな女性だった。笑顔がかわいらしく、男性から人気が高そう。

アレンは彼女を見ても表情に変化はなく、まるで他人事《ひとごと》のように淡々と答えた。

「それほど素晴らしいお嬢さんなら、きっといい縁談が決まるでしょう。何の助力もできませんが、遠いところから皆様に幸あることを願っています」

「そ、そうですか……」

このセリフを考えたのは、扉のそばに立っているルードさんだろう。

礼儀を保ちながらも、「その気はないから今後一切近づくな」という警告を含んでいる。言葉自体は柔らかいが、きっぱりと拒絶の意を示すやり方がルードさんっぽいなと思った。

私は、アレンの隣でにこにこしているだけで何も話す必要はない。ときおり恨めしそうな視線を感じたが、ここまで夫が拒絶してくれているので安心できた。

ユンさんは、妻である私を蔑《ないがし》ろにする親戚たちに「なんと無礼な」と怒り心頭だったけれど、ジャックスさんにそっと「まだ早いです」と耳打ちされていた。

まだって何、まだって……？　早いも何も、トラブルは起きていない。

アレンは我慢強く来客に対応していたが、とうとう八組目に問題は起きた。

叔母のカテリーナ様から、「娘を新しい妻にどうか」としつこく言われたのがきっかけだった。

「グレナの美しさと教養の高さは、どこのご令嬢にも負けませんわ」

彼女は娘のグレナ嬢が十八歳であること、アレンと並べる美貌であることを強調した。

辺境伯爵家の娘という部分も、将軍の妻としてぴったりだと言った。その目は、暗に私の身分が低いと嘲笑《あざわら》っていた。

「私の妻はソアリスです。ご心配いただかずとも結構ですよ、叔母上」

「まぁ、考える時間はたっぷりありますわ。せっかく戦場から帰ってきたんですもの、世間にはもっとたくさんの花が咲いていることに気づくべきです」

何度アレンが断っても、娘のグレナ嬢もまったくへこたれない。

「ずっとアレンディオ様にお会いしたかったんです。いとこ同士ですもの、これから親しくいたしましょう？」

グレナ嬢の大輪の花を思わせる赤みがかった緋色《ひいろ》の髪はなめらかなウェーブで、大きな胸に細いくびれという理想的なスタイルは多くの男性が放っておかない妖艶な雰囲気だ。

私は彼女の勝ち誇った視線に気づいたものの、ただ人形のように笑ってやり過ごした。

アレンがグレナ嬢の申し出を受けるとは到底思えず、しかもだんだんと苛立《いらだ》っているのが伝わってきていたから。

それに気づかず、叔母様はさらに続けた。

「これまでもご苦労なさったでしょう？　それなのに、十年も前に決まった意に沿わぬ結婚でずっと不自由な思いをなさるなんて……」

おかわいそうに、と言いたげに大きなため息をついた。

アレンは我慢の限界に達し、二人をぎろりと睨《にら》んだ。

「意に沿わぬ結婚？　ソアリスを妻にできたことは、私の人生で最も幸いなことです。第二夫人も愛《あい》妾《しょう》も不要です」

そう言って席を立ったアレンは、自ら扉を開ける。

「本日はありがとうございました」

その目は殺気立っていて、さすがにこの状態のアレンを見てまだ居座れる者はいない。

叔母様は、逃げるようにして去っていった。

それに続いたグレナ嬢は、席を立つ瞬間に「腐ったミケリアが」と私にだけ聞こえるように言い捨てた。

私の髪色が、ミケリアの花が朽ちかけたときの色みたいという悪口だった。十八歳と比べると二十二歳は枯れた花に例えるくらいおばさん、とも言いたかったんだろうな。

こんなことで傷つくほど、深窓の令嬢として育っていない。

私はグレナ嬢の捨てゼリフを聞かなかったことにして、形式通りに見送る。

「本日はお越しいただき、ありがとうございました」

私も随分と図太くなったものだわ。

でもこれはすべて、アレンが私を手放さないと信じられるから。半年前のすれ違い状態で親族と対《たい》峙《じ》していたら、敵前逃亡していたかもしれない。

改めて、夫の愛情深さに感謝した。

誰もいなくなった応接室は、些《さ》細《さい》な衣《きぬ》擦《ず》れの音すら聞こえるほど静かだった。

ドカッと乱暴に椅子に座ったアレンは、心底うんざりだという風に右手で顔を覆い目を閉じる。

「アレン、大丈夫ですか？」

将軍職よりこちらの方が疲れる、その姿からはそんな気持ちが見て取れた。

「俺は大丈夫だ。ソアリスに嫌な思いをさせてすまない」

「私こそ、大丈夫ですよ。アレンが守ってくれましたから」

ここまで夫が拒絶を示してくれるんだから、私自身が戦う必要もないわけで。

一人掛けの椅子に座るアレンのそばに寄り、その左手にそっと自分の手を重ねて言った。

「ありがとうございます」

するとアレンは、意味がわからないと眉根を寄せる。

その表情が珍しく、そしてかわいらしく思えてしまい、私はふっと笑いが漏れた。

「アレンが私を選んでくれて、うれしいのです。だから、ありがとうございますと」

「そんなこと当然だ」

微笑み合っていると、アレンの大きな手が私の頬にかかる。

ゆっくりと顔が近づき、私は目を閉じた――

ところが、ちょうどそのタイミングで扉をノックする音が聞こえてくる。

私はすぐに姿勢を正し、アレンから飛びのくようにして離れた。

「アレン様、奥様。こちらにいらっしゃいますか？」

ジャックスさんだ。

私はドキドキする胸を手で押さえ、深呼吸してから返事をした。

「はい、どうかしました？」

ちらりとアレンを見ると、不貞腐《ふてくさ》れている。

邪魔されたと思っているのかも……。でもお仕事ですからね⁉

ジャックスさんも、わざとタイミングを狙ってきたわけじゃないし、仕方ないですよ⁉

扉に近づき内側から開けると、そこには笑顔のジャックスさんが立っていた。

「特務隊の配備が決まりました。あと、リンドル家の皆様がご到着です」

「まぁ、思っていたより早かったのね」

きっとニーナが急《せ》かしたんだろう。

「出迎えなければな」

「はい、ありがとうございます」

立ち上がったアレンはそのまま廊下へ出るのかと思いきや、私の肩にそっと手を添えて顔を寄せてくる。キスをされると思った私は、つい両手でそれを防いでしまった。

「…………」

「あの、人前ですから」

目を伏せる私。アレンは不満げだったけれど、静かに姿勢を元に戻す。

微妙な空気が漂う中、ジャックスさんがきょとんとした顔で言った。

「え、俺のことは置き物と思ってくれていいですよ。キスなり抱擁なりお好きにどうぞ?」

彼は本心からそう言っているみたいだった。

「すみません、私がよくないんです……」

「邸の中なのに?」

「邸の中でも、です」

一応、羞恥心というものがありまして。人前でキスをするのは恥ずかしいです。

「奥様、変わってますね〜」

「私が変わっているの!?」

世間でも人前でキスはしないと思うんだけれど？

唖然《あぜん》としていると、アレンが「行くぞ」と言ってジャックスさんを促す。

私も一緒に歩き出し、階段のところまで行くと家族の姿が目に入った。

「お姉様！」

私とよく似たシルエットのニーナが、振り返ってパァッと顔を輝かせる。その隣にはエリオットもいた。

アレンと二人で玄関まで下りると、父と母は恭しく礼をした。

「このたびは、故郷への凱旋おめでとうございます」

アレンもそれに応え、少しだけ口角を上げて微笑んだ。

「お疲れでしょう。部屋を用意しておりますので、まずはゆっくりなさってください」

「お気遣いに感謝いたします」

以前よりも少しだけ身なりがよくなった父は、母をエスコートしながら、執事の男性に案内されて部屋へ向かった。

ニーナとエリオットも両親に続き、それぞれの部屋へと向かう。

私とアレンも一緒に歩いていると、ニーナがうふふとうれしそうに微笑んだ。

「もうすっかり仲良し夫婦ですね～。並んで出迎えてくれる姿があんまりしっくり来ていたから、びっくりしちゃいました」

「ニーナ、大人をからかわないで」

苦言を呈す私。けれどアレンは上機嫌で答える。

「ニーナは正直なだけだ」

「ほら、お義兄様《にいさま》は私のことをわかってくれているわよ」

まるで昔から親しかったように、ニーナはアレンに接する。

妹は甘え上手で、昔から年上にかわいがられることが多かった。借金取りのサミュエルさんの後をついて回っていたのが思い出される。

ここでエリオットが、呆れた目をニーナに向けた。

「義兄上《あにうえ》は美形の将軍なんだから、馴《な》れ馴れしすぎるのはよくないよ。あそこの妹は、姉の夫を奪おうとしているとか、噂が立ったら困るでしょう」

それを聞いたニーナは、ぎょっと目を見開く。

姉としては、まだ十五歳のエリオットが世間体を気にした発言をする方が驚いた。

「ええっ！　それは困るわ！　私はお義兄様のお顔は好きだけれど、自分がどうにかなりたいわけじゃないもの。毎日こんなにきれいな顔を見ていたら、目が痛くなるわ」

「ニーナ。失礼なこと言わないで」

焦る私を見て、アレンは苦笑する。

「そういえば、さっき卑猥《ひわい》な美人が怒った様子で出ていったけれど、あの人は何？」

もしかしなくてもグレナ様のこと……？

あまりに露出度の高いドレスを着ていたから、ニーナに卑猥な美人と表現されてしまっていた。

「ははっ」

隣でアレンがめずらしく噴き出すほど笑った。

「あれは俺の親戚だ。愛妾希望だそうだが、追い返したから機嫌が悪かったんだろう」

アレンの言葉に、心底嫌そうな顔をしたのはエリオットの方だった。

「うげっ、貴族って本当に大変」

ん？　あなたも一応は貴族で、将来はリンドル子爵を継ぐんだけれど？

ニーナは対照的に、明るく笑い飛ばす。

「しつこそうね、あぁいう女の人って」

予言みたいなことを言うのはやめて欲しい。

「親戚に英雄がいたら、それこそ一度や二度の拒絶じゃ諦めないわよ。お酒を飲ませて酩酊《めいてい》させて、結婚の約束をさせるご令嬢もいるって聞いたわ」

デビュタントの際に、宰相様のお嬢さんや同じ年頃のご令嬢たちと仲良くなったそうだ。

まさかそんな情報共有をしていたとは……。

「アレン様、奥様。そろそろ次のご予定がございます」

空気に徹していたルードさんが、笑顔で移動を促す。

「あぁ、ダンスレッスンの予定だろう？　早めに親戚連中が帰ってくれてよかった」

「あなたが追い返したんですよ、あなたが。ですが、実は王都から急ぎの知らせが入っております。ダンスレッスンは中止です」

「中止？」

急な知らせとは？　私とアレンはダンスが大の苦手夫婦なので、そのレッスンが中止になるなんてよほどのことだった。

私とアレンは、ルードさんを見つめる。

しかし、彼がこの場で内容を明かすことはなかった。

「ジャックス、お二人のことを頼む」

「わかりました」

ルードさんは、弟妹のことを部屋まで送るようにジャックスさんに命じる。部外者の二人には、聞かせられない話なのだろう。

「私も外した方がいいですよね」

「いえ、奥様もアレン様とご一緒に来てください」

騎士団の関係の話ではないらしい。

私が聞いてもいい話で、重要なことって一体何なの？

胸がざわめき、「何か悪い知らせでなければいいけれど……」と思った。

アレンはそんな私の不安に気づき、そっと手を握る。

私たちはさきほど通ってきた廊下を再び戻り、邸内にある一室へと向かうのだった。


ヒースラン伯爵邸は、日当たりのいい南側に真っ白なカサブランカが咲き誇る庭園がある。

カサブランカを見ると心が穏やかな気持ちになる、と言っていた亡き妻のため、お義父様がこだわって造らせたそうだ。

庭園をぐるりと回るように敷かれた石畳の通路を、二頭立てのダークブラウンの馬車がゆっくりと走ってくる。

軽快な蹄《ひづめ》の音が次第に大きくなり、それは玄関の正面で止まった。

ガチャリと扉の開く音がして、中から艶やかな黒髪の青年が降りてくる。旅の疲れなどまったく見えない生き生きとした表情で、凛《りん》とした立ち居振る舞いはまさに「理想の王子様」そのものだ。

「ジェイデン王太子殿下、ようこそお越しくださいました」

お義父様の言葉をきっかけに、アレンや私をはじめ、特務隊も使用人たちも一斉に礼をする。

王太子殿下は、爽やかな笑みを浮かべ「顔を上げてくれ」と告げる。

「出迎えに感謝する。ヒースラン伯爵家ご当主、アレンディオ将軍」

王妃様によく似たそのお顔立ちは、王都でなくとも眩《まぶ》しさは健在だった。

ニーナのデビュタント以来、私は二度目の対面となる。アレンは両陛下ならびに王太子殿下とも懇意にしているらしく、特に変わった様子はなかった。

「長旅でお疲れでしょう」

「あぁ、だが叔母上の方がお疲れだと思う」

くるりと振り返った王太子殿下は、少しいたずらな瞳で今馬車から降りてきたばかりの姫君を見た。

アイボリーのワンピースに大きめの帽子をかぶったローズ様は、王太子殿下のその言葉に少し眉根を寄せて言った。

「叔母上はやめてくださいってお願いしましたよ？　二つも年上のジェイデン様にそう呼ばれるのは

さすがに受け入れられません」

別々の馬車に乗ってきたとはいえ、この三日間の旅で二人は随分と仲良くなったみたい。

そのやりとりは、まるで兄妹《きょうだい》のじゃれ合いにも見える。

ジェイデン王太子殿下からすれば、『突然現れた年下の叔母』がローズ様である。最初は戸惑う気持ちがあったはずなのに、ローズ様を気遣って冗談を言う余裕があるのだと伝わってきた。

「では、ローズ様。こちらに来てご挨拶を」

「はい。皆さま、このたびはお招きいただきありがとうございます」

ご挨拶を、と言われた瞬間ややお顔に緊張が滲《にじ》んだローズ様だったけれど、習った通りにカーテシーをして無事に挨拶を終えた。

「さぁ、どうぞ中へ」

お義父様に促され、私たちは揃《そろ》って邸へと入る。

応接室にはティーセットと軽食、スイーツがたくさん用意されていて、王族の方々を迎える準備はばっちりだった。

王都からの知らせは「体調を崩した国王陛下の代わりに、王太子殿下とローズ様がパーティーに出席する」というものだった。

陛下は生まれつき肝臓が弱く、ときおり安静が必要になるのだとアレンから聞いた。

戦後処理の交渉や王太子殿下と隣国の王女との婚約、それに先王の隠し子であるローズ様が見つかったことなど、この一年ほどは特に心労が大きかったのは想像できる。

今回はあくまで遠出を避けての療養ということで、命に別状はないというので安心した。

応接室に到着すると、奥のソファーに王太子殿下とローズ様、向かい側に私とアレンが着席する。

一人掛けの椅子にはお義父様が座り、周囲にはルードさんやユンさん、王太子殿下の秘書官や護衛がずらりと立って並んでいる。

王太子殿下のお連れ様たちと私は初対面なので、応接室は十分な広さがあるのに息の詰まるような心地になった。

テーブルの上には、湯気を立てるおいしそうな紅茶が並び、メイドたちが退出するとジェイデン王太子殿下が最初に口を開いた。

「このたびは急な変更にもかかわらず、このようにもてなしてくれて感謝する。せっかくの披露目の前に、こちらの都合で迷惑をかけた」

いわゆる前置きや世間話は一切なく、王太子殿下は最初から本題に入る。相手の出方を見るような会話をしないのは、アレンや特務隊のことを信用してくださっているのかもしれない。

お義父様は、当主として落ち着いた声音で答えた。

「そのようなお言葉をいただけるとは、こちらこそ感謝いたします。アレンディオとソアリスの披露目のために、王太子殿下と王妹殿下に出席していただけるなどとても栄誉なことでございます」

「そう言ってもらえるとありがたい」

穏やかなムードに、私も自然と表情が和む。

ここで、王太子殿下の目が私の方に向けられた。

「ソアリス殿。このたびは陛下が出席できず、心苦しく思う。この詫《わ》びはまたいずれ」

またお詫び⁉　ニーナのデビュタントで十分ですが⁉

陛下の持病については仕方のないことで、お詫びしてもらうようなことは何もないと思った私は、慌ててそれを辞退する。

「そんな……！　王太子殿下やローズ様がはるばるお越しくださったこと、本当にありがたいと思っています。詫びなど必要ありませんので、どうか」

私の必死さが伝わったのか、王太子殿下はくすりと笑った。

アレンから「殿下はおおらかで陽気な性格だ」と聞いていたけれど、どうやらそれは本当らしい。身分を鼻にかける印象はまったくなく、気さくで親しみやすい方だった。

「あぁ、そうだ、私のことはジェイデンと呼んで欲しい。アレンディオとはよく話す仲なんだ、夫人も気軽に接してくれたらと思う」

私は笑顔で頷く。

ジェイデン様は紅茶を飲むと、はぁとひと息ついて少しだけ十八歳の青年らしい顔をする。やはり、移動は気を張っていたのかもしれない。

隣に座るローズ様は、「これはお砂糖を入れる紅茶なのかしら？」と疑問に思っていそうなご様子で、ちらちらと視線を動かしていた。

私がローズ様に手元を見せるようにして砂糖を入れれば、「私も！」と表情を輝かせて同じようになさった。苦みの強いお茶が飲めないのは、城に上がってからずっと変わらないみたい。

「ジェイデン様、どうか滞在中はごゆるりとお過ごしください。精いっぱいおもてなしさせていただきます」

お義父様が改めて歓迎の意を示すと、ジェイデン様は明るい声で笑って言った。

「ありがとう、そうさせてもらうよ。せっかく堅苦しい城から出られたんだ、ヒースラン伯爵家にはそういう意味でも感謝しているよ。何でも言ってくれ、力を尽くそう」

「あははは、では何かの折にはぜひ」

とてもノリのいい王子様とお義父様は、楽しげに笑い合う。

陛下の体調不良が深刻に思われないように、わざと明るく振る舞っているのかしら？

アレンに目だけで問いかけると、少し目を細め、静かに頷いた。

私も陛下のことは心配だけれど、今は明るく振る舞うのがいいんだろう。

「明日は街へ出ようと思っている。せっかく来たのだから、ここ数年で大いに発展したというルクリアの街を見て回りたいのだ」

「では、そのように手配を」

アレンはルードさんに目配せをする。

ジェイデン様が街を歩くとなれば、護衛や道案内が必要だ。

「ローズ様や連れてきた侍女たちも、気晴らしになればと考えている」

「えっ？　私たちも街へ出ていいんですか⁉」

おとなしくお茶とお菓子を楽しんでいたローズ様が、驚きの声を上げた。城と同じく、ずっとこの邸の中にいなければいけないと思っていたらしい。

今回、ローズ様は侍女を三人連れてここへ来ていた。マルグリッド様と伯爵令嬢が二人である。

子どものようにキラキラとした目をするローズ様に、ジェイデン様は苦笑しつつも「構わない」と言った。

ここで、壁際に控えていた殿下の秘書官の男性が会話に入ってくる。

「明日、ローズ様は殿下の妹を装って出かける予定です。短い時間ではありますが、貴族令嬢が旅行に来ているように素性を偽り、街を見て回っていただきます」

「ありがとうございます！　クリスさん！」

うれしそうなローズ様を見て、皆一様に表情を緩めた。

私も笑みを浮かべていると、秘書官の方とふと目が合う。彼の柔らかな金髪に碧《あお》色の瞳、高貴な雰囲気はどこかで見たことがあると思った。

いつかのパーティーや舞踏会でご挨拶したのかしら、と疑問に思っていたところ、にこりと笑った彼が自己紹介をする。

「奥様、初めまして。ジェイデン様付き秘書官のクリス・シュヴェルと申します」

「シュヴェル？」

それって……。

私はすぐそばのユンさんを振り返る。

「妹がいつもお世話になっております」

「!?」

ユンさんのお兄様だった！

そのお顔立ちはもちろん、にこにこしているけれどとても頼もしそうなところがよく似ている。

ユンさんは「職務中に会いたくなかった」という雰囲気で、やや嫌そうな顔を見せる。

「クリスは王都に置いてきたかったなぁ」

ぽつりとそんなことを口にしたジェイデン様に、クリス様は満面の笑みを向けた。

「今回は急なことでしたから、陛下の代わりに行わなければならない執務も山積みです。ジェイデン様を自由になんてさせませんよ」

この有無を言わせぬ圧、ルードさんによく似ている。ちらりとルードさんを見れば、彼もまた笑みを浮かべていた。

その後の話し合いで、アレンもジェイデン様についていくことに。私は衣装合わせやら何やらがあるので一緒に行けず、辞退させてもらった。

「ソアリスがいないのに。俺が同行する必要性は？」

「将軍だからな」

「くっ……！」

自領に王太子殿下が来ていて、完全に放っておくわけにはいかない。そういうことなのだろう。

さらには、ローズ様たっての希望でニーナやエリオットも一緒に出かけることになった。

「ソアリスさんのご弟妹《きょうだい》なら、きっと仲良くなれると思うんです！」と純真無垢《むく》な瞳で頼まれたら嫌とは言えない。

不安はあれど、二人にがんばってもらうしかなかった。

うちの弟妹の護衛も追加されるので、きっとルードさんとクリス様はこの後の準備が大変だろう。

それでも、王族の方が羽を伸ばせる機会なんてほとんどないのは理解できたので、ジェイデン様にもローズ様にも街歩きを楽しんでもらいたいと思った。

伯爵家のドレスルームは、一階の奥にある。

ジェイデン様たちが各部屋で休息を取っている今のうちに、私はユンさんと共に衣装合わせをしようと移動していた。

「よかったですね、ここまでローズ様についてこられなくて」

応接室から出ようとしたとき、ローズ様が私と一緒にドレスルームに行きたいと言い出したのだ。

お部屋で休憩を……と言われたものの、馬車の中でじっとしているのに飽き飽きしていたらしく、私に話し相手になってもらいたかったらしい。

お披露目前で私にも準備があるのだとユンさんに説明され、納得はしてくれた。でも、とてもしょんぼりしたご様子だったのが気にかかる。

「お庭で気を取り直してくれたらいいのですが……」

ローズ様の好きなお花がこの邸にはたくさんある。部屋で着替えた後、侍女たちを誘って庭園へ行くと言っていた。

「普通ならわかることがわからないと、社交界で友人を作るのも苦労するでしょうね」

ユンさんは呆れ半分、同情半分といった様子だった。

パーティーの主催者は忙しい。貴族令嬢ならわかることがローズ様にはわからないのだ。

「マルグリッド様や侍女たちと、もっと打ち解けられると変わってくると思うんですが……」

ドレスルームに到着すると、女性騎士が見張りについてくれていた。

中に入ると、たくさんの衣装や装飾品が並んでいる。

準備をして待っていたメイドたちが、笑顔で私を迎えてくれた。

私は「ついに」と身構える。

「大丈夫です、ソアリス様。コルセットで何とでもなります」

「期待しています……！」

アレンと一緒に暮らし始め、生活の質がぐんと向上したために太ってしまったのは事実で、今すぐには痩せられない。苦しいのは嫌だけれど、アルノーのお姉様が用意してくれた最新型コルセットでどうにか乗り切りたいところだ。

ふかふかのベージュの絨毯《じゅうたん》を踏みしめながら進み、さらに奥の扉を開けるとそこにはシンプルなフィッティングスペースがある。

新しいドレスを見る前は、いつもドキドキする。

お披露目という特別な場で着るドレスだから、なおさらだった。

「こちらです」

大きな鏡に、アイボリーの壁紙だけのフィッティングスペース。その中央に、お披露目用の衣装を着たトルソーがあった。

それは私が想像していたどんなドレスとも違い、思わず立ち止まって息を呑む。

「これ……」

輝くような、純白のドレス。

シンプルなAラインのスカートは、真珠がたくさんちりばめられていてキラキラしていた。銀糸の刺繍《ししゅう》が上品で、首元のレースは繊細すぎて着るのが怖いくらい。

「もしかして、これはアレンが？」

ドレスは、お義父様が用意してくれているはずだった。

でも、これを見ればそうではないと気づかされる。

「アレン様が、真っ白いドレスを着たソアリス様を見たいとおっしゃったそうです」

デビュー用の華やかでかわいらしいものではなく、貴婦人が好んで着るような大人っぽいデザインではあるけれど、どう見ても真っ白だ。

「どうか、お近くでご覧になってください」

ユンさんに促され、私は恐る恐るドレスに近づく。雪のように白い生地は、見たこともないほど美しく、そっと触れると柔らかで心地いい肌触りだった。

「どうして？」

唖然として、言葉らしい言葉が出てこない。手に取って確かめると、ますます混乱した。

ユンさんはくすりと笑う。

「ニーナ様のデビュー用のドレスを見に、ドレスサロンへ行かれましたよね？　あのとき、アレン様は妹君のドレスだけでなくソアリス様のドレスも依頼したそうなんです。アルノー様のお姉様に、純白のドレスを作って欲しいと」

ニーナのデビュー用衣装は、仮縫いまで完成した時点で一度ドレスサロンへ確認しに行った。

それは覚えている。

「まさかあのときに？」

そういえば、帰り際にエフィーリアお姉様とアレンが何か話していたような。二人が密《ひそ》かに言葉を交わすのを見て、私はちょっとだけ嫉妬したんだ。

あのときにアレンがドレスを頼んでいたとは、思いもしなかった。

「私はもうデビュタントなんてする年じゃ……」

十代でもない、結婚もしている。

それなのに、これを着てもいいの？

アレンったら、何の相談もなくこんな風にドレスを贈ってくれるなんて……。忙しいのに、きっとデザイン画の確認にも時間を割いたはずだ。

「何も教えてくれないんだから……」

目尻に涙が滲む。

息を大きく吸い込んでどうにか泣くのを堪えるけれど、喉がじわじわと痛んだ。うれしい気持ちと、今さらという恥ずかしさが混ざり合い、胸がいっぱいになって喉が詰まる。

「アレン様には『一緒に奥様の喜ぶ顔を見ませんか』って提案したんですよ？　でも、『余計なことだと思われたら』とか『俺の前だからといって無理に喜ばせるのも』とか言って……。おほほほ、へタレですわね」

ユンさんが楽しそうに笑ってそう言った。

「余計なことだなんて思うはずがないのに。アレンったら」

純白のドレスを着ることは、一生ないんだと思っていた。

理想を思い描く前に、そんな余裕はないっていう現実がどんと目の前にあったから。

私の十代後半は、生活のためにお金を稼ぐことがすべてで、着飾ることは二の次だった。私服三着の没落令嬢に、デビューを夢見る暇はない。

私は無理でも、ニーナのデビューをこの目で見られただけで十分だった。羨ましいという気持ちすら湧いてこなかったのに……。

「実際に手の届くところにあると、こんなにもうれしいんですね」

筋となって頬を伝う涙を、そっと指で拭う。

「ソアリス様の白い肌と髪によく映える、美しい生地だと思います。すでに招待客の皆さんには、デビュタントも兼ねると伝えてあるそうです」

「何から何まで、もう」

手際のよさに、思わず笑ってしまった。

アレンにはいつも驚かされてばかりだ。

今すぐ彼の顔が見たい、お礼を言いたいという衝動が込み上げる。私がこれを着た姿を見てもらいたい、とも思った。

「今からリルティアにメイクをしてもらって、着付けをしてもらって……。その頃には、アレンの打ち合わせは終わっているかしら？」

今、アレンはお義父様やルードさんと一緒にいる。晩餐まで予定はぎっしりのはずで、でもどうしても直接顔を見てお礼が言いたかった。

ユンさんは「かしこまりました」と言い、すぐにアレンの時間を確保するために部屋を出る。

控えていたリルティアや使用人たちは、メイク道具やパニエ、装飾品などを手にしてやる気満々だ。

「奥様、急いで仕上げますよ」

「はい。お願いね……、って、え？　それ？」

使用人が手にしているコルセットが、見るからに細い。

ワンピースを脱ぎ、肌に保湿液や香油を擦り込まれ、本番さながらにフィッティングが始まった。

「奥様！　いち、にー、さん、って、息を止めてくださいね！」

背後に立ち、コルセットの紐《ひも》を手にしたリルティアが気合を入れる。

私はゴクリと唾を飲み込み、覚悟を決めた。

「いち、にー、さん！」

「ひぅっ!?」

壁に手をつき、必死で締め付けに耐える。肋骨《ろっこつ》の下の方から順番に紐が締まっていき、コルセットが鎧《よろい》のように固く上半身を包み込む。

ときおり苦しさで意識が白くなり、何度も心の中で「助けて」と懇願を繰り返した。

ようやく装着が終わり、リルティアは満面の笑みで宣言する。

「ばっちりです！　完璧なスタイルですよ！」

余分なお肉が胸に寄せられて、スタイルがよく見えることはうれしいけれど、今にも倒れそうなくらいに苦しい。

一口でも何か食べたら、絶対にその場で吐くと思う。

「さぁ！　お着替えとメイクはまだ続きますよ！　がんばってください！」

アレンが来るまで、私と使用人たちの奮闘は続いた。

結局、私の支度が終わるまでにかなりの時間を要した。

「おかしいところはない？」

「はい、おきれいです」

座っていればいいのに落ち着きなく動く私を、使用人たちは温かい目で見守ってくれている。

しばらく待っていると、ユンさんの声でアレンの到着が知らされた。

「失礼いたします。アレン様がいらっしゃいました」

私が着替えていた隣の部屋は、すっかり片づけられ、椅子やテーブルがセッティングされている。

アレンはそこへ案内され、衝立《ついたて》越しに私に声をかけた。

「ソアリス？　もう準備は終わったのか？」

「ええ、ついさきほど」

これまでそばにいてくれたメイドたちは、一斉にこの場から退出する。あまりの素早さに目を瞠るうちに、しんと静まり返った広い部屋で私はアレンと二人きりになった。

目の前に大きな衝立があるから、互いの姿は見えない。

「ソアリス？　そっちへ行っていいのか？」

様子を窺うようにアレンが尋ねる。

衝立なんかがあったせいで、もったいぶった感じになっている。

「いえ、あの、私がそちらへ行きます！」

とはいえ、急に緊張してきた。

本当に私に似合っている？

アレンの期待に沿えた姿なの？

「あの、ドレス、とっても素敵でした。私、とてもうれしくて……」

心臓が強く鳴る音が聞こえる。

手をぎゅっと組み合わせ、背筋を伸ばして深呼吸した。

直接顔を見てお礼を言うつもりだったのに、ここにきて自信がなくなった私は衝立越しに話し始めてしまった。

――ガタッ。

「え？」

突然に衝立が横に動き、驚いて顔を上げるとアレンと視線がかち合う。

私が覚悟を決めるその前に、アレンが障害物を取り除いてやってきたのだ。

「…………」

彼は何も言わず、ひたすらじっと私を見つめる。

「…………アレン？」

ドキドキしながら、彼の反応を待った。

呼びかけても何も言ってくれないなんて、これまでになかったので少々不安になってくる。

二人して黙り込んだ後、しばらくしてアレンが口を開いた。

「――きれいだ」

アレンは感極まり、喜びで目を細める。アレンのうれしそうな顔は何度も見たけれど、これほど幸せそうに微笑んでくれるとは思ってもみなかった。

　大きな手がそっと私の肩に置かれ、壊れ物に触れるように引き寄せる。

「あぁ、想像していた何倍もきれいだ。よく似合ってる……！　誰にも見せたくないほど美しい」

　胸に抱き寄せられ、私もゆっくりと彼の背中に腕を回す。

　目を閉じると、かすかに彼の心音が聞こえて心地よかった。

「本当にありがとうございます。まさか純白のドレスを着る日が来るとは思いませんでした」

「俺が君にどうしても着せたかったんだ。ワガママを聞いてくれてありがとう」

「ふふっ、ワガママだなんて。アレンは私を驚かせるのが得意ですね」

　アレンは少しだけ腕を緩め、私の顔を見下ろして言った。

「本当にきれいだ。ずっとこうして眺めていたい」

　じっと見つめられると照れてしまい、私は少し視線を落とす。

　すると、額や目元、頬に次々とキスをされる。

「あの……、眺めると言ったばかりですが？」

　ただでさえ速い鼓動が、限界まで速くなる。

　彼の行動を制するように手をつっぱると、両手共に握り込まれてすぐに距離を詰められた。

「眺めていたらこうしたくなった」

　唇がしっかりと合わさり、何度もキスを交わす。

　背中と腰にしっかり腕が回されていて、立っているのがやっとの私をアレンは逃がさない。

「ふぁ……」

苦しげな吐息を漏らすも、私はすっかり捕まってしまっていた。

まずい、苦しい。コルセットのせいもあって、うまく息が吸えない。

このままでは人生で初めて意識を失うかも、というときになって扉が激しくノックされた。

――コンコンコンコンコンコン‼

私たちは驚いて動きを止めた。

「お姉様！　助けてー‼」

「ニーナ⁉」

驚いて名前を呼ぶと、それを返事と受け取ったニーナは扉をバタンと勢いよく開けて入ってきた。

そして、開けてあった続き間の入り口から泣きそうな顔を出す。

「明日、王族の方とおでかけするって！　着ていける服がないのっ！　お姉様助けて……‼」

妹は一気に用件を告げると「はっ⁉」と目を見開いて唖然とした。

「ご、ごめんなさい。お邪魔を」

「へっ、あっ、あああ、その、これは……！」

私は慌ててアレンから身体《からだ》を離す。

妹には見られたくなかった。みるみるうちに、自分が真っ赤に染まっていくのがわかる。

「えーっと、おでかけね？　うん、そうよね？　あの、そこにある茶色の衣装箱とワンピースを持っていって？　そこにあるのは私が王都から持ってきたものだから、好きに着てもらったら」

ニーナは、私が指差した箱を自分で軽々と持ち上げ「ありがとう！」と言う。

そして慌てて去っていった。

「私はもう部屋に戻るから、どうぞ続きを！　それじゃ！」

続きとは？

妹に気を遣われ、気まずくてアレンと目を合わせられない。

静けさが妙に気になり、自分の心臓の音がうるさく感じた。

俯く私に、アレンは長い腕を回してもう一度ぎゅっと抱き締める。

「アレン？」

まさかとは思うけれど……。

私が見上げるより先に、アレンは素肌の肩に軽く口づけをした。

「続きを、と許可が出たから」

「っ⁉」

私の反応を見て、アレンはからかうような目で笑う。楽しんでいるのが伝わってきた。

胸が苦しいのは、コルセットのせいだけじゃない。

本当に今度こそ卒倒するかも、そんな危機を感じていた。

【第三章】　十年愛が報われるとき

翌朝。

ジェイデン様御一行は、朝早くから準備をしてルクリアの街へ出かけていった。

私はジャックスさんや使用人たちと共に邸《やしき》に残り、笑顔で皆を見送った。

ユンさんたち女性騎士はローズ様の護衛として、令嬢らしいドレスでそばに侍っている。

「どうかお気をつけて」

手を振る私たちを置いて、一行を乗せた馬車が遠ざかっていく。

アレンたちは先に街へ向かっていて、近衛の待機している宿で合流する予定だ。

いくらお忍びとはいえ、事前に観光ルートを下見しておかないと不測の事態に対処できないということで、昨夜から出かけていた。

こうなるともう、アレンは休暇どころではなく、明日のお披露目の主役であるのに休息は存在しない。私は少しだけ寂しさを覚えつつも、嘆いても仕方ないので自分にできることをしようと思う。

ふとそばを見ると、マルグリッド様が遠ざかる馬車を眺めていた。

もう一人の侍女はローズ様と一緒に街へ出たが、マルグリッド様は邸に残って休息を取ると聞いている。横顔は美しく立ち姿は凛《りん》としていて、さすがは公爵令嬢という気品を放っていた。ついついその姿を見つめてしまうと、視線に気づいたマルグリッド様がふと口元に笑みを浮かべた。

「将軍がおでかけになられて、お寂しいでしょう」

もしかして顔に出ていたのかしら、と私は一瞬どきりとする。

「いえ、あの、私は大丈夫です。これまでも数日間、ずっと一緒でしたから」

「そうですか。明日のお披露目、楽しみにしておりますわ。なんといっても、英雄将軍ご夫妻のお披露目ですものね。お招きくださり、とても光栄に思っております。……では、わたくしは部屋で休ませていただきます」

「はい、また夕食の際に」

スッと礼をして下がっていくマルグリッド様。お元気そうには見えるけれど、移動で疲れたのかもしれない。

顔に出さない、言葉にも出さない。王太子妃候補だった方は、今日も心の中が見えなかった。

マルグリッド様は、ローズ様のお部屋で私と言い争いのようになってからも、まるで何事もなかったかのように振る舞う。

私としてもそれはありがたかったので、あえてあの日のことを話題に上げようとは思わない。

この日、私はジャックスさん相手にダンスレッスンを行い、入浴後はメイドたちに全身くまなくマッサージをされ、野菜中心の昼食をとり、御礼状をしたためてから邸の庭を散歩した。

明日、いよいよお披露目だと思うとどうしても落ち着かない。

アレンは今頃どうしているかしら……、ニーナとエリオットはうまくお供できているだろうか、などぼんやりと考えながらゆっくりと歩く。

「お部屋に飾りましょうか、この白い花」

ジャックスさんが気を利かせて話しかけてくれた。

視線を落とすと、中央が黄色で花弁は白の清楚《せいそ》な花が咲いている。庭師に頼めば部屋へ運んでくれるというので、私はジャックスさんの提案を受け入れた。

「貴族の奥様方の間では、お風呂に花びらを浮かべて楽しむのが流行《はや》ってるらしいですよ」

「まぁ、そうなの？　よくご存じですわね」

美しい庭は、その家の家格や財力を表す指標でもある。ヒースラン伯爵邸の庭はかつて荒廃しきっていたが、リンドル家の手が加えられて見事な薔薇《ばら》が咲き誇っていた。十年前よりもさらに美しく飾られた庭は、まるで夢の世界にいるかのような華やかさだ。

「アレン様と二人でのんびり散歩したかった、って思っています？」

ジャックスさんがニッと笑ってそんなことを言う。

「…………秘密です」

否定しない時点で認めたようなものだけれど、はいそうですとは言いにくかった。

「きっとアレン様も、早く奥様に会いたい、帰ってきたいって思ってますよ」

「慰めてくれているんですか？　もう、子どもじゃないんだから待っていることくらいできます」

一体、どんな寂しがり屋だと思われているのか。

苦笑いで言い返すと、ジャックスさんはあははと明るく笑った。

「私ったら贅沢《ぜいたく》ね」

あんなに素敵なドレスを贈ってもらって、夫から愛していると言ってもらえて、それなのにちょっとそばにいないだけで寂しく思ってしまうなんて。

この十年間、一度だって寂しいと思ったことはなかったのに。すっかりアレンのいる暮らしに染まってしまった。

ほんの少し、自嘲めいた笑みが浮かぶ。

「奥様は我慢しすぎですって。よそのご夫人は、もっと夫にあれしろこれしろってキレまくっていますよ？　宰相様なんて、家庭の話になると愚痴が止まりません」

「そんな大げさな」

「アレン様だって、奥様のワガママならぜひ聞きたいって思っていると思いますよ〜。休暇なんだから、もっと私のそばにいろって言ってみたらどうですか？」

ジャックスさんが、本気か冗談かわからないことを言う。

「もう、そんなこと言えるわけがないでしょう？　アレンは将軍で、騎士で、誰からも必要とされる存在なんですから、私がワガママを言ってはいけないんです」

仕事は最優先だから仕方ない。

夕暮れにはまだ早い時間。頬を撫《な》でる髪を手で押さえ、私はくるりと振り返る。

「中へ入りましょうか。そろそろジェイデン様たちが戻ってくるかもしれないわ」

薔薇のアーチを抜け、裏口からブーツの土を払ってもらって邸へ入っていく。

するとそこへ、カミラさんがいそいそと私を探してやってくるのが見えた。

「奥様、まもなく馬車が到着なさるそうです」

「あら、ちょうどよかった。すぐにお出迎えの準備を」

もうすぐアレンが戻ってくる。そう思うと心なしか笑みが零《こぼ》れた。

ここから正面玄関へは、東館を通って本館へ入り、角を曲がるとすぐだ。喜びを露《あら》わにする私は、使用人たちに生温かい目で見守られていた。

どうしよう、ちょっと恥ずかしい。

でもここは心を強く持って、気づかないふりをして廊下を急ぐ。

最速で迎えに出たつもりだったが、私が角を曲がってようやく玄関が見える位置まで辿《たど》り着いたとき、すでに御一行は玄関に入っていた。

荷物が運び込まれていき、ぐったりしつつも笑顔をキープする弟妹の姿が何だか微笑《ほほえ》ましい。いい社会経験になっただろうな、と思っていたら、すぐ近くにアレンとローズ様の姿があった。

「アレン様、今度は王都も案内してくださいね！」

「はい。殿下とジェイデン様のご予定次第ではありますが、ご一緒させていただきます」

うれしそうに次の約束を口にするローズ様。天真爛漫《らんまん》でハツラツとした笑顔は、とてもかわいらしいと思った。

アレンはかすかに微笑み、ローズ様のお誘いを受け入れる。

絶世の美女である王妹殿下と、鋭くも優しい目で見つめるアレンは、思わず息を呑《の》むほどお似合いで。親しげに愛称で呼ぶその様子に胸がざわついて立ち止まる。

わかっている。お忍びで街へ出て、「将軍」なんて呼んでしまったらすぐにバレてしまうから愛称で呼んでいるだけだ。

うん、それはわかる。理解できる。それなのにどうしてこんなに動揺するの？

ローズ様は、お城にいるときよりもずっと楽しそうでそのお姿はキラキラと輝いているかのように見えた。

「あ、プラム通りの花祭りは恋人同士に人気のお祭りなんですよ？　売られているパイを半分こして、中にチェリーが入っていたら幸せになれるって言われているんです」

「そうですか」

「はい、もう今年は終わっちゃったので来年になりますが。連れていってくださいますか？」

上目遣いのローズ様に、アレンは苦笑した。

「近衛に伝えておきます」

「アレン様も一緒に行くんですよ？　絶対ですよ？　私、それを目標にお勉強をがんばりますから！」

微笑ましい光景、きっと周囲にはそう見えているだろう。

アレンとローズ様は九つも年の差があるし、兄を慕うような気持ちだと思いたい。

それに、ローズ様がアレンに心を開いているのはいい兆しのはず。

けれど、私は何だかモヤモヤしてしまい、これじゃいけないと自分で自分を戒めた。

「おかえりなさいませ」

二人のそばに行き、笑顔で声をかける。

ローズ様はようやく私の存在に気づき、パァッと顔を輝かせた。

その純真さが私には眩《まぶ》しい。こんなにかわいらしい王女様に、勝手に嫉妬するなんて。自分の醜さを実感して息が詰まりそうになる。

「ソアリスさん！　ただいま戻りました！　皆さんによくしていただいて、とても楽しかったです！」

「それはよかったですね。夕食の際には、ぜひお話をお聞かせください」

うまく笑えているかな。何となくアレンと目を合わせることができなかった。

「ソアリス、何事もなかったか？」

アレンはいつも通り、私に優しく声をかけてくれる。

私は俯《うつむ》いたまま「はい、大丈夫です」とだけ返事をした。

ローズ様や侍女の二人は、それぞれのお部屋に戻っていった。

アレンも疲れているだろうし、部屋で休むはず。

「カミラさん、アレンや騎士の皆様にお茶を」

「かしこまりました」

ところが、アレンは自然に私の手を繋《つな》ぐとそのまま二階へ行こうとした。

「俺の部屋へ行こう。休むならソアリスと一緒にいたい」

やや強引に、彼の私室へと共に向かう。

「ようやく戻ってこられた」

ほんの少しの休息でも、私といることを選んでくれるアレン。その気持ちがうれしくて、嫉妬なんて忘れなきゃいけないと思った。

つまらないことを考えていないで、二人の時間を大事にしなきゃ。

繋がられた手をしっかりと握り返し、寄り添うようにしてアレンの部屋を目指す。

アレンの私室には、すでにお茶とお菓子の準備がされていた。疲れて帰ってくるだろうから、甘さ控えめのレモンケーキを頼んでおいたのだ。

アレンはあまり甘いものは食べないけれど、レモンケーキは気に入っているみたいだった。

あっさりめの紅茶を淹《い》れてもらい、私たちは並んでソファーに座る。

「お疲れになったでしょう？　夕食までは短い時間ですが、ゆっくりなさってください」

「あぁ、そうさせてもらう」

腿《もも》が触れるくらい近くに座ったアレンは、私の腰に手を回して半ば抱えるようにした状態で離れる気配がない。

「アレン？　どうかしました？」

十年ぶりのルクリアの街。王族の方が一緒だから、ゆっくり見て回るということはできなかっただろう。でも、故郷の懐かしい光景に思うところはあったらしい。

「すっかり街が賑《にぎ》わっていた。俺が子どもの頃は人もさほど多くなかったのに、見知らぬ家がたくさん建っていて……。この街は生まれ変わったんだなと思った」

その声は少し寂しそうで、でもうれしそうだった。

人々の暮らしが安定し、笑顔が増え、活気溢《あふ》れる街になっていることをアレンは喜んでいた。

「あなたが剣をふるっていたとき、街の人たちもがんばっていたんですね」

私も、一度ゆっくり見てみたい。ここは私にとっても生まれ故郷だから。

その腕で私を包み込むようにして抱いたまま、アレンは提案する。

「披露目が終わったら、帰る前に二人で街を歩こう。ソアリスに見せたい景色がたくさんあった」

私は微笑み、小さく頷《うなず》く。

「楽しみにしています」

「あぁ、俺も楽しみだ」

帰る前に少しくらいなら時間が取れるだろう。アレンと一緒にルクリアの街を歩けるなら、早朝でも構わない。

アレンは私の頬に手をかけ、そっとキスをする。

「ソアリスは何をしていたんだ？」

「私はダンスレッスンをして、庭園に行っていました」

将軍として過ごしている時間には、決して見せない穏やかな笑顔。こうして一緒にいられる時間が、とても幸せに感じた。

だが、コンコンコンと控えめなノックの音がしてそれは終わった。

寄り添うような姿勢から、私は慌てて飛びのく。

「失礼いたします」

ルードさんの声だった。

扉を開いた彼は、中に入ってくることはなくその場でアレンに話しかける。

「アレン様、少し見せたい物がございます」

ルードさんがこうしてここに来るということは、至急の用事だろう。アレンもそれがわかっているから、すぐに席を立つ。

ルードさんは、何かの書類の束や小さな箱を持っていた。箱の中には、茶褐色の液体が入った瓶が入っている。一見すると贈り物だけれど、ルードさんの雰囲気がやや険しく、そうでないことが感じ取れる。

アレンは振り返り、私を安心させるように言った。

「少しここで待っていて」

「はい」

パタンと閉まる扉。

アレンとルードさんは廊下で話を続けていた。

ここはアレンの部屋だから私が席を外せばいいのでは、と思ったものの、今出ていって話の腰を折るのもどうかと思い、おとなしくここで待つことにした。

紅茶にミルクを入れ、ティースプーンでかき混ぜる。そのとき、寝室の方からガタガタッと何かが崩れる音がした。

「何……？」

本か何かが、床に落ちたんだろうか？　窓が開けっぱなしなのかもしれない。

そう思った私は、寝室へと向かった。

茶色の扉を開けると、予想通り窓が開いているのが見えた。夕方まではこうして窓を開けていることはよくあるので、私は窓辺に近づき施錠をする。そして白いカーテンを引くと、何が落ちたのか音の原因を探し始める。

ベッドサイドにある小さなテーブルには、水差しとグラスがあった。本があるのは、アレンが読んでいたものだろう。そのすぐ下に目をやると、お香のようなものとそれを入れる四角い鉄製のケースが落ちているのが見えた。

アレンがお香なんて使うかしら？

少し違和感があった。そして、それを拾おうとして一歩足を踏み出したところで大きな異変に気づいた。

「っ⁉」

薄手の毛布と厚みのある掛布。おかしなほどに盛り上がっている。

まるで誰かがそこにもぐっているように見える。

いやいや、まさかね？

ドキドキする胸を手で押さえ、私は恐る恐るベッドに近づき右手で掛布に触れた。

――バサッ‼

勢いよく、掛布をめくる。

その瞬間、目に飛び込んできたのは白い肌の全裸の女性だった。

目が合っているのに動けない。

びっくりしすぎて、思考が停止してしまっていた。

なぜここに女の人が⁉　なんで裸なの⁉

たくさんの「なぜ？」がぐるぐると頭を巡り、私にできることはただ悲鳴を上げることだけだった。

「きゃぁぁぁぁ‼」

本邸中に響き渡る悲鳴。

自分でもこんなに大きな声が出るんだと、初めて知った。

「ソアリス‼」

扉を開けっぱなしにしてあった寝室に、アレンが飛び込んでくる。

「どうした⁉　何があった！」

「アレンッ！　ダメです！　見ちゃダメです！」

私は慌てて彼に抱きついた。見るなと言ってはみたものの、そんなことができるわけもなく、アレンはベッドの上にいる女性を見るなり叫んだ。

「ルード！　痴女が出た‼」

「は⁉　痴女⁉」

アレンの言葉に、そばにいたルードさんもぎょっと目を瞠《みは》る。

ここでようやく、その女性は声を発した。

「アレンディオ様、わたくしです！　グレナです‼」

私を抱き締めるアレンの腕に、一段と力が篭《こも》る。

アレンに痴女だと言われた女性は、叔母様に連れてこられていたグレナ嬢だった。

相当に焦っている様子が、声音から伝わってくる。

「わたくし、アレンディオ様をお慰めしようと……！　ただそれだけで……！」

アレンは鋭い目で彼女を睨《にら》みつけ、私を左腕で支えながら剣を抜いた。

「誰の差し金だ。いくらもらった？　本当の目的はなんだ」

切っ先を向けられたグレナ嬢は蒼褪《あおざ》め、ガクガクと震え始めた。

「ち、違うんです、わたくしは、その、わたくしは、悪くない……」

涙を流す彼女を見て、ルードさんは冷めた目を向ける。

「将軍の寝室に侵入しておきながら、自分は悪くないと？　ここにいるだけでも不敬罪やわいせつ罪ですが、間諜《かんちょう》として捕縛されて国家反逆罪で処罰されても文句は言えませんよ？」

「そんなっ！」

そのとき、廊下からバタバタと複数の足音が聞こえてくる。

それらは迷いなくこの部屋に向かっていて、ユンさんやジャックスさん、特務隊の面々がなだれ込んできた。

「ソアリス様！　どうなさいました⁉」

騎士服のユンさんは、アレンと同じく剣を構えていた。

ジャックスさんは寝室へ入るなり、グレナ嬢を見て「あ、こないだのケバイ女だ」と呟《つぶや》く。

「いやぁぁぁ！　見ないでー‼」

グレナ嬢は大勢の男たちが押し寄せたことで、パニックに陥った。

アレンに夜這《よば》いならぬ夕這い？　を仕掛けようとしたんだろうけれど、仮にも伯爵令嬢がこんなにたくさんの騎士の前で毛布一枚の半裸を晒《さら》すことになるとは……。

「どうします？　アレン様」

ルードさんが困り顔で尋ねる。

こんな人でもアレンの従妹《いとこ》であることには違いない。ヒースラン家にとっては醜聞である。

アレンはため息すら出ないほど呆《あき》れているようで、淡々と指示をした。

「ユンリエッタ、とにかくこいつに服を着せろ。見苦しい。それから拘束、事情聴取。ここまで一人で入り込んだとは思えん、誰か協力者がいるはずだ」

「わかりました」

特務隊は持ち場に戻るよう告げられ、女性騎士が二人呼ばれてユンさんと共にグレナ嬢の拘束を手伝うことに。

「ソアリス、どこもケガはないか？」

アレンはさきほどの態度と打って変わって、私のことを心配そうに見つめる。

「大丈夫です。音がしたから本か何かが落ちたのだと……、それで窓を閉めて……。ごめんなさい、私が不用心でした」

これがもしグレナ嬢ではなく、武器を持った侵入者だったら。

今さらながら、自分の軽率さにゾッとした。

「無事でよかった。悲鳴を聞いたときは、生きた心地がしなかった」

「心配かけてすみません」

アレンに抱き締められ、そのぬくもりにホッとした。私も彼の背に腕を回し、目を閉じて安堵《あんど》の息をつく。

長い指が後頭部の髪に差し入れられ、労《いた》わるように撫でられるのが心地いい。

「ソアリスは何も悪くない。警備の配置を決めたのは俺だ。もう二度とこんなことがないよう、ここも王都の邸も警備を見直す」

「はい」

まさか、普通の伯爵令嬢がアレンの寝室に入れるなんて。

叔母様がグレナ嬢に指示をしたの？　でも、ここまでは入ってこられないはず。

わからないことだらけだった。

「ジャックス、ソアリスを頼む」

「はい。お任せを」

アレンはそう言うと、グレナ嬢の取り調べに向かった。またやるべきことが増えてしまい、お披露目パーティーの直前なのに彼はまったく休めない。

ジャックスさんはアレンを見送ると、のほほんとした笑顔で言った。

「奥様のお部屋に戻りましょう」

「はい」

「あの子、どうなりますかね～？　木から吊《つ》るして親戚への見せしめにする刑に一票です」

「見せしめ!?」

グレナ嬢の目的は、アレンを体で篭絡《ろうらく》することだったんだろう。見せしめとして何か処罰すれば、今後同じようなことをしようとする女性は減る。だとしても、あまり過激な罰はアレンの評判を下げることにならないかしら、と心配になってくる。

ジャックスさんは私の顔色から不安を察し、いつものように明るい声で笑った。

「あはははは、冗談です。ささっ、奥様はお部屋でお茶でもして、晩餐《ばんさん》まで休みましょう！」

とてもそんな気分ではないけれど、私にできることは部屋でじっとしていることだけだ。

リルティアをはじめ、メイドたちに甲斐甲斐《かいがい》しく世話をされ、私は晩餐までの時間を過ごした。

本邸のサロンから見る星空は、まるで宝石の海といった風に輝いている。思えば、ゆっくりと星空を眺める暮らしなんてここ十年以上していない。

晩餐の後、私はローズ様からお誘いを受け、ニーナも一緒にサロンでお茶をすることになった。

イチゴとラズベリーのケーキにハーブティーが用意され、私たちは丸いテーブルを囲んで座る。

扉の近くには近衛騎士やユンさんたち特務隊の騎士もいて、食後のお茶というには物々しい雰囲気が漂っている。

「こんなに囲まなくても逃げないのに」

ローズ様はきょとんとした顔でそう言った。

どうやら、自分の脱走を防ぐために騎士が増えたと思ったらしい。

「えっと、実はアレンやジェイデン様に会いたいと言う女性が侵入しようとしたので、警備を手厚くすることになったんです」

「そうなんですか！　それはしっかり守ってもらわなきゃいけませんね」

ニーナはローズ様には、そんな風に伝えてくれというルードさんからの指示だった。

あれからグレナ嬢は取り調べを受け、使用人の手引きでアレンの寝室に入ったということがわかった。その使用人が誰なのかは、現在も調査中だ。

グレナ嬢は、その美貌からこれまでたくさんの男性に傅《かしず》かれ、従兄《いとこ》にアレンディオ・ヒースランという将軍が誕生したことは「運命だ」と思ったらしい。

結婚していても関係ない、将軍に抱かれれば妻になれる、そう思ったグレナ嬢はアレンの寝室に忍び込んだという。

寝室に落ちていたお香は、市販されている男性の性欲を高める香りを出すものだと判明した。それを使い、強引にでもアレンに迫ろうとしていたグレナ嬢だったが、アレンが私を伴って戻ってきたので、いったんクローゼットの中に隠れようとしてうっかりお香を落とした……というのが事の顛末《てんまつ》だった。

グレナ嬢は、迎えに来た叔母様によって連れて帰られた。叔母様も取り調べを受けたが、グレナ嬢が自分で勝手にしたことであって本当に知らなかったらしい。

ルードさんは、グレナ嬢は数日間の謹慎ののち、罪を犯した貴族女性の更生施設へ送られると話した。そこで一年間、奉仕活動を中心とした暮らしを送って禊《みそぎ》をすれば家に帰れるという。

「実は街でも、女性たちが将軍とジェイデン様のことを何度も振り返っていました。一緒にいたら目立つから、とすぐに離れたんですがやっぱり目立ちますよね」

薄紫色のドレスを着たローズ様は、ご自身も絶世の美女だということを認識していないかのようにそう言った。「モテすぎるのも大変そうですね」と笑っている。

ニーナはすっかりローズ様と仲良くなったようで、街でのことを思い出しては二人で笑い合っていた。ローズ様にとって、ニーナは庶民感覚が通じるので親しみやすいみたい。

ローズ様はふと思いついたように、キラキラした目でニーナに尋ねる。

「ねぇ、ニーナは好きな人はいないの？　ジェイデン様には近づこうとしないけど」

誰もが見惚《みと》れるような王子様がすぐそこにいても、ニーナはひたすら距離を取っていたらしい。

貧乏貴族令嬢のニーナからすれば、デビュタントで踊れたことをいい思い出にして、後は遠くから見るだけで十分だという考えなのだと、姉として何となく察した。

「王子様にはお姫様じゃないとつり合いませんよ。私は恋愛にも結婚にも興味がありませんし、第一これまでお金のことしか考えてこなかったからよくわからないです」

ニーナはあっさりそう言うと、ケーキをぱくりと頬張る。

やはり今も色恋には興味がないらしい。

「ジェイデン様はとても素敵です。でも、遠い存在なので神様みたいな感じです。もうそこにいらっしゃるだけで、ありがとうございますって思っています！」

妹が王太子殿下を崇《あが》めていた。

ここで、ニーナがローズ様に質問をし返す。

「ローズ様は気になる方はいらっしゃらないのですか？」

あまりに気軽に尋ねるから、私はひやひやしてしまう。

王妹殿下のお立場は複雑だ。今のところ、御前試合でアレンと戦ったゼス・ポーター公爵令息様が最有力の婚約者候補では……と噂《うわさ》されているものの、お二人が一緒にいるところを見た人はいない。

「私は、えっと……。気になるなんて、そんな」

頬を染め、俯き加減になるローズ様。それはどう見ても、好きな人がいる反応だった。

私は思わずどきりとする。

ローズ様の世界はとても狭い。出会うのは護衛騎士くらいである。今恋をしているとすれば、相手は限られてくる……。

ニーナは、私の動揺にもローズ様の恥じらう様子にも気づかず、楽しげに話を続けた。

「いないんですか？　それなら、ローズ様はどんな方が理想ですか？　顔とか性格とか」

普通なら聞きにくいことを、ニーナは平然と口にする。自分が恋愛に興味がないから、好きな食べ物を尋ねるくらいの感覚で質問しているのかもしれない。

「そうですね、好きな人は」

ローズ様はしばらく悩むと、はにかみながら口にする。

「年上で、優しくて包容力があって、私を守ってくれる人が好きです」

その答えに、私は胸がざわざわとして少し苦しくなった。

年上が好き？　でも城にいる男性はほとんどがローズ様より年上よね。

優しくて包容力があって、自分を守ってくれる人というのは一体誰のことだろうか？　アレンじゃない、きっとアレン以外にもそういう人がいるはず……！

私は胸の内でそう繰り返し、落ち着こうとする。

「ニーナ、もうその話は……」

自然にそんな言葉が漏れた。

私ったらずるいな。ローズ様のお立場を気遣うふりして、実は私がこの先はっきりしたことを聞きたくないのだ。

「あ、ごめんなさい。つい」

「いいの。うれしいです、こんな風に普通に話ができる相手がこれまでいなかったから」

謝るニーナに、ローズ様はふわりと笑ってそう言った。

「花屋の娘だったときは、いつか好きな人ができて結婚するんだと思っていました。でも、今はもうそれが無理なんだなってわかり始めて……。王族や貴族って、政略結婚するものなんでしょう？」

ローズ様は、私に向かって問いかける。

私は「はい」としか答えられなかった。私とアレンの気持ちはどうあれ、私たちの結婚は親が決めたものだというのは事実である。

ローズ様はハーブティーを飲んだ後、少し躊躇《ためら》いがちな視線をこちらに向けた。

「あの、ソアリスさんはヒースラン将軍が第二夫人を娶《めと》るとなったら……、反対なさいますか？」

「え？」

あまりにびっくりして、何を聞かれているのかすぐに理解できなかった。

第二夫人？　アレンが私以外の妻を持つ？

ティーカップに指をかけたまま固まる私。ローズ様は私の顔色を窺《うかが》うように話す。

「もちろん知ってはいます。ヒースラン将軍が第二夫人を持たないと宣言していることは……。ただ、それでも何らかの断れないことが起こって、第二夫人を迎えるとなったら妻としてどうするのかなって気になって」

「何らかの、断れないこと、ですか」

将軍のアレンでも断れない縁談って、それはもう一つしかない。陛下が直々に、どこかのご令嬢をアレンに下賜する以外には考えられなかった。

「第一夫人からすると、どんな気持ちなのかって思って」

伏し目がちにそう尋ねるローズ様は、私に何かの答えを期待しているように思えた。

第二夫人を迎えても気にしません、と言って欲しいと思っている？

まさかご自身がアレンと……？

「そうですね、それは難しい質問です」

模範解答は、わかっている。ただ、それをこの場で口にするのは勇気がいることだった。

いずれ、そう遠くない未来にアレンは侯爵位を賜ると聞いている。そんな人が、ずっと私だけを妻にするのは難しいかもしれない。

高位貴族の当主たちは、第二夫人どころか第三、第四夫人を養っている人もたくさんいる。

彼らは家同士の繋がりや社会的な立場を考慮して、それを選択しているのだ。

将軍の妻は「自分だけを見て欲しい」だなんて言ってはいけない。「私のことは気にしないで」と笑顔でアレンに言ってあげなくてはならない。

想像するだけで、胸が押し潰されそうだった。

じっと私を見つめ、答えを待つローズ様。その真剣な目に心の内を見透かされそうで、私は無理やり笑顔を作ってごまかした。

「夫が決めたことを受け入れます」

うまく笑えているかはわからないけれど、今できる限りの笑顔でローズ様に答えを告げた。

「そうですか……」

「はい。そうあれたらいいなと思います」

ヒースラン伯爵家のことを考えるなら、領地が近い貴族やこれから交流を深めたい大商家の娘さんを第二夫人に迎え、家の権威や勢力を伸ばすのは必要だろう。

リンドル家では、残念ながら後ろ盾にはなれない。アレンの親族がこぞって娘を推してきたのも、十分すぎるほど理解できた。

ぼんやりしていると、ニーナが私の顔を覗《のぞ》き込む。

「お姉様？」

「えっ？　あぁ、どうしたの？」

「お義兄様《にいさま》と何かあった？」

「え？　ううん」

私は慌てて否定する。

「大丈夫よ、お義兄様はちゃんとお姉様のところに帰ってきてくれたじゃない。十年も待たせたあげくにたくさんの妻を囲うような人じゃないはずよ」

これは慰められているのだろうか？

妹は妹なりに心配してくれているのかもしれない。

「第一、王都で噂になってるくらい溺愛じゃなきゃ、私の内職に影響が……」

「ちょっと待って、あなたの内職って何？」

「それはまた後でのお楽しみ」

心配って、商売の心配もしているの!?　もう仕事はしなくていいはずのに、まさか英雄にあやかろうと何かを作っているの？

英雄の妻の香油を考案し、人気商品にしたアルノーのことを思い出す。

私たちのやりとりを見て、ローズ様はくすくすと笑っていた。

「本当に仲がいいんですね。姉妹って羨ましい」

それから、しばらく雑談は続いた。ローズ様のお気持ちが気になる私にとっては、何だかすっきりしない状況だったが、ニーナとローズ様はとても気が合うようで楽しそうだった。

今日はいよいよ、お披露目パーティーの当日。

純白のドレスを纏《まと》い、髪を結い上げた私はアレンの迎えを待っていた。

控室にいるカミラさんは、目に涙を浮かべている。

「奥様、とてもおきれいです。今日という日がお二人にとってよりよき人生の始まりでありますよう、お祈り申し上げます」

かしこまってそう告げるカミラさんに、私は笑顔で頷く。

「ありがとうございます」

両親もとても喜んでくれて、使用人の皆にもたくさん褒めてもらって少し照れくさい。でもこういう機会があると、私たちには見守ってくれる人がたくさんいるんだなと改めて気づかされ、大切にしなくてはと思った。

「ソアリス、準備はできたか？」

「はい」

私を迎えに来てくれたアレンは、紺色の隊服姿だった。いつも貴公子然とした麗しい夫が、今日は一段と素敵に見える。

もう半年も一緒に暮らしているのに、未《いま》だにどきりとした。

彼は、優しく目を細めて呟くように言う。

「きれいだ」

心から幸せそうな顔をするから、私も笑みが零れた。

アレンが差し出してくれた手を取り、二人で揃《そろ》って会場へと向かう。

私たちを見送ったカミラさんは、ずっと案じてきたアレンの凜々《りり》しい姿に感動した様子で、それでもメイド長としての威厳を守ろうと必死に涙を堪《こら》えて頭を下げた。

本邸の西側にある会場からは、ゆったりとした音楽が聴こえてくる。招待客は二百人を上回り、これでもかなり減らしたのだとお義父様《とうさま》は言っていた。

「緊張してきました……」

アレンの隣を歩きながら、私は何度も深呼吸をする。

これから大勢の視線がこちらに集まるのだと思うと、緊張で体が強張《こわば》るのを感じた。

「ソアリスは、ただ俺の隣にいてくれればそれでいい」

「ふふっ、あなたは私を甘やかすのが得意ですね」

私たちが入場すると、会場は盛大な拍手で包まれる。

アレンは堂々とした態度で人々の間を進み、私はどうにか笑みを浮かべてそれについていく。救国の英雄を称賛する声、そして私たちを祝福してくれる言葉が次々とかけられ、招待客の方々がどれほどアレンの帰還を待ちわびていたかを実感する。

お義父様やジェイデン様の姿が見えると、二人とも笑顔で迎えてくれた。リンドル家の家族もその後ろに立っていて、両親は私の姿を見て泣いていた。

家族が勢揃いしたところで、私たちは招待客の方へ向き直り、お義父様の挨拶によってお披露目が始まる。

「本日はお集まりいただき、ありがとうございます。アレンディオが我が国の将軍となり、無事に戻ってきたことでこのような場を設けることができました。二人のこれからが大いなる幸福に彩られることを願います」

私たちは結婚して十年目の祝宴となったが、ヒースラン伯爵家が宴《うたげ》を催すのはそれこそ二十年ぶりだった。お義父様も少し緊張しているのが伝わってくる。

「二人を巡り合わせてくれた、神に感謝を。さぁ、皆様。今宵は心ゆくまでお楽しみください」

勢いよくバイオリンの演奏が始まり、人々は一斉に動き出す。

私たちが一番に挨拶をするのは、王太子であるジェイデン様だ。続いて、宰相様やローズ様、近隣の領地を治めるご当主様方への挨拶に向かう予定になっている。

「ジェイデン様、今宵はどうかよろしくお願いいたします」

アレンが珍しく殊勝な態度を取るには理由があった。

「ははっ、貴殿がそのように夫人しか見ていないから、私は美しい花に囲まれて光栄だよ」

えーと、これは遠回しな皮肉でしょうかね？

ジェイデン様「アレンがご令嬢方に見向きもしないせいで、自分が大変な目に遭うんだぞ」と言っていた。

現状、王太子であるジェイデン様は、同盟国の姫君を婚約者に据えているものの、側妃は未定である。

国王陛下は先王の好色を反面教師にしているので妃《きさき》はたった一人だけれど、ジェイデン様がどうなさるかは誰にもわからない。

今日を出会いのチャンスと考えるご令嬢も多いだろうな。

「逃げ場はルードが用意しています」

「それは助かる」

ジェイデン様は苦笑いでそう言った。そして、いたずらな目で私の方を見る。

「のちほど、ソアリス殿にダンスを申し込んでも？」

「お断りします」

「あっ、予定と違うぞ？」

即座に断ったアレンに、ジェイデン様は呆れた様子だった。予定には確かに組み込まれているけれど、アレンは私がジェイデン様と踊るのを本気で嫌がっている。

「ははっ、困ったものだ。アレンディオは、妻を誰の手にも預けたくないようだ」

ジェイデン様は、まるで少年のように明るい笑顔でそう言った。そして私の方にも目を向け、しみじみといった風に呟く。

「……私もそなたらのような夫婦になりたいものだ。父上の代わりとはいえ、こうして二人の幸せそうな姿を見られてよかった」

「ジェイデン様？」

何か吹っ切れたような、安堵したようなそんな顔だった。

もしかすると、ご自身の婚約者が変わったことに何か思うところがあったのかもしれない。

いくら幼少期から王太子として教育を受けていても、その心までが国の物になるわけはないのだ。きっと、会ったこともない隣国の王女様との婚約に不安はたくさんあるのだろう。

私にその胸の内を尋ねることはできないけれど、ジェイデン様にどうか幸せになってもらいたいと思った。

「では、また」

さきほど垣間見《かいまみ》えたのは、ジェイデン様の素顔なのかもしれない。

今はまた王太子らしい、爽やかな笑みに切り替わっている。王子様と踊れるのを今か今かと待っているご令嬢方のところへ、ジェイデン様は颯爽《さっそう》と消えていった。

私たちはまた別の方々と挨拶を交わし、社交が苦手なアレンも今回ばかりは会話をしようという姿勢が見えた。

ルクリアの街を見て、何か心境の変化があったのかもしれない。

私もアレンのそばで、できる限りの笑顔で会話することを心がけた。

「覚悟を決めて、一曲だけ踊ろうか」

舞踏会も終盤になり、アレンがそんなことを口にする。

いつになく切羽詰まったその声に、私は思わずふっと笑ってしまった。「本当は踊りたくないが一緒にがんばろう」と言われているみたいで、こんなに大きな人なのにかわいらしく思えてくる。

私とアレンにはほとんど共通点なんてないのに、どうして踊れないところだけが似た者夫婦になってしまったのか。

見上げれば、愛《いと》おしげな目がこちらを見つめていた。

「ソアリス嬢、どうかお付き合い願えますか？」

そっと差し出される大きな手。私は微笑みながら、自分の手をそれに重ねる。

「こちらこそ、どうか不慣れをお許しください」

私たちが歩き出すと、周囲の人々がそっと場所を譲ってくれた。

緩やかなバイオリンの音色と、キラキラと光が降り注ぐようなシャンデリアの光。つい半年前には想像もできなかった、夢のような時間がここにはあった。

最初こそ緊張していたものの、次第に足運びも笑顔も自然なものに変わる。いつの間にか、「失敗しても仕方ない」と割り切れるようになっていた。

アレンは私の変化に気づいたようで、不思議そうに声をかける。

「どうした？　随分と楽しそうだが」

「ふふっ、うれしいのです」

「うれしい？」

繋いだ手にきゅっと力を込める。

「あなたがこうしてそばにいてくださって、うれしいのです。領地に戻ってきてから、本当はちょっと寂しかったのかも……。仕方のない妻ですね、私ったら」

将軍の妻として、しっかりしなくては。そう思っていたけれど、まだまだ私はひよっこだった。英雄を支える立派な妻になるまでには、何年、何十年とかかるかもしれない。

以前、アレンは私に「汚いところを見せたくない」と言った気持ちがよくわかる。私だって、情けないところとか、自分に自信がなくて折れてしまいそうなところは見せたくないと思うから。

ローズ様に対して嫉妬する気持ちもそう。こんなに大切にしてもらっているのに、些細《ささい》なことでもやもやする私は醜くて、誰にも知られたくなんてない。

「ソアリス」

「はい」

真剣な声音に、思わず身構える。足元のステップが疎かになりそうで、私は視線を落としたままでいた。

　でも頭上から降ってきて言葉は、とても優しかった。

「俺は君の気持ちが聞けてうれしい」

「え？」

　驚いて見上げると、アレンは幸せそうに目を細めていた。蒼《あお》い瞳がとてもきれいで、いつまででも見ていたくなる心穏やかな色だった。

「一緒にいたいのは自分だけかと思っていた。俺がいなくても、ユンリエッタやニーナたちがいればそれで事足りるのでは、と……。ソアリスには、もっと心の内を見せてもらいたい。君のことなら、どんなたわいもないことでも知りたいと思うから」

　迷惑をかけたくなくて平気なふりをしていたのに、アレンはまったく逆のことを思っていた。

「本当に？」

　私の面倒な部分を知っても、嫌にならないだろうか？

　ずっと好きだと思ってくれるだろうか？

　不安と期待が入り混じる。

「もちろん。二日に一回くらいは寂しいと言ってもらいたい」

「さすがに多いです」

　危うくドレスの裾を踏みそうになり、私は慌てて体勢を整える。

　緩やかな音色はまるで耳に届かなくなり、必死でアレンの動きに合わせて足を運んだ。

　そんな私に向かって、アレンは次々と要望を繰り出す。

「できれば眠る直前までソアリスの声を聞いていたいし、毎朝起こして欲しいし、執務中だろうが何だろうが会いに来て欲しい。それから、君が何を見て何を考えていたのか知りたいから手紙のやりとりも復活させたい」

「えええ……」

「君が新しい衣装を着るときは最初に見たい、君が好きなものは一緒に好きになりたい、初めて出かける場所には必ず付き添いたい。それから」

「まだあるんですか⁉」

呆気《あっけ》に取られる私を見て、アレンはクッと笑う。

緩やかなワルツが終わりを迎えたとき、習ったステップにはない動きで引き寄せられた。

「ほかには、ソアリスにもっとたくさん触れたい」

「⁉」

ドキンと高く心臓が跳ねる。ゆっくり身体《からだ》を離すと、アレンは何食わぬ顔で一歩離れて礼をする。

ダンスが終わったことに気づいた私は、慌てて同じように礼をした。

必死で平静を装おうとしたけれど、私は自分の心音がはっきりと聞こえるほど動揺していた。真っ赤になった顔を上げることができず、俯いたまま、動けなくなってしまっていた。

アレンは私に「触れたい」と言った。

その意味はわかっている。

私もアレンのそばにいると「離れたくない」と思ってしまうことがある。もう十分そばにいるのに、もっと一緒にいたいと、もっと近づきたいと感じてしまうのだ。

――私も同じ気持ちです。

そう一言だけでいい。返事をしなくては……！

次の曲が流れ始めた頃、私の頭にゆらりと影が差す。

「大丈夫、わかっているから。無理強いはしない」

アレンは優しくそう言うと、私の手を繋ぎダンスの輪から離れていく。

いつだって私を想《おも》ってくれて、今だって私を気遣いゆっくりと歩いてくれている。私のことをこんなにも愛してくれる人はいないし、私もきっとアレンでなくてはダメなんだろう。

自由になっている右手で自分の頬に触れ、顔の熱を少しでも取ろうとする。

ホールの端にいたルードさんたちと合流すると、私の異変に気づいた彼はじとりとした目でアレンを見た。

「アレン様、ダンスをしながら奥様に不埒なことをしたんじゃないでしょうね？」

「そんな技術はない」

「あ、そうでしたね」

二人がそんなやりとりをする中、私は自分の熱と心音が収まるのをひたすら待つのだった。

◇◇◇

ローズが王妹殿下と呼ばれるようになって、四カ月が過ぎようとしていた。

「まさか外へ出られるとは思わなかったなぁ」

ヒースラン伯爵領へ向かう、と聞いたのは出発する前日のことだった。

お城に上がってから、街にすら出たことがない。城内は未だに造りが覚えられないほど広いとはいえ、ローズが行ける場所は限られている。

物語のお姫様を「籠の鳥」に例えることがあるが、ローズの今はまさにその状態だった。

「ローズ様、ホットミルクでございます」

「ありがとう、ゴドウィンさん」

ヒースラン伯爵邸の一室、お披露目の場から戻ってきたローズは着替えを済ませ、ゆっくりと寛《くつろ》いでいた。

初めてのパーティーに気分が高揚し、もっと華やかな世界に浸っていたかったが、王族は長居しないものらしい。ローズは誰よりも早く部屋に下がることになった。

「きれい」

今夜は月が美しい。空を見上げると、黄金《こがね》色に輝く月が浮かんでいた。

「アレンディオ将軍とソアリスさん、幸せそうだったなぁ……」

ローズは羨ましそうに呟く。

そばで控えていたゴドウィンは、孫娘のようにかわいがってきたローズが「将軍夫妻のパーティーに出たことで煌《きら》びやかな世界に憧れたのだろう」という風に思い、優しく微笑む。

彼の目は、ローズへの慈愛で溢れていた。

「政略結婚でも幸せになれるんですね」

ふとそんなことを言うローズに、ゴドウィンは「ええ」と返事をする。

言いたいことはたくさんあるのに、孫娘を見るような目を向けられれば言葉にすることはできなかった。

「ゴドウィンさんは、今も奥様を愛しているのですか？」

「これはまた突然の質問ですね」

「私はお城でのゴドウィンさんしか知らないから、普段はどうしているのかなって、気になって……」

「ははは、特にこれといって面白いことはございませんよ？　妻とはもう連れ添って三十年になりまして、あちらは好きな刺繍と音楽を楽しみ、私は私でローズ様のお世話という大役を仰せつかっているので、それぞれに過ごしております」

はっきりと愛しているとは言わなかったが、その口調は穏やかで、幸せなのだと想像できる。誠実で優しいこの人は、浮気など一切考えたことはないのだろうとローズは思った。

彼が淹れたホットミルクは少しだけ甘く、いつもこれを飲むと心が温かくなった。このときだけは、王妹殿下でなくてもいいのだと思えた。

（私もソアリスさんみたいに愛されたいな……）

頭に浮かんだのは、お披露目パーティーで幸せそうに微笑むソアリスの顔。夫であるアレンディオから揺るぎない愛情を注がれ、家族や騎士たちからも大切にされているのが見て取れて、ソアリスの笑顔を見るたびに「羨ましいな」とローズは思っていた。

「おかわりはいかがですか？　姫様」

「いただきます」

雰囲気の和らいだローズを見て、彼はまた笑みを深めた。

「おいしい……。私にもこんな風にお茶が淹れられるかしら。いつかゴドウィンさんに、おいしいって言ってもらいたいわ」

「姫様が手ずから？　それは冥府《めいふ》へのよい土産話になりそうです」

「もう、まだ五十代なのにそんなおじいちゃんみたいな」

呆れるローズに、ゴドウィンも笑う。

「姫様がお茶を淹れる機会はあまりないと思いますが、もしも婚約者がお決まりになったら練習してもいいかもしれませんね。妻として、いずれ夫にお茶を淹れるときが来るかもしれません」

「婚約者、ですか」

まだそんなことは考えたくない、という風にローズは視線を落とす。

王妹とわかったからには、ローズはしかるべき教育を受け、決められた相手に嫁ぐことになる。それに逆らうつもりはないが、ただ未来が不安だった。

「妻がお茶を淹れるのを好まない男性もいます。ですが、姫様がそうしたいと思ったことを受け入れてくださるお相手が見つかればよろしいですね」

「そんな人、いるのかしら」

何気なく未来を語るゴドウィンに、ローズは困った顔を浮かべる。

「近頃は笑顔が増えて喜ばしいと思っておりましたが、城での暮らしに急に慣れることはありません。どうか、気を張りすぎないでください」

「ありがとう」

「ヒースラン将軍とご夫人には、随分とお心を開いておられるようで安心いたしました」

「そうね……。とても、素敵なご夫婦だから」

控えめに微笑むローズを見て、ゴドウィンは言いにくそうに告げる。

「ですが、彼らはあくまで臣下であることをお忘れなく。ローズ様のお心深くに、ヒースラン将軍を迎えることはなさらないでいただきたい。あの方は、奥様以外を恋い慕うことはない方ですから」

「え⁉」

まさか彼に忠告されるなんて、とローズは慌てて否定する。

「心深くにって……好きになるってこと⁉　私はただかっこいいなって、憧れるなって思ってるだけでそういう意味じゃ……‼」

頬を染め、恥ずかしそうに俯く姿は恋をしていると言っているようなもので、ゴドウィンはますます心配そうな顔をする。

ローズは「違うのに……」と呟き、スカートをぎゅっと握った。

（どうして私じゃないの？　もっと早く出会いたかった）

目が合うとドキドキして、次はいつ来てくれるだろうかと気になって仕方がない。

会ったばかりでも、また会いたくなってしまう。

そばにいないときは「今何をしているだろう？」と気にかかり、講師に褒められたときは一番に報告したくなる。

妻がいることは最初から知っていたから、私は会って話せるだけでいいと思っていた。

ところが次第に気持ちは大きくなり、今では「ずっと一緒にいて欲しい」「この人の妻になれたらいいのに」と思うようになっていた。

「お夜食をお持ちしましょう。しばらくお待ちください」

いつ見てもスマートな所作で、ゴドウィンは部屋を出ていく。

彼はローズを支えてくれる味方であっても、孤独なお姫様の願いを叶《かな》えてはくれない。

小さなため息を漏らしたローズは、すっかり美しくなった手で何気なくカップをいじる。

(誰かに相談したい)

決して口外しない、信頼できる相手に話したい。

でも、そんな相手が今の自分にはいない。侍女たちの顔を思い浮かべては消していく。

ローズの悩みは続いた。

◇◇◇

盛大に行われたお披露目パーティーは、大きな波乱もなく無事に終わった。

集まった方々は、アレンの無事と結婚生活の仕切り直しについて温かい言葉をくれた。

こんなにたくさんの「おめでとうございます」という言葉を贈られたのは初めてのことで、本当にアレンと夫婦なんだなと今さら実感する。

ただし、パーティー終盤にはヒースラン伯爵領の有力者の方々からご挨拶をいただき、お祝いの言葉と同じ分だけ「将軍の妻としてがんばってね」という圧もいただいてしまって……。

彼らは笑顔を崩さずにいるものの、私の手が足りぬ部分があれば自分たちの娘を愛妾《あいしょう》に、という本心が透けて見えた。こんな風に笑顔の下で様々な思惑が蠢《うごめ》くのは、結婚式ではなくお披露目だからなんだなと身に染みる。

お披露目は、品評会でもあるのだ。

夫の愛情は何よりも強力な盾とはいえ、それだけで世間は味方にできないことがひしひしと伝わってきた。

五時間にも及ぶ宴を終えたときには、心身共にクタクタだった。

アレンは私の手を取り、まだ音楽が流れているうちに早々にホールを退場する。

「疲れただろう？　ゆっくり休んでくれ」

「はい。アレンも」

私の部屋の前まで着くと、夫は名残惜しそうに微笑んだ。

「着替えてしまうのがもったいないな。本当にきれいだ。よく似合っている」

純白のドレスは、今日限りのもの。一生着ることはないと思っていたのに、アレンのおかげで機会を得られた。

私は柔らかなチュールに視線を落とし、そっと手で触れる。

「ありがとうございます。とてもいい思い出になりました」

アレンは私の肩に手を置き、額に口づける。

もっと一緒にいたい。

パーティーでずっと隣にいたのに、自分でも驚くほど自然にそんな気持ちが込み上げる。でも、皆が入浴や就寝準備をしてくれているのでとてもそんなことは言い出せなくて。

しかも、アレンは昨夜もあまり寝ていない。きっと疲れているだろうな。アレンの目を見つめながら、いろんなことが頭の中を巡る。

その結果「離れるのが寂しい」だなんて、とても言えなかった。

「では、また明日」

「はい。おやすみなさい」

ユンさんが開けてくれた扉から、私は後ろ髪を引かれる気持ちで部屋へと入る。

メイドたちは手際よく私の髪をほどき、ドレスを脱ぐとシンプルなシュミーズドレスに着替える。

「ふぅ……！」

コルセットを取った解放感がすごい!!

美を追求するためとはいえ、体にとてつもない負荷がかかっていたことに気づかされる。ちょっと椅子に座り、お茶を飲んだだけで眠気がやってきた。

「奥様、ご入浴の準備が整っております」

「ありがとう。すぐに行きます」

今日は本当にいい日だった。これからも、アレンと一緒にがんばろうと思える機会になった。

そんなことを考えながら浴室へ移動する。メイドたちは何やら気合の入った様子で、遠慮する私の体を優しく丁寧に洗い、肌にいいとされるバームやパウダーまで塗り込まれた。

パンパンにむくんでいた脚も、マッサージで見違えるほど回復している。

こんなによくしてもらって幸せだわ……、なんて頬を緩ませていたとき、そばに置いてあった着替えに目が留まる。

「……ユンさん」

「何でしょう？」

衝立《ついたて》の向こう側にいたユンさんが、私に呼ばれて顔を覗かせる。

「これって私の夜着で合ってます？」

長袖にロングスカートの薄い寝間着は、胸元が大きく開いている。フリルやレースがついていてかわいらしさはあるものの、今まで私が着たことのない大人っぽい印象だった。

私が持ってきていた、いつもの夜着はどうしたんだろう？　乾かなかったから代わりにこれが用意されたとか？

とりあえず着てみたけれど、似合っていないような気もする。

ユンさんは私の姿を見て、にっこり笑って答えた。

「いつもの寝間着とは雰囲気が異なりますが、よくお似合いですよ。とってもおきれいです」

「……おかしくない？」

「はい。絶対にそれがいいと思います」

力強く断言される。

メイドたちも、うんうんと揃って頷いていた。

ここまで意見が揃うと、違和感は私の気のせいかなという気がしてくる。

「ありがとうございます、変なことを聞いてすみません」

厚手のガウンを羽織り、腰元のリボンを結んでしまえば何も問題はなかった。

私室で待っていたリルティアも、特に笑顔に異変はない。

「奥様！　温かいスープをご用意いたしました」

「まぁ、ありがとう」

お昼から何も食べていなかった私は、スープを口にして思わず笑顔になる。

「ん～、おいしい。幸せだわ……」

マッシュルームとトウモロコシのポタージュスープは、ほんのり甘くてとてもおいしかった。

瞬く間に完食した私は、空になった器を見てアレンのことをふと思う。

「アレンも何か食べたかしら」

すると背後から、ユンさんが困った顔で笑って言った。

「おそらく何も食べないでしょうね。アレン様って基本的に食べ物に執着なさらないので。軍部に支給される、謎の穀物を乾燥させた保存食でも平気な人ですから」

「謎の穀物って何……？」

おいしくはなさそうだ。

私はアレンのことが気にかかり、何か食事を運んでもらおうと考えた。

ところがそれを頼むより先に、ユンさんが笑顔で提案する。

「ソアリス様が持っていって差し上げれば、きっとお喜びになりますよ!!」

「私が？」

「はい！　ささっ、こちらをどうぞ」

振り返ると、ワゴンの上にはスープの入った小さめの鍋と食器、それにティーセットがすでに準備されていた。

「用意がよすぎるわ!!」

驚いてそう言うと、メイドたちも揃って首を振る。

「『トンデモゴザイマセン』」

怖い。何だか罠《わな》に嵌《は》められているようで怖い。皆がなぜこれを持っていけと言うのか、そして私が今着せられている夜着の意味にもようやく気づいた。

「さぁ！　行きましょう！」

断ることはできなかった。

ごきげんなユンさんやワゴンを押すリルティアと共に廊下へ出て、まっすぐにアレンの部屋に向かう。カタカタとワゴンの進む音と、三人分の足音が廊下に響いた。

「お姉様！」

「ニーナ？　こんな時間にどうしたの？」

正面から小走りで駆けてきたのは、ドレス姿の妹だった。

リンドル家が泊まっている客室は東館で、ここでニーナの姿を見るということは私に会いに来たのだとわかる。

話を聞こうと立ち止まると、ユンさんがスッと私の前に立ちはだかり、私は目を丸くする。

「ニーナ様、申し訳ございませんがソアリス様はこれから大事な大事なご用事がございまして、お相手なら私が」

しかし、ニーナは珍しく険しい顔で反論する。

「こっちも大変なんですっ！　一大事なんです!!　さっきお義兄様が、ローズ様と二人でサロンへ入っていったのを見たんです!!」

「え？」

「食堂で夜食をもらおうと思って客室を出たら、たまたま二人が一緒にいるのを見ちゃって。びっくりしてお姉様に伝えなきゃって思って！」

アレンは、私を送ってすぐに部屋へ戻ったと思っていたのに。

ユンさんにも予想外の事態らしく、思わず前のめりになって尋ねる。

「本当ですか!?　アレン様はなぜそんな……？　いえ、それよりルードさんは一体何をしているんでしょう。返答によっては制裁を」

「待って、まだ何かあったわけじゃないんだから落ち着いて」

慌ててユンさんを止める私。

「お姉様、こんなに堂々と浮気されていいんですか!?　乗り込んでいって、『私の夫に手を出さないで！』って言ってやらないと！」

「何を言っているの、アレンが浮気なんてするわけないでしょう？　それに、何か政治的な大事な話でもあったのかもしれないから、部外者の私たちが割って入るなんて……」

即座に否定するものの、わざわざこんな時間に二人でサロンに向かったと言われて内心は動揺していた。

私は将軍の妻だから、落ち着いていなきゃ……！

そう思うと同時に、アレンとローズ様が二人でいること自体が嫌なのだとまた嫉妬してしまう。

「仕事の邪魔はできないわ」

もう戻りなさい。そう言おうとしたところで、ニーナはぐいっと私の手首を掴《つか》んで引っ張った。

「とにかく様子を見に行こうよ、お姉様！　ね？」

「えええ!?」

アレンの部屋の前にワゴンを置きっぱなしにして、私たちは廊下をこそこそと移動する。まるで私たちが何か悪いことをするみたいな感じになっているのはどうして？

ユンさんとリルティアからも、「真実を確かめないと！」という意気込みが伝わってきた。

警備のために立っていた特務隊の人たちが、一体何事かと私たちを視線で追う。しかし、将軍の妻を止められる人はいない。

私たちはあっという間に東館へと到着した。

「待って、ニーナ。お願い……ちょっと休ませて」

広い邸の中を足早に移動していると、パーティーの疲労で足が酷《ひど》く痛んだ。もともと体力もないので呼吸が乱れる。

「はぁ……はぁ……」

「ここよ、お姉様」

ニーナは浮気調査をするかのように。忍び足でサロンへ近づいた。

扉は開けっぱなしで、中からは明るい光が漏れていた。

「これはどう見ても仕事よ」

「そうですね」

ユンさんも同じことを思ったようだ。

「勘違いされないために、扉を開けるのは常識ですから」

そう言いつつも、ユンさんは堂々と中に入っていこうとする。

「え？　入るんですか？」

「もちろん」

サロンはガラス扉と木製の扉が二重になっていて、ガラス扉の前まで進んだ。

やっぱりこういうのはよくない、そう言おうとしてユンさんの袖を引っ張ったとき、かすかに中から声が聞こえてくる。

「……に、…………なんですが、どうしても相談したくて」

澄んだ声はローズ様だ。縋《すが》るような雰囲気に、私はドキリとする。

「……第二夫人になりたいんです……わかって……が、どうしても……んです」

聞こえてきた言葉に、私は身を強張らせて絶句してしまった。自分の心臓の音がどんどん大きく鳴るのを感じ、どうしていいかわからない。

ローズ様が第二夫人になりたい？

やっぱりアレンのことが好きだったの？

胸が苦しくて、目の前が真っ暗になりそうだった。

あぁ、私はこんなにも嫌だったんだ。自分以外の誰かが、アレンの妻になることが――――。

でも、ここでみっともなく取り乱すことはできない。

「戻りましょう」

決めるのはアレンで、私じゃないんだから……。今すぐここから逃げたくて、表情を取り繕うこともできずにいた。

するとそのとき、アレンの声がはっきりと届く。

「王命なら、殿下のお望みは叶うかと」

ガツンと頭を殴られたみたいに、ショックだった。はっきりこの場で断ってくれないのか、と思ってしまった。

どうして？　無理だって言ってくれないの？

ローズ様から直接頼まれたら、将軍でも断ることはできないの？

「お姉様、お姉様、しっかりして」

「あ……」

ニーナに肩を揺さぶられ、ようやく焦点が合った。

「何をぼんやりしているの!?　乗り込んで文句を言わなきゃ！」

「は？」

私は目を瞬《しばたた》かせる。

別にここは浮気現場じゃないし、第二、第三夫人が増えたとしてもそれは合法なのだ。私には文句を言う権限なんてないのに？

「こういうときは、ガツンと言ってやらなきゃダメなのよ！　女同士の戦いは、我慢した方の負けなんだから！」

「あなた、女同士の戦いの何を知っているの？」

「内職の奪い合いと恋愛は一緒だって、お母様が言っていたわ！」

お母様、それは一体どういうことですか……？

口元が引き攣《つ》る私に、ニーナはさらに訴えかける。

「お姉様は自分が我慢すればそれで丸く収まるって思っているんだろうけれど、それじゃ誰も幸せになれないのよ!?　これまでは家族のために、食べたいものも着たい服も我慢してお金を送ってくれていたのはわかってる。だからこそ、お義兄様とのことは我慢しちゃダメ！」

「そんなの無理よ……。私がワガママを言ったらアレンが困るじゃない」

困らせたくない。嫌われたくない。

アレンが私を大切にしてくれるように、私もアレンを大切にしたいから、困らせたくなかった。

「困らせればいいのよ。結論はお義兄様が出すものかもしれないけれど、お姉様の本音も聞かずに大事なことを決めちゃうのはおかしいわ！」

「ニーナ様の言う通りです。困った顔もまた一興ですよ、ソアリス様。困らせて泣かせましょう」

ユンさんがなぜかそこを強調した。

それはもう趣味趣向の話になるのでは!?

なぜか意見が一致してしまったニーナとユンさん、そしてひたすら頷くリルティア。この三人をどうすればいいのか、と遠い目をする私に声がかかる。

「えーっと、盗み聞きにしては賑やかすぎるんですが……」

振り向けば、サロンの中からルードさんが出てきていた。

彼はしょうがないなという顔をして笑い、右手で中へと案内する仕草を見せる。

「どうぞ」

「へっ、え？　あの……」

動揺し、しどろもどろになる私。

すると突然、強い力で背中を押された。

――ドンッ！

「きゃぁっ！」

押されて倒れかかった私を、ルードさんが即座に支えて助けてくれた。

「お姉様、後はがんばって！　ニーナは急に眠気がきたので部屋に戻ります！」

逃げ足の速い妹は廊下を走って逃亡し、あっという間に見えなくなる。

気づけば、ユンさんもリルティアもいなくなっていた。

「私だけ？」

「そのようですね」

私はルードさんに支えられた状態で、残されてしまった。

「どうした？　ソアリスの声がしたが」

奥からそう言って出てきたのは、ついさっきまでローズ様と話していたアレンだった。

その視線が私たちに向けられると、ルードさんはパッと両手を離し「不可抗力です」と説明する。

「何かあったのか？」

心配そうに私を見下ろすアレンは、いつも通りの優しい夫だった。

私は気まずさから、さっと目を逸《そ》らす。

「すみません、お話を聞いてしまいました」

「あぁ、扉を開けていたから聞こえたか」

「ローズ様をあなたの第二夫人にするというお話に、驚いて……」

「は？」

自分で自分を抱き締めるように二の腕を掴み、下を向いたまま唇を噛《か》んで黙ってしまう。しんと静まり返ったサロンの入り口で、アレンと私は向かい合ったまま身動きを止めていた。

「アレン様。お二人でよくお話し合いになった方がよろしいかと。私はローズ様をお部屋にお送りしてきます」

ルードさんは私に気を遣い、ローズ様を連れてサロンを出る。ローズ様は心配そうな顔でこちらを見つめていて、私はかろうじて会釈だけをして別れた。

「とりあえず中へ、ここは寒いだろう？」

「……はい」

ガウンをしっかり着込んでいる私より、シャツにトラウザーズだけのアレンの方が寒そうだ。

私は促されるまま中へ入り、肩が触れるくらいの距離に二人で並んで座る。

「俺が第二夫人を、とは穏やかでない話だが」

俯く私に、アレンが覗き込むようにして言った。

膝の上で組んだ手に、自然と力が篭る。考えがまとまらないのに、私はぽつりぽつりと気持ちを口にしてしまった。

「私は、アレンが決めたことには、従うと決めています。一夫一妻の届け出は、取り消しができることも知っていますし……。だからローズ様が、あなたを好きだというのであれば、私は……」

その先が、どうしても言えなくて黙り込む。

たった一言「大丈夫です」と言えれば、将軍の妻らしくいられるのに。優しいこの人を、困らせずに済むのに。

「俺が第二夫人を迎えてもいいと、ソアリスはそう言うのか？」

その声があまりに切なげで、私は思わず顔を上げてアレンを見た。少し寂しそうな蒼い瞳に、私は自分が間違ったのだとわかる。

「ソアリス」

「…………」

アレンの指が私の目元を拭い、ここで初めて自分が泣いていることに気づいた。一度零れた涙は止めることができず、それと共にこれまで溜《た》め込んでいた想いも一気に溢れてきた。

「私、本当は、嫌なんです」

将軍の妻なら、すべてを受け入れないといけないと思っていた。

でも、気持ちがついていかなかった。

「あなたが誰かを妻にするのは嫌なんです……！　私だけのアレンでいて欲しいんです」

再会して、たった半年。離れ離れだった十年間を思えば、とても短い間しか一緒に過ごしていない。

それでも、私の中でアレンへの気持ちがどんどん大きくなっていた。

気持ちの伴わない政略結婚だとしても、私以外がアレンの妻になるのは嫌なのだ。

「こんな妻でごめんなさい」

みっともなく取り乱して、お披露目の日を台無しにしてしまった。

両手で顔を覆い、このまま消えたいとすら思った。

「ソアリス、大丈夫だから」

逞《たくま》しい腕が私を包み、きつく抱き締めてくる。こんなことを言ってどうするのかと自己嫌悪に陥る私に、アレンは耳元で囁《ささや》いた。

「俺の妻はソアリスだけだ。何も心配しなくていい」

「……でも、ローズ、様……は？」

「相手は俺じゃない」

「え……？」

意味がわからず、私は茫然《ぼうぜん》とする。

アレンじゃなければ、誰の第二夫人になるというのだろう？

「俺は相談を受けただけで、無関係だ。ローズ様には別の想い人がいて、その人物には長年連れ添った妻がいるらしい。当然、ローズ様はその男と結婚することは不可能だとわかっている」

「片想いということですか？」

呆気に取られる私を見ながら、アレンはしっかりと頷いた。

相手がアレンではないということが信じられない。でも、アレンが嘘《うそ》をついているようにも見えない。

瞬《まばた》きと共に、涙の雫《しずく》がはらはらと落ちた。

「ローズ様は、相手が自分より三十歳以上も年上だから、恋愛感情を同じだけ返してもらうのは期待していないと……。だから『第二夫人でもいい』と思ったそうだ。どうしても諦めきれないから、何とか方法はないかと相談されたんだ」

ローズ様の周囲にいる男性といえば、ほとんどが騎士でいずれも若い。

三十歳以上も離れている人と言われて思い当たる人物は、一人しかいなかった。

「ゴド……？」

名前を言ってしまいそうになり、慌てて口をつぐむ。

ローズ様がゴドウィンさんを恋愛対象として好き!?

優しいおじさまといった印象のあの方は確かに素敵だけれど、まったくの予想外だった。

アレンは私の顔を見て、苦笑いで話を続ける。

「俺は、他人の結婚話には何の興味もないから困ってしまった」

「そ、そうですよね」

ローズ様の想い人は、アレンではなかった。自分の勘違いを理解した私は、だんだん顔が真っ赤になっていく。

もうこのまま卒倒して、記憶喪失になりたい。どこか硬いところに頭をぶつけたい。

どうすれば現実逃避できるのか、と必死で考えたけれど思いつかなかった。

「とはいえ、何か言わないと話が終わらないと思ったから、『王命ならどんな相手でも可能だろう』と答えたんだ」

「そうですか……」

「ただし、俺は王命でも断ると決めている。断固、拒否してみせる」

きっぱりとそう宣言したアレンはなぜかうれしそうに私を見下ろし、涙の残る目元に唇を寄せた。

「ソアリスを悩ませてしまって、しかも泣かせてしまったのに、君の本心が聞けてうれしい」

どうか忘れてください。私は心の中で必死に願う。

こめかみや頬に次々とキスをされる中、私は石像のように固まっていた。

ただ、まだ気になることは残っている。

「来年、お祭りに一緒に行くと言っていたのは？」

恋人同士の祭りに一緒に、と話していなかった？

涙の滲《にじ》む目で尋ねると、アレンは不思議そうな顔になる。

「あれは、ソアリスも連れて行けると思ったんだ。仕事であっても、祭りや社交の場であれば妻を伴うのはよくあることだろう？　君と過ごせる時間が増えるのだから、断る理由がなかった」

アレンの中では、私も行くことになっていた。

「ローズ様も、ご自身の想い人を誘うつもりだったのではないだろうか？」

私はそもそも、何も心配などする必要はなかった。

すべては勝手な嫉妬と思い込みだった。理解すれば理解するほど、自分のことが情けないやら恥ずかしいやらで何も言えなくなる。

「本当にごめんなさい。なかったことにしてください」

けれど、アレンはそうしてくれなかった。

蕩《とろ》けそうなほどに頬を緩ませ、そしてあえて耳元で囁いた。

「約束する。ずっとソアリスだけの俺でいる」

「!?」

もう忘れてー!!　お願いだから忘れてくださいー!!

顔から火が出るとはこのことだ。顔だけでなく全身が熱を持っていて、恥ずかしくて倒れそうになる。いつの間にか止まっていた涙が、情けなくてまた流れてきそうだ。

一人で反省していると、唇に柔らかいものが触れる。

「アレン……？」

うれしくて堪《たま》らないという風に見えるのは、気のせいではないらしい。

「俺の妻は本当にかわいい」

ぎゅっと強く抱き締められて、頭に頬ずりをされる。力強い腕と胸ですっぽり覆われた状態は、閉じ込められているようにも思えた。

「離さない。絶対に離さない」

アレンはごきげんで、本当にしばらくの間ずっと私を離さずにいた。どれくらい時間が経《た》ったか、ようやく満足した彼はそっと私を解放して言った。

「随分と遅くなってしまった。部屋まで送ろう」

立ち上がると、彼は左手を差し伸べる。

私はおとなしくその手に自分の右手を重ね、二人で並んでサロンを出た。

少し冷える廊下は、人払いがされているのか誰もいない。ルードさんが見張りも下げさせたらしい。

本館まで誰にも会うことなく戻ってこられて、アレンの私室の前には私たちが運んできたワゴンがそのまま置いてあった。

すっかり忘れていたけれど、使用人の誰も片付けていないというのはどうしたんだろう？

アレンは小首を傾《かし》げ、ワゴンを指差して尋ねた。

「これは？　食事を頼んだ覚えはないが」

「スープです。あなたにと思って……ですが、もう冷めてしまいましたね」

「とにかく部屋の中へ入れておくか」

そう言って、彼は自室の扉を開ける。ところが扉を開けると、中から廊下よりも冷たい空気が私たちの頬を撫でる。

「「え？」」

夜は冷えるから、使用人が暖炉の火を入れておいてくれているはず。それなのに今は火が完全に消えていて、おまけに窓が少しだけ開いていた。

「寒い」

「寒すぎますね」

えーっと、これはアレンの部屋が寒すぎて眠れないようにしてあるということですね？

つまり、私の部屋で眠れということですか……？　もしかしなくても、ユンさんやリルティア、カミラさんも皆があえてこうしたのね？

アレンもすべて察したらしく、ため息交じりに扉を閉めた。

「俺はルードの部屋へ行く。ソアリスはゆっくり休んで」

「でも」

「あいつなら、誰かの部屋へ押し込めばそれでいい」

アレンの中で、私と一緒に眠るという選択肢はないようだ。なぜか急に寂しさがこみ上げてきて、アレンのシャツを掴んでしまう。

「ソアリス？」

「………」

「まだ何か心配事でも？」

「いえ、違います」

ここで勇気を出して伝えなければ、一生言えないと思う。

ドキドキと鳴り続ける心臓の音が邪魔をして、なかなか言葉にできなかった。ようやく振り絞った声は緊張でやや震えていた。

「もう、いいと思うんです」

小刻みに震える指先が、そろりとシャツを離れる。

どうか私の気持ちが伝わって欲しい、懇願するような目でアレンを見つめた。

「婚約期間は、終わりにしませんか……？」

蒼い瞳が動揺で揺れる。

返事を待つ間、緊張しすぎてうまく息ができなかった。長い沈黙の後、私は居たたまれなくなり「やっぱり聞かなかったことに」と諦めかける。

「ソアリス！」

「きゃあ！」

アレンは弾《はじ》かれたように私を掻《か》き抱く。

「痛いです！　痛いです、アレン！」

私が叫ぶようにそう訴えれば、ふわりと腕の力が緩む。けれどホッとしたのも束《つか》の間、急に持ち上げられて私は目を瞑《つぶ》る。

「ええっ⁉」

アレンは私を横抱きにして歩き始め、私が使っている寝室に入った。急に抱え上げられてびっくりして、気づいたらもうベッドの上だった。

「ソアリス」

仰向《あおむ》けの私の上に、アレンが覆いかぶさっている。

すぐさま唇が重なり、二度三度とそれは続いた。

「ソアリス……！」

アレンは、あっさりと私のガウンを取り払う。

「ひぇっ……！　ちょっと、ちょっと待ってください」

「待たない」

深く口づけられ、緊張感とドキドキがこれ以上ないほどに高まる。体に触れられ、首筋にキスをされると悲鳴すら上げられない。

自分とはまったく違う逞しい体躯《たいく》がのしかかっていて、その重みがやけに恐ろしく感じた。

好きな人に触れたいと思ったのは私で、確かに望んでいたはずなのにここにきて急に怖くなった。

「ソアリス？」

全身を強張らせて涙目になっていると、アレンが心配そうに名前を呼ぶ。

前髪から頬にかけて大きな手でなぞるようにされると、彼が本気で私を案じてくれているのが伝わってきた。

「俺が怖い？」

「あの、いえ、はい……。ちょっとだけ」

正直に答えると、アレンは見るからにしゅんと落ち込んだ。

そしてすぐさま苦悶《くもん》の表情で反省を始める。

「しまった……！　箍《たが》が外れた……！　ソアリスに怖い思いをさせるなど、あってはならないことだったのに……！　俺としたことが‼」

あまりの猛省ぶりに、私の方が申し訳なくなってきた。

「すみません、すみません、私がいけないんです！　勉強不足でどうにも……！」

見上げると、眩しいほど美しいアレンの顔が近くにある。

彼は私の動揺を察してくれて、今度は労わるように何度も優しくキスをしてくれた。

心臓は変わらず激しく鳴っているけれど、次第に怖さはなくなってきて、くすぐったさに小さく笑いが漏れる。そんな私を見て、アレンはまた心配そうに尋ねた。

「本当に、いいのか？」

多分、私が本気で拒んだらアレンは引いてくれるだろう。けれど、どこまでも私を一番に考えてくれるこの人にすべてを任せたいと思った。私は小さく頷き、どうにか笑みを作ってみせる。

アレンは愛おしげに目を細め、繋いだ手の指を絡めた。

「俺の妻はソアリスだけだ。これまでも、これからも、ソアリスだけを愛している」

甘い瞳に甘い言葉。大きすぎる愛は毒だと誰かが言っていたような気がするけれど、こんなにも幸せなんだから拒むことなんてできない。

長い口づけの後、アレンは私の髪を指で梳《す》いて言った。

「ずっとこうしたかった」

「はい」

「もう今後一切、遠慮も自制もしないから覚悟しておいて欲しい」

「……はぃ？」

今なんて言いました??

恐ろしいことを聞いたような気がして、思考停止に陥ってしまう。

唖然《あぜん》とする私を見て、アレンは上機嫌で笑みを浮かべていた。

「今日は優しくする」

「あの、ちょっと出直してきても？　さきほども言いましたが、私、勉強不足で……」

咄嗟《とっさ》に口から出た希望は、彼の妖艶な笑みにかき消された。

「何事も実践が一番だ、ソアリスはただ身を任せてくれればいい。心配はいらない、夜は長い」

麗しいはずの笑みが不敵に見えるのは、気のせいだと思いたい。

「ソアリス、愛してる」

「私も、アレンを愛しています」

胸が潰れそうなほどに緊張して、でも温かくて幸せで。抱き合えば自分が愛されているんだと実感できた。

本当の夫婦になるまでに随分と時間がかかったけれど、もうすべてを受け入れられると思えるほどにアレンのことが愛おしい。

私たちの初めての夜は、ゆっくりと更けていった。

【第四章】　妻は平和の女神《エイレーネー》？

通い慣れた王女宮への通用門。

領地から王都に帰ってきて二日後、私はアレンと共に登城し、また金庫番としての日常に戻った。

制服に着替えると、「やっぱり私はドレスよりこっちの方が落ち着く」としみじみ思う。

「おはようございます」

金庫番は閑散期にあたり、休暇を取っている同僚も多く空き机が目立つ。とてもゆったりとした時間が流れていて、早々と出勤した私を一番乗りだったアルノーが出迎えてくれた。

「おはよう、今日もお熱いお見送りだったね」

明るい笑顔でそんな風に冷やかしてくる。

アレンが王女宮の手前まで私を送ってくれたのを、男性用の休憩室で制服に着替えている最中に窓から偶然目にしたらしい。

「アレンは何て言うか、マメな人なのよ」

「ははっ、そんな受け取り方もあるのか～。平和だねぇ」

机の上には、朝の一便で届いた書類や手紙の束が少しだけある。

私はそれを手にして、ペーパーナイフで一通ずつ封を切りながら話した。

「メルージェは今日から戻ってくるのよね？　もう少し実家でゆっくりしてもよかったのに」

毎年、豊穣祭に合わせて休みを取るメルージェは、実家の食堂が忙しくなる時期なので長めの休暇を取っている。今日から出勤予定だけれど、実家でのんびりできなかっただろうからもっと休んでもよかったのに……と思った。

アルノーは何度か食堂へ顔を出し、メルージェの様子を見に行っていたそうだ。二人は変わらず友人同士で、今はまだこれでいいのだとアルノーは笑う。

離婚して今すぐ恋をというのは無理だとわかるし、アルノーだって幼なじみだったダグラス様を失ってつらい思いをした。

飛び蹴りしたところで、やるせなさは残ったと言う。

二人がうまくいって欲しいと思うのは私の勝手な願望で、あえて口に出すことでもない。どうか幸せになってと願うばかりだった。

たわいもない会話をしながら、手元の書類を重要度によって仕訳《しわ》けていく。まだ始業前ということもあって、建物全体がとても静かだった。

「あ、そういえば聞いた？　事務官見習いのカルロッタ嬢が一昨日《おととい》から行方知れずだって」

「ううん、知らないわ。初めて聞いた」

アルノーが新聞を片手にそう言った。近頃、王都で若い女性が行方不明になる事件が相次いでいる、と大きく取り上げられている。

「この事件に関係あるんじゃないかって、皆心配してるんだ」

「急に辞めるような子じゃなさそうだものね……」

カルロッタ嬢は昨年入ってきた十六歳の男爵令嬢で、実家が没落寸前だと聞いた。私は特に接点があるわけじゃないけれど、その話を聞いたときは没落仲間として少々親近感を抱いた。

「家出も含めて捜索中らしい。実家が困窮して、すべてが嫌になって失踪する可能性もあるでしょ？最近は気落ちしていたっていうし。それに、駆け落ちっていう線も捨てられないからなぁ」

「それはそうね」

「でも、ここ数カ月で突然失踪する女性が急に増えたって書いてある。平民や貴族問わず失踪者がいるものだから、組織的な誘拐じゃないかって。うちのお針子たちも、寮まで馬車で送迎することになったくらいだし」

「さすがスタッド商会ね。従業員に優しい」

「まぁね」

アルノーは、私にも気をつけるようにと言った。

私にはユンさんたち護衛騎士がいるから大丈夫だと思うけど、心配性のアレンのためにも不用意に出歩くのは避けようと思った。

それに、もう一つ心配がある。

「もうすぐニーナがこっちに来るの」

「あぁ、デビュタントが終われば社交は終了ってわけにはいかないもんね。茶会や夜会のすべてにソアリスが付き添うこともできないだろうし、護衛をつけた方がいいね」

アルノーが言うように、ニーナには護衛騎士がつくことになっている。「護衛なんて贅沢《ぜいたく》だからいりません」と辞退しようとする妹に、ルードさんが「将軍の義妹を狙う者はいくらでもいる」と何度も念を押していた。

いくら妹が逞《たくま》しいと言っても、普通の十七歳の女の子だ。ここはルードさん言う通り、護衛騎士に守ってもらった方がいいと私からも説得したら、渋々了承してくれた。

「貧乏子爵令嬢から将軍の義妹だもんなぁ。変化についていけないのはソアリスと同じだね」

「本当にそうね。あの子ったら、まったく自覚がないからお披露目のときに飾っていた花も持って帰りたいって言っていたくらいで……」

そんな話をしていると、誰かが金庫番の業務室に向かってくる足音がした。見張りの騎士と挨拶を交わす声がして、私たちは扉の方に目を向ける。

「おはよう、久しぶりね」

入ってきたのはメルージェだった。その腕にはオレンジ色のアネモネの花束を抱えている。

白や紫はよく見かけるけれど、この色は見たことがない。目が覚めるような鮮やかなオレンジ色がとてもきれいだった。

メルージェは私の視線に気づき、ふふっと笑う。

「きれいでしょ？　ソアリスのファンからたくさん届いたの」

「え？　もしかして、例の『将軍純愛物語』のファンの方？」

あの噂《うわさ》が流れてからもう半年以上経《た》つのに、金庫番にはファンだと名乗る方から花が届いている。

それも、一人の人からではなくそれこそ何十人という送り主が存在するらしい。

「珍しい色だったから持ってきたけれど、ちょっと匂いがきついわね」

メルージェが顔を顰《しか》めた。

花瓶に飾ってみても、甘い匂いが気になる。

せっかくだけれど、アネモネは廊下の飾り棚へ移動させることにした。

「人が少ないから、花の匂いが広がりやすいのね。いつもならそれほど気にならないのに」

メルージェの言葉に、アルノーが首を傾《かし》げる。

「単純にあの花が匂いの強い品種なんじゃないかなぁ。香水にするにはよさそう」

「まだまだ届いているわよ？　持って帰って、スタッド商会で研究用に使ったら？」

「成分と香りを抽出すれば、前にアルノーが持ってきてくれた香油みたいにもできそうね」

「持って帰って研究室に渡そうかな。花の寿命は短いし、有効に使わなきゃね」

二人が話しているうちに、私は室長に届ける分の書類の確認を終えていた。

席を立ち、アルノーが書き上げていた分も持って部屋を出る。

「室長のところへ行ってくるわ」

「「いってらっしゃい」」

不穏な失踪話はあったものの、二人が笑って手を振る姿を見ると「ここは平和だな」と思った。廊下には色とりどりの花が飾られていて、季節外れの春が来たように華やかな雰囲気になっている。

すれ違う文官たちと笑顔で挨拶を交わしながら、私の日常は再び始まった。

それから数日後。

寝室でベッドの上に座っていると、まだ黒髪が濡《ぬ》れたままのアレンが右手で箱を抱えてやってきた。

どうやら、私宛てにニーナから届いた荷物らしい。

アレンは私の隣に座り、箱の中身を見せる。

「かわいらしい人形ですね。『英雄の平和の女神《エイレーネー》ちゃんを作りました！』って、どういうことでしょう？」

メッセージカードが添えてあり、そこにはニーナの文字でそう書かれていた。

そういえば、本邸でローズ様と三人でお茶をしたとき、何か言っていたような？

白い肌に亜麻色の髪、碧《みどり》の瞳の小さな人形は、白いドレスを着ていて、お花の入った小さな籠を持っている。

「ニーナが本体を作って、ドレスのチュールの刺繍《ししゅう》は母が入れた……？」

『平和の女神《エイレーネー》』は、騎士団にいくつかブロンズ像があるので見たことがある。それが将軍の純愛物語と混ざり合い、王都で『英雄の平和の女神《エイレーネー》』といえば私ということになっていることも噂で聞いて知っていた。

まさかこれを量産して売る気……？

妹の計画は何となく想像できたけれど、手紙の内容にはわからない部分もあった。

「これは何のことでしょう？『お披露目の贈り物の中から、不用品を再利用してみました！』って、不用品なんてあったんですか？」

アレンを見れば、気まずそうな顔をしていた。何か私に隠していることがあるみたい。

「あぁ、そういえばそんな物があったかもしれないな」

歯切れの悪い答えに、やっぱり私に言っていないことがあるんだと確信する。

じっと見つめれば、アレンは観念して説明を始めた。

「俺たちへの贈り物の中には、差出人不明の物もいくつかあったんだ。中身は事前に特務隊が確認して、嫌がらせのような物や出所がわからない物は処分した」

アレンは『俺たち』と表現したが、実際には私宛てだろう。アレンは私が落ち込まないように、見せずに処分してくれていた。

「偶然、ニーナがそれを見つけて……。『捨てるのはもったいない！』と言うものだから、いくつか持って帰ることを許可したんだ」

うちの妹が逞しすぎる。嫌がらせで送られてきた物までも、内職の素材にしていた。

持って帰った物の中に人形があり、それをほどいて型を取り、完成したのが今私が持っている人形だった。

「アレン、これって騎士団の許可は必要ないんでしょうか？」

できれば止めて欲しい。ところが、私の思いも虚《むな》しくあっさりと否定される。

「必要ない。売り出すのはスタッド商会だろうし、あそこは俺が出資しているから基本的に名前を使ってもいいという契約になっている」

「そうでした」

リンドル商会を傘下に入れてもらうとき、アレンが出資したのだ。つまり、アレンが絶対にダメだと言わない限りは販売許可が下りてしまう。

「ちなみにアレンは……」

「ソアリスに似た人形なら、いくらあってもいいと思う」

「平和の女神《エイレーネー》ちゃんは、私ではないですよ」

「将軍の平和の女神《エイレーネー》はソアリスしかいないだろう？」

アレンは麗しい笑みを浮かべ、私の肩を抱き寄せる。

寝間着越しに感じる体温にどきりとして、それ以上何も言えなくなってしまった。

「本当にかわいいな、ソアリスは」

「っ！」

私にこの愛情を余裕で受け止められるだけの器があれば……。いちいち反応してしまう自分が恨めしい。

ドキドキして顔を上げられずにいると、アレンはお構いなしに私の額や頬に唇を寄せた。

「王都に戻ってきたらまた忙しくなって、ソアリスが不足していた」

「毎日一緒に寝てるじゃないですか……？」

この邸《やしき》に戻ってきてから、私たちは同じ寝室を使うようになった。

アレンは「ソアリスの寝顔しか見られない日がある」と嘆くものの、それでも朝起きたときにはお互いの存在を間近に感じられて、そんな当たり前のことがとても幸せに思えた。

「今日はソアリスに会いたくて限界が来て、休憩中に辞職願を五枚も書いた」

「五枚も」

それは多いですね？

「ルードに全部回収されて捨てられた。残念ながら、向こう三年は辞められないらしい」

多分、十年は辞められないのでは。そう思ったけれど、何も言わずにくすりと笑うだけに留める。

「会いたかった」

情熱的な眼差《まなざ》しに、心音がどんどん大きくなる。

「わ、私も……会いたかった、です」

かろうじて言葉を絞り出せば、アレンはうれしそうに微笑《ほほえ》み、深い口づけをする。

このまま押し倒されそうな雰囲気に背を仰《の》け反《ぞ》らせて逃げようとするも、しっかりと抱き込まれているから逃げられない。

「アレン」

「何？」

「あの、少し気になって……、今さらですがあの件はどうなったのかと」

キスの合間にそう言うと、アレンは少し悲しげな目をした。

「この後じゃダメか？」

お披露目の日から一層甘さが増したアレンの言動に、私は何度も意識がなくなりそうになっている。

もう気絶してもいいですか……？

キラキラと眩《まばゆ》いくらいの微笑みに、胸が締めつけられて苦しくなった。

「で？　話とは？」

完全にペースを握られてしまっている。ただし、今言わなければ本当に押し倒されて会話は終了する予感がしたので、私はすぐに質問する。

「グレナ嬢を手引きした者はわかったのですか？」

あれからずっと気になっていた。

使用人を買収したというのはグレナ嬢の自白でわかっているが、結局のところ誰が関わっていたのかはすべて明らかになっていない。

特務隊が調べるならすぐにわかるかと思ったのだが、アレンもルードさんも忙しそうだったので尋ねる機会がなかったのだ。

じっと見つめる私に、アレンは今思い出したかのように答える。

「まだ調査中だ」

「そうですか……」

「ソアリスは心配しなくていい。——終わったらきちんと話す」

ある程度のことはわかっているんだろうけれど、今のところ私に話せることはないのかもしれない。何となくそんな気がした。

「わかりました」

今はアレンの言葉を受け入れるしかない。

一抹の不安はあるものの、私はそれ以上聞かないことにした。

「ほかに気になることはないか？」

「え？　特にはないですけれど……」

何かあったかなと思い出そうとする私の手から、アレンは人形の入った箱を抜き取る。そして、ベッドサイドにあったテーブルの上にそれを置き、再び私の方に向き直った。

そのまま抱き合うようにしてベッドに寝転がると、優しい手つきで私の頭を撫《な》でた。

「俺は恨まれているかもしれない」

「誰にですか⁉」

突然の告白に、私は驚いて顔を上げる。

アレンはそんな私を見て、くすりと笑った。

「あのキノコのぬいぐるみに。俺と一緒に寝るようになって、あれを抱かずに眠っているだろう？」

黒曜石が怪しげに光る二つの目。何とも不気味なぬいぐるみを思い出し、私は苦笑する。

今もちゃんと私室に飾ってある。リルティアが毎日丁寧に拭ってくれて、ずっともふもふで柔らかさは健在だ。

「きっと許してくれますよ。だってあの子の贈り主はアレンですから」

「そうだったな」

「はい」

私たちは静かに笑い合い、そしてどちらからともなく唇を重ねた。


王都に雨が降り注ぎ、三日ぶりに美しい夜空が広がった日のこと。

ニーナはルクリアの街から王都へやってきて、十代の貴族令嬢らしい薄桃色のドレスを纏って夜会に出かける支度をした。

今日は私が付き添う予定で、煌《きら》めく夜空を思い起こさせる濃紺色のドレスを着て、妹と共に馬車に乗り込む。

私たちの正面に座っているのは、本日の案内役であるクリス・シュヴェル様。ジェイデン様の秘書官で、ユンさんのお兄様である。

眩い金髪に理知的な瞳という完璧な貴公子は、夜会に参加して情報収集することも職務の一つだと言っていた。

「さて、今夜は貴族院で大きな権力を持っているミラー侯爵家主催の夜会です。ご当主はまだ三十歳で、代替わりしたばかりですので参加者は比較的若い層が多く、ニーナ嬢と年の近い貴族令息もたくさん参加すると聞いています」

二百人程度の夜会は、クリス様からすれば「普通」だという。

規模が小さいと気が合わない人に話しかけられたときに逃げにくいので、これくらいの規模がいいだろうと判断したとのこと。

「ニーナ嬢は私がエスコートいたしますので、まずは夜会の雰囲気を知り、楽しんでください。話してみたいと思える方が現れましたら、頃合いを見計らってお席に案内します」

「何から何までありがとうございます」

一通り説明を聞いた後、ニーナが少し困ったように笑って言った。

「私は、結婚相手が見つからなくてもいいんですけれど……」

ニーナの言い分もよくわかる。でも、将軍の義妹が社交界に出るとなれば様々な出会いが訪れるだろう。知り合いを増やしていて損はないはずだ。

「いい人が見つからないなら、無理に結婚しろとは言わないわ」

「うん、それはお父様にも言われたわ。だから、私は商売相手を探すつもりで来たの」

「ニーナの気持ちはわかった。でも、話しかけてくる相手は結婚相手を探しているかもしれない、というのは覚えておいてね？」

ニーナは素直に「わかった」と返事をする。

クリス様は私たち姉妹に微笑ましい目を向けてくださっていた。

「ニーナ嬢が困らないよう、なるべくフォローしますよ」

「ありがとうございます」

妹のユンリエッタがお世話になっているので……、と言ったクリス様は兄として私の気持ちがわかると苦笑する。

いくつになっても、妹のことは心配なのだ。

ミラー侯爵家に到着すると、すでにたくさんの馬車が停まっていて、着飾った人々が続々と降りていくのが見えた。

この中には、国の重鎮や要職に就いている高位貴族がいるらしい。

「ようこそいらっしゃいました！」

主催者のミラー侯爵家の奥様は、熱烈な将軍ファンで支援者である。盛大に迎えられ、私たちは挨拶を交わした。

ニーナはクリス様にエスコートされ、彼が親しい文官や騎士に挨拶をする。

私はジャックスさんに付き添われ、ここ半年で知り合った貴族令嬢や奥様方と談笑をして過ごした。ときおり、妹の姿が視界に入るとどうしても気になって足を止める。

「ニーナ、大丈夫かしら」

今のところうまく会話ができているようで、本人も楽しそうに見えた。クリス様がいてくださるおかげで、お酒を口にすることもない。

「奥様は心配性ですね」

ジャックスさんいわく、見えないだけで護衛がたくさんいるからそんなに心配する必要はないらしい。

「実質、今日が初めての夜会ですからね。しばらくは安心なんてできないですよ……」

「ははっ、アレン様と一緒ですね。アレン様も奥様が心配だって、よくそんな顔してます」

「そんな顔って、アレンがこんなにおろおろしてるわけ……」

本当に？　私のいないところで、アレンもこんな風になっているのだろうか？

疑問に思っていると、人波の向こうからひと際目立つ美貌の夫がこちらに向かってくるのが見えた。

「ソアリス、遅くなってすまない」

ダークグレー色の盛装姿アレンは、騎士団での会議が長引いて遅れると連絡が入っていた。邸に戻っている時間がなく、王城から直接ここへやってきたのだった。

「ジャックス、変わりないか？」

「はい、この通り」

それを聞いた瞬間、アレンの表情が和らぐ。

「誰かが俺の妻を狙っていないかと、気が気じゃなかった」

「ジャックスさんがいるのに？」

冗談を、とも言えないアレンの様子に私は少し戸惑いの笑みを浮かべた。

ジャックスさんは「ほら言った通りでしょう？」と笑う。

「ニーナはクリス殿と一緒か？」

「はい、あちらに」

アレンは背が高いからすぐにニーナの姿を見つけられたようで、大丈夫そうだなと呟《つぶや》く。ここから私たちは一緒に行動し、アレンと一言だけでも話したい人たちに囲まれた。

将軍の人気はまだまだ衰えず、それどころかアレンがどう政局に絡んでくるのかを探るような会話もあった。

彼らはその多くが派閥と呼ばれるものに属しているから、アレンがどこに加わるのか気にしているようだった。

本人が「将軍を辞めてヒースラン伯爵領に戻りたい」と思っていることを、誰も知らない。

夜会中盤、私がシャンパンで喉を潤していると、ジャックスさんが声をかけてきた。

「奥様、二階で歌い手のルミーナが歌を披露しているそうですよ」

高位貴族が開く夜会には、歌い手や踊り子、占い師などが招かれることがよくある。今日は、王都で一番人気の歌い手が来ているらしい。

「行ってみるか？　ソアリス」

アレンに尋ねられ、私は笑顔で頷《うなず》いた。

私たちは二階へ向かい、しばらくの間は座ってゆっくり歌を楽しむ。劇場に行かず、素晴らしい歌を聴けるなんて得した気分だ。

歌が終わると、私たちはクリス様とニーナと合流する。

アレンたちは紳士サロンへ、私とニーナはしばらく休息を取ることになった。

「ソアリス、また後で」

「はい、いってらっしゃいませ」

名残惜しそうな顔をするアレンは、私の頬にキスをして去っていく。ジャックスさんは空気になっていて、見て見ぬふりをしてくれた。

「お義兄様《にいさま》って、本当にお姉様が大好きなのね～。あんな姿ばかり見ていたら、将軍だっていうことを忘れちゃいそうになるわ」

ニーナが感心するような口ぶりでそんなことを言う。

「行きましょう」

私は早く話題を変えたくて、ニーナの背中を手でそっと押してホールへ移動を促した。夜会終盤になってもまだたくさんの人がいて、中央では若い男女がダンスを踊っているのが見える。

緩やかな音楽は心地よく、何もしていなくても楽しい気分になれた。

「あ、そういえば一階のサロンで占い師に見てもらえるんですって！　行ってみない？」

ニーナに誘われ、私は一階の通路を奥にある赤い絨毯に沿って進んでいく。突きあたりまで行くと、豪華な扉の前に警備の兵が立っているのが見えた。

ご令嬢方が楽しそうに話しながら出てくるので、きっとそこが占いをしている部屋だろう。

「ニーナ嬢も占ってもらうんですか？　運命の相手がどこにいるのか」

ジャックスさんが茶化すようにそう言う。

運命の相手がわかる占いがあるんだろうか？　私もニーナに視線だけで尋ねた。

「恋占いより、金運が上がるかどうか占って欲しいな。目先の内職の方が気になるし」

夢がないにもほどがある。あまりに現実的なニーナの希望に、姉の心は複雑だった。

私たちが部屋に入ると、五人のご令嬢が紫色のフードを被《かぶ》った占い師を囲んでテーブルについていた。

占い師は、三十歳くらいの妖艶な女性だった。

「あら、新しいお客様かしら」

声までが色っぽく、夜の雰囲気を感じさせる。

私たちを見た彼女は、笑顔で近くに招いてくれた。

五人のご令嬢方はすでに占いが終わっていたらしく、喜びや悲しみそれぞれの感情を露《あら》わにして部屋から出ていった。彼女たちは、揃《そろ》って恋占いをしていたようだ。

「はじめまして、わたくしはマリオンと申します。星占術の魔女ですの」

「星占術の魔女？」

「という設定でお届けしております」

正直な占い師だった。商売にはわかりやすい個性が必要、ということなんだろう。

にっこり微笑んだ彼女は、赤い紅をさした唇が妖しげで確かに魔女っぽい。

「星の位置や水晶が導くしらべから、お嬢様方の未来を予想します。恋や人生に悩む皆さんのため、わたくしが占って差し上げましょう」

「わかりました」

机の上には、星空が描かれた古い布と秤《はかり》のような円形の盤。透明の石が散らばっていて、彼女はそれを一度手のひらに集めると、私たちの前で念を込めながら布の上に放った。

コロコロと転がる透明の石。五つのそれらがどこの星の上で止まるかで、未来を予測するという。

しばらくの沈黙の後、マリオンさんはニーナを見て静かに言った。

「運命の人は近くに……。機を逃さないよう、出会いの場にどんどん出ていくのがいいでしょう」

「え！　そうなんですか⁉」

「はい。おそらく数年以内にご結婚となるでしょう」

……これは占いなの？

貴族令嬢で十代後半なら、数年以内に結婚する確率の方が高いわよね。

結婚できませんって言われるよりはいいけれど、少し抽象的すぎないかしら……。

疑ってしまうのは、私が素直じゃないから？

できるだけ顔に出さないでいよう、そう思った瞬間、背後に立っていたジャックスさんがぼそっと漏らした。

「誰にでも当てはまる感じですね」

その言葉に、マリオンさんがぴくっと反応する。

「あら、あなたは女難が出ていますよ」

笑顔だけれど、ちょっとムッとしているみたいだった。

「あ、平気です。上官にいつも巻き込まれてるんで」

上官って、それはユンさんのことですか？

私がちらりと視線を向けると、ジャックスさんはにこっと笑い無言で肯定する。

苦笑いの私の前で、マリオンさんは再び透明の石に念を込めて布の上に放る。

そして、大げさなまでに「はっ⁉」っと目を見開いたと思ったら、今度は私を見て悲しそうな表情になった。

「なんていうことでしょう！」

「え？　私ですか？」

マリオンさんは私を見て、深刻な表情に変わる。

「そう遠くない未来に、とても大事なものを失う運命が待ち受けています！」

「ええっ……？　大事なものとは一体」

「そこまでは。ただ、大事なものです」

強調されると、何だか怖くなってくる。

返答に困る私に、マリオンさんはテーブルに身を乗り出して言った。

「大丈夫です。どうかわたくしにお任せを!!　未来への不安は、この『奇跡の香水』を毎日つけていれば防ぐことができますわ」

ものすごく胡散臭《うさんくさ》い！

私は自分の笑みが引き攣《つ》るのを感じた。

ニーナは、ふむふむと感心していて「これが商売のやり方ね」と勉強しようとしている。

「わかります、わかりますわ、奥様。女性には色々と悩みがございますよね。周りの女性が自分より楽しそうに見えたり、もっときれいになりたいと思ったり、夫からの愛情が物足りなかったり、私には奥様の悩みが手に取るようにわかります！」

まったくわかっていませんね!?

ただ、勢いに呑《の》まれて否定する隙はない。

「でももう大丈夫です！　これまでも、何人ものご令嬢がこの『奇跡の香水』のおかげで幸せを手に入れました。奥様もぜひ！」

「はぁ」

「もちろん、無料ですわ。効果がありましたら、二個目は王都の五番街にある占いの館でお買い求めくださいませ。はい、どうぞお持ち帰りを」

無理やり香水の瓶を握らされ、私は受け取ってしまった。

一体この中身は何なのだろう？　本当に奇跡が起きるとか、悪い運命を回避できるなんて思えないけれど、中身が何かはちょっと気になる。

「あ、ありがとうございます」

私がお礼を口にすると、マリオンさんは満足げに頷いた。

「どうか奥様に、女神の加護がありますように。旦那様には秘密ですわよ」

占いを終えた私は、困惑した状態で廊下へ出る。

どうしたものか、と香水の小瓶を見つめていると、ジャックスさんが笑顔でそれを私の手から引き抜いた。

「お預かりしまーす」

「ですよね」

見知らぬ人からもらった物は、私が自分で持ったままでいられるわけもなく。この怪しげな香水は、特務隊の預かりになるのだった。

ニーナの初めての夜会は、とても平穏だった。エスコートしてくれたクリス様のお力が大きく、私たちはしっかり感謝の意を伝えて別れた。

その後、ミラー侯爵夫妻に別れの挨拶をして、今日はもう邸へ帰ろうとする。

ところがそのとき、ミラー侯爵夫人から何気なく話題を振られる。

「そういえば、マルグリッド・ヴォーレス公爵令嬢とはお会いできました？　王妹殿下を介して、マルグリッド嬢と奥様はとても懇意になさっていると聞きましたわ」

「え？」

夫人によると、マルグリッド様が父親であるヴォーレス公爵と共にこの夜会に参加していたそうだ。先日のお披露目パーティーのときも、特に私的な会話をすることはなかった。あれ以来、王都に戻ってきてからはまだ彼女と顔を合わせていないし、何がどうなって「懇意にしている」ことになっているんだろう？

私は、マルグリッド様に言われたことを思い出す。

『どうして……どうしてあなたのような人やローズ様みたいな人が、幸せになれるのでしょう。何の努力もしていないのに』

不仲だと噂《うわさ》されるよりはずっといいけれど、向こうはおそらく私のことを嫌っている。その状態で、親しいように周囲に勘違いされるのは複雑な心境だった。

「それでは、またの機会に……」

「はい、ぜひ」

侯爵夫妻のいる部屋から下がり、私たちは廊下を歩いていく。

ここで私はふと気づき、アレンに尋ねた。

「あの、アレンはヴォーレス公爵様にご挨拶をしなくてもいいんですか？　もしかして、紳士サロンでもう会いました？」

ヴォーレス公爵は、国王陛下の従兄《いとこ》にあたる。貴族院の代表を務めていて、王侯貴族を専門に診る医局塔のトップでもある。ご自身も元医師という、ご立派な方だと聞いている。

マルグリッド様が王太子妃候補の最有力だったのは、ご令嬢の資質はもちろん、ヴォーレス公爵家という強大な家門の後ろ盾があることも影響していた。

この国で五指に入る重鎮がいるのに、挨拶をしていないのは無礼なのでは？

そう思って尋ねたが、アレンは少し嫌そうに眉根を寄せる。

「必要ない。ソアリスを見せるのはもったいない」

どことなくピリッとした空気を纏うアレンに、それ以上のことは聞けなかった。アレンがこの反応ということは、親しくないどころか敵対しているのかもしれないと察する。

それなら、顔を合わさないうちに早く帰った方がいい。

私はアレンと腕を組みながら、足早に進む。

でも、ニーナはここでも自由だった。

「あっ、きれいな庭園！　ちょっとだけ見ていきません？」

すぐそこに扉があり、開放されているということは自由に見ていいということだろう。

アレンは「構わない」と許可をくれて、ニーナはうれしそうに庭園に出る。

正面玄関までは、庭園を通っても遠回りになるわけではない。外は冷えるかと思ったけれど、緩やかな風が気持ちいいくらいだった。

「すごい、お高そうな花がいっぱい！」

「値段のことは言わないのがマナーよ、ニーナ」

庭園には、遅咲きの薔薇《ばら》や大輪のダリアが咲き誇っている。

ランプの光がそこら中で煌めき、まるで物語の中のような幻想的な雰囲気だった。

自然の風景と一体となる庭園が今の流行《はや》りで、一面に敷き詰められた美しい芝生は庭師の丁寧な仕事ぶりが感じられた。

「ニーナ、あまり遠くへ行かないで」

「はーい」

ジャックスさんがいるとはいえ、私は心配で声をかける。

アレンは、そんな私を見てくすりと笑った。

「あら……？」

二人で並んで歩いていると、正面から赤いくせ毛の男性がやってくるのが見える。

立派な身なりのその人は、見るからに権威ある高位貴族の男性で、年は五十代前半くらいだろうか。

口髭《くちひげ》がダンディで、ヒースランのお義父様の柔らかな雰囲気とはまた違う。

そして、その隣には淡い紫色のドレスを着た美しいご令嬢がいた。赤い髪をハーフアップにして、ドレープの多いドレスを着たその人は、気品に溢《あふ》れている。

「ヴォーレス公爵」

アレンが呟くようにそう漏らす。その声は、嫌悪感すら含んでいた。

二人は私たちのそばまでやってきて、ほぼ正面で立ち止まった。

マルグリッド様が淑《しと》やかにカーテシーをするので、私も慌ててそれに合わせてご挨拶をする。

「久しいな、ヒースラン将軍」

「お元気そうで何よりです、ヴォーレス公爵」

公爵様は、一見すると友好的な笑みを浮かべていた。でも、私を見る目は「これが将軍の妻か」と品定めするようで背筋がぞくりとする。

この方が医局塔のトップで、元お医者様？

とてもそんな風には見えず、獲物をいたぶって楽しむような嗜虐《しぎゃく》的な雰囲気があった。

恐怖心から身体《からだ》を固くしていると、それがわかったのか公爵はますます笑みを深めた。

「奥様のお噂はかねがね……。将軍が大層かわいがっておられるとか。娘からも、とてもお優しいお心の持ち主だと聞いていますよ」

何と返せばいいのかわからなくなる。

私は必死で笑みを浮かべた。

「はじめまして。妻のソアリスと申します」

せめてアレンの足かせにならないように、精いっぱい愛想よくしたつもりだった。ところが、公爵様はふんと鼻で笑うかのように私を見下す。

「しかしながら、少々不釣り合いに見えますな。数多《あまた》の武功を上げた英雄が、このように弱き妻をそばに置き続けるとは……。これから先はご苦労なさることでしょう。剣を持って戦う時代は終わるのです、ならば、それ相応の力を持つべきだと思いませんか？」

言い終わるのと同時に、彼は自分の娘をちらりと見た。

その意図は明らかで、「没落貴族の娘よりも、社交界で力を持つヴォーレス公爵家の娘を妻にした方がいい」と言いたいのだ。

あいにく、そんな理屈はアレンに通用しない。

「お言葉ですが、私は生涯ソアリス一人を愛すると決めています。お気遣いには及びません」

「ほう」

笑顔をキープしている公爵だけれど、その目はかすかに怒りを滲《にじ》ませていた。

「我が娘では不満だと？」

「いいえ？　ソアリスでなければ意味がないのです。ただ、それだけですよ」

「はっ」

公爵は、まったく理解できないという風に嘲笑する。

私はどうすることもできず、ひたすらアレンの傍らで黙っていた。

少しの沈黙の後、悪意に満ちた目が私の方へ向けられる。

「こうして実際にお会いしますと、今にも儚《はかな》くなりそうな奥方ですな」

「!?」

遠回しに、私のことなどいつでも消せるという意味だった。

恐ろしくなって、アレンの腕に回した手にぎゅっと力が入る。

が、ここでいつの間にかすぐ後ろにいたニーナが、小声で密《ひそ》かに耳打ちしてきた。

「お姉様！　儚げだって、細いって言ってくださったわよ！　やっぱりお姉様は太っていないのよ」

違う！　そういうことじゃないわ、ニーナ！

今にも儚くなりそう、死にそう、殺されないようにねっていう嫌みよ！

天真爛漫《らんまん》ないい子に育ったニーナは、自分の都合のいいように受け取る逞しさも備えていた。

ただし、アレンは私と同様に公爵の言葉に裏を感じたようで、不遜な口調で嫌みを返す。

「ご心配など不要です。妻は私が守り続けますから。自分の妻も守れないような男が将軍では、ノーグ王国の騎士と呼べないでしょう。あぁ、公爵もどうかご自愛ください。老いることで目が曇るのはよくあることですから」

アレンの挑発に、公爵は少しだけ目元を引き攣らせたものの、すぐさま元通りの笑みを作った。

よほど自分の力に自信があるのだろう、そんな風に感じられる。

「はっ、さすがはその年で頂に立つだけのことはある。恐れを知らぬとは、勇敢と称《たた》えるべきか愚かと笑うべきか。いずれ己の未熟さを思い知るときがくるだろう」

公爵はふんと鼻で笑うと、マルグリッド様を連れて私たちのそばを通り過ぎる。

すれ違いざまには、アレンに向けて「首狩り将軍ごときが」と捨てゼリフまで吐き、私のこともひと睨《にら》みしていった。

典型的な嫌みな権力者にしか見えないヴォーレス公爵は、娘であるマルグリッド様のことも自分の駒としか思っていないのかもしれない。

マルグリッド様の表情はほとんどなく、アレンの顔を見ようともしなかった。ただ時間が過ぎるのを待っている、そんな風にも見えた。

王太子妃になれなかったのは彼女のせいじゃないけれど、あの父親がいる家でどんな扱いを受けているのか想像すると、怒りや悲しみが込み上げてくる。

俯《うつむ》いて黙り込む私の髪に、アレンの大きな手が触れた。

「大丈夫か？」

労《いた》わる声に、私ははっと気づいてアレンを見上げる。

「すまない、嫌な思いをさせた」

「アレンが謝るようなことではありません」

長い指が私の頬をなぞり、夜風で乱れた髪をそっと耳にかけてくれる。

今日ここでヴォーレス公爵に遭遇したのは、予定外のことだったんだろう。おそらく、向こうは私たちが出席すると知ってわざわざ出向いてきた。

そうなると、どう考えても避けようはない。

「アレンこそ、大丈夫ですか？」

首狩りだなんて言われて、傷ついたのでは？

しかしアレンは、平然とした態度だった。

「俺は何も気にしていない。あぁいうことにいちいち反論するつもりも、まともに受け取るつもりもないからな」

「そうですか……」

本人が飄々《ひょうひょう》としているのに、私は悔しくて堪《たま》らなかった。

アレンが戦ってくれたおかげで、この国の平和は守られているのに。

ぐっと黙っていると、アレンがその大きな手で私の頭を撫《な》でた。

「俺のことはいい。ソアリスがそばにいてくれて、信じてくれればそれだけで十分だ。俺は、そのためだけにこれまでやってきたんだから。心配なのは、俺のことよりソアリスの身の安全だ」

かすかに陰るその表情。

私はわざと明るい声で、大げさに笑みを作ってみせた。

「ふふっ、私なら元気ですよ？　だって、守ってくださるのでしょう？」

「あぁ、当然だ」

「では、安心ですね。とても頼りにしています」

アレンは少しだけ微笑むと、何も言わずに私の額にキスを落とす。

「!?」

また、妹の見ている前で……!!

必死の抵抗も虚しく、長い腕で搦《から》め捕られて唇を奪われた。

「アレン」

「もう少しだけ」

「ダメですよ……！　二人きりじゃないですから」

慌ててその逞しい胸を押し、周囲を確認する。

が、そこにあるはずのニーナの姿はなかった。

「え？　ニーナ？」

キョロキョロとあたりを見回すと、少し離れた花壇の前にニーナはいた。

「すごいわ！　夜光蝶《ちょう》がいるなんて！　さすがはお金持ちの邸宅ね〜！」

「あまり近づくと危ないですよ、ニーナ嬢。薔薇の棘《とげ》でケガします」

妹は自由だった。

いつも陽気なジャックスさんにも、幼い子どもを見守るかのような目で見られている。

仕方ないなという風に妹の様子を見ていた私の背に、ずしりと重みがのしかかってきた。

アレンが私を包み込むように後ろから抱き締め、耳元でくすりと笑って囁《ささや》く。

「今は二人きりの時間に入るだろう？」

「……入りませんよ!?」

すぐそこに二人もいますが!?

わずかに抵抗したところで、力でアレンに敵《かな》うわけがない。

「俺のソアリスは小さいな」

抱き締められた状態でしみじみとそんなことを言われれば、もしかしてまた心配性が出ているのかもしれないと感じる。

どうすれば、この人を安心させることができるだろうか？

私に言えるのは「ずっとアレンのそばにいますよ」ということだけだった。

◇◇◇

騎士団の執務棟の一室に、報告書を手にするアレンディオの姿があった。

ルードに調べさせていた、ヴォーレス公爵家に関する情報である。

「アレン様、マルグリッド嬢は王都に戻ってきてからは妙な動きは見せていません。こちらが警戒していることに気づいているようです」

ルードは慣れた手つきでティーカップに紅茶を注ぎ、アレンディオの前に置く。そして自分も向かい側に座ると、ヒースラン伯爵領での話を口にした。

「披露目の前にグレナ嬢をアレン様の寝室へ迎え入れたのは、マルグリッド嬢の指示だと見当をつけています。あの日、街へは行かず部屋にいた彼女にはそれが可能でした」

確かな証拠は残っていない。

買収された使用人を何人か辿《たど》っていくとその結論に至ったのだが、はっきりとした証言や証拠となるような手紙などは得られなかった。

「ここまできれいに痕跡を消せるのは、さすが公爵家というべきか」

「本当に面倒なやつらだ」

アレンディオは報告書を置き、険しい顔をする。

これまで、ローズの護衛についていたアレンディオにマルグリッドが何か言ってきたことは一度もない。筆頭侍女として礼を欠かない程度の、最低限の挨拶と会話だけを交わしてきた。

「これは私の推察ですが、マルグリッド嬢は父親である公爵から『将軍を誘惑または懐柔するように』と命じられています」

「俺を？　冗談だろう」

「伯爵領まで行ったのに何も行動を起こさなかった、では父親に咎《とが》められるから、何でもいいから実績作りをしたかったのではないかと」

「…………」

マルグリッドから、熱の篭《こも》った視線を向けられたことは一度もない、それどころか、完璧な公爵令嬢である彼女からは何の感情も伝わってこなかった。

かつて王太子妃候補だった頃は、たくさんの令嬢たちに慕われていて、感情も今よりは豊かだったと報告書にはある。

「人間が感情を失くすのは、諦めたときです。公爵家の、父親の駒になるのに疲れたのでは？　家の都合で振り回されるのは、私にも覚えがあるので気持ちはわかります」

ルードは報告書の束を見ながら、淡々とそう述べた。自分もそうであった、というわりに同情している様子はない。

アレンディオの視線に気づき、彼はいつもの温和な笑みを浮かべて言った。

「許せるわけないじゃありませんか。たとえ仕方がなかったとしても、アレン様や奥様に手を出そうとしたんですよ？　同情なんてしませんせん」

「あぁ」

「邸や王女宮の警備を手厚くします。結婚式が終われば、国内外に将軍の妻はソアリス様だと知らしめることができますから、そうなればさすがにもう攻撃はしてこないでしょう」

昨夜のヴォーレス公爵の様子から、ソアリスを排除しようと計画していてもおかしくない。

アレンディオはソアリスの前でこそ怒りを堪えていたが、今思い出しただけで憤怒が込み上げる。

「今すぐ全員投獄したい。ソアリスを早く安心させてやりたい」

「ソウデスネ……っていやいやいや、さすがに今すぐは」

「邪魔する者は、血の一滴すら残さず消す」

憎悪に染まる蒼《あお》い瞳。仄暗《ほのぐら》さと妖しさを感じさせるその顔は、決してソアリスの前では見せないものだった。

「徹底的に潰す。すでに調べは終えているな」

「はい。ヴォーレス公爵家の傘下にいる貴族は、私たちが戦地で駆け回っている間も甘い汁を吸ってきたようで……。貴族院もそれを見て見ぬふりをしてきました。末端の者たちは、証拠をちらつかせればすぐに落ちるでしょう」

「結婚式の参列者が減りそうだが、元より大規模なものにはしたくなかったからちょうどいい」

守った国が内部から腐っていたのでは、戦った騎士たちも浮かばれない。

アレンディオは、これを機に貴族院の影響力も削ごうと思っていた。

「とはいえ、末端は粛清するに当たらずという状況ではありますので、適度にいたしますよ？　あくまでさりげなく、目立たぬようにその数を減らすようにします」

「任せる」

悪だくみは、将軍の自分よりも適任がいる。

ルードは報告書が人目に触れないよう、手早くまとめて回収した。

「では、またのちほど」

爽やかな笑みを浮かべた補佐官は、その腹に抱える黒いものを一切感じさせない様子で部屋を出た。

◇◇◇

数日後、私は結婚式用のドレスを試着するために、金庫番の仕事終わりにドレスサロンへとやって来ていた。

アルノーとユンさんと三人で訪れると、エフィーリアお姉様がうれしそうに出迎えてくれた。

「ようこそいらっしゃいました！　最高の仕上がりですわよ！」

中へ案内されると、アイボリーと水色の華やかなドレスが飾ってあり、首回りや袖の繊細なレースは短期間で仕上げたものとは思えない美しさだった。

「わぁ……、素敵なドレスですね……！」

見惚《みと》れるくらい美しい衣装。これほどのものを纏えるのは王女様くらいじゃないかと思うほどの優美な仕上がりで、お姉様が自信を持って披露したのも頷ける。

「さぁ、お早く着てみせてくださいな」

試着室へ、と思いきやアルノーが追い出されて数時間。細かな部分のサイズを調整しながら、コサージュや宝石のサイズまで一つ一つ指定して修正をし、ようやくヘアセットまで終わったときにはすっかり陽が暮れていた。

「どうかしら？」

「「大変におきれいです!!」」

サロンの女性たちに絶賛され、ちょっと照れてしまう。

ユンさんが感極まってうるうるしていて、何だか母親と一緒に来たような雰囲気になっていた。

「ソアリス様、ようやくこの日が……！」

「ユンさん、落ち着いて」

「アレン様がご覧になったら、きっと無事ではいられないことでしょうね」

「それは困るわね？」

よくわからないけれど、私はアレンのためにも無事でいなければ。

「いよいよ、あとふた月なのね……」

ドレス姿で鏡の前に立つと、何だか急に実感が湧いてきた。

もう夫婦として暮らしているけれど、やはり結婚式には特別感がある。

両親の希望でもあった結婚式。遅くなってしまったけれど、ようやくその日がやってくると思うと胸がいっぱいになった。

「わぁ！　よく似合ってるね～ソアリス」

「アルノー、おかえりなさい」

私の着替えのために追い出されていたアルノーは、何かの荷物を持って戻ってきた。

「それは？」

「香油と口紅。将軍の妻の愛用品ってことで売り出したいから、使ってもらおうと思って」

アルノーは笑顔でそれをスタッフに渡した。私が乗って帰る馬車に積んでおいてくれるという。

「いつも色々いただいて、ありがとうございます」

「宣伝になるから、これからも貢ぐよ」

「ふふっ、それはありがたいわね」

スタッド商会からの貢物がどんどん増えていて、いくら宣伝効果を狙ってとはいえもらいすぎている気がする。

先日の豪華な首飾りはさすがに返したけれど、結婚式で身につける装飾品はタダ同然でいただけるらしい。ありがたいけれど、恐縮してしまう。

「楽しみだな～。結婚式」

「アルノーとメルージェにも来てもらえるって思うと、身に余る挙式も乗り切れるわ」

私は薄々気づき始めていた。聞いていたよりも規模が大きいわよね？　と……。

アルノーは苦笑いを浮かべ、私に同情してくれた。

「一日で済むだけマシだって思わないとね。王族ならそれこそ三日三晩の宴《うたげ》になるから」

「そう思うことにするわ」

ジェイデン様の結婚となれば、アルノーの言ったように三日三晩、国を挙げて盛大な宴や祭りが催される。私たちのように一日で終わることは絶対にない。

「それでは奥様、お着替えをこちらで。ドレスのお直しは、必ずや間に合わせてみせますので」

「ありがとうございます」

今日の第一の目的は、サイズがきちんと入るかどうかの確認でもあった。

私の節制の甲斐《かい》あって、大きな変更はしなくてもよさそう。心の底からホッとした。


夜になり、寝室でベッドに座って本を読んでいると、入浴を終えたアレンが姿を現した。

ラフなシャツに黒いズボン、毛先が少しだけ濡れたままの彼はどきりとするほど美しい。

「まだ起きていたのか？」

いつもなら、すでに眠っている時間。

アレンの帰宅が遅かったから、先に眠っていると思っていたみたい。

「おかえりなさい。今日、結婚式用のドレスの試着をしてきたんです。髪型を来週までに決めないといけなくて……」

私は持っていた本をアレンに見せた。

髪型にも意味があるそうで、説明と絵が描かれている分厚い本だ。

ベッドに腰かけたアレンは、それを見て驚いた顔になる。

「ここまで細かなことを自分で決めないといけないのか。花嫁は何かと大変なんだな。男は衣装のサイズだけ合わせてそれで終わりだったのに」

「私も知りませんでした。全部お任せでもいいそうなのですが、アルノーが『髪型によって髪飾りが変わるから、それくらいは将軍と一緒に選んだら』って」

「それはそうだな」

アレンは私の隣に座ると、何気なく長い髪を指で掬《すく》う。

ただそれだけのことなのに、心臓が一段と高く跳ねた。

「結い上げるのも似合うが、これほどきれいな髪なんだから下ろしているのもいいな」

「あ、ありがとうございます……」

しまった。続き間で、椅子に座って待っていればよかった。

これでは落ち着いて話ができない。

いつの間にかアレンは私の肩に腕を回し、頭やこめかみに口づける。

触れる体温の高さに一層ドキドキさせられた。

「アレン？」

「ん？」

「髪型、決めないと」

「そうだな」

ううっ、聞いていませんね⁉

唇を合わせているうちに、手からスッと本が引き抜かれてベッドサイドに置かれてしまった。

ぐらりと身体が傾き、すぐ目の前にはアレンの顔がある。

押し倒されてしまったら、逃げ場なんてなかった。

甘く、それでいて熱の篭った目で見つめられると、この先彼が何をしようとしているのかはさすがにわかる。

ふいと目を逸《そ》らせば、恥じらう私をからかうようにアレンが尋ねた。

「そろそろ慣れたと思っていたが？」

「……それは」

今のところ、慣れる日が来る気配はありません。

黙っていると額や頬に優しくキスをされ、私はぎゅっと目を閉じた。

「ソアリス」

耳元で名を呼ばれると、幸福感やら高揚感でどうしていいかわからなくなってしまう。

潤んだ目を少しだけ開けると、困ったように笑うアレンが見えた。

あぁ、本当に幸せだわ。漠然とそんなことを思う。

「アレン、私……」

けれどなぜかここで、私の胸に不安がよぎった。

――そう遠くない未来に、とても大事なものを失う運命が待ち受けています。

どうして今、あんな占いの言葉を思い出すのか。

幸せすぎて、意味もなく不安になっているだけだと思いたい。

「ソアリス？　どうかしたか？」

突然考え込んでしまった私を見て、アレンが不思議そうな顔をする。

ごまかすようなことでもないので、私は正直に告げた。

「ちょっと占いを思い出しまして。大事なものを失う運命にあると、先日の夜会で占い師の方が私に」

「あぁ、例の怪しげな香水を渡してきた占い師か」

「はい。いい加減なものだってわかってはいるんですが、ふと思い出してしまって。大事なもの、と言われたら思い当たるのは……」

あなたに何かあったらどうしよう、そう思ってしまった。「心配しすぎだ」と、どうか笑い飛ばして欲しい。

けれどアレンは、私の頬に手をかけてうれしそうに微笑んだ。

「俺を大事だと思ってくれるのか……」

予想外の言葉に、私は目を瞬《しばた》かせる。

「ソアリスが『大事なもの』と言われ、真っ先に俺のことを案じてくれる日が来るとは……！　生きて帰ってきて本当によかった」

いや、まぁ、確かに半年前なら大事なもの＝アレンという図式にはならなかっただろうけれど、あえてそう言われるとどう反応していいか戸惑う。

アレンは喜びを露わにして、私をぎゅうっときつく抱き締めた。

「ソアリス！　心配はいらない！　君が待っていてくれるなら、絶対に生きて帰ってくる。待っていなくても戻ってくる」

「そ、それはありがとうございます」

えーっと、とにかく生きて帰ってきてくれるんですね？

アレンのぬくもりに安堵《あんど》して、目を閉じて平穏を享受する。

ただし私の平穏は長続きしないことは明白で、アレンの指先が私の寝間着の肩口にかかる。

「あの、明日はニーナがお友達になったご令嬢のお茶会へ行くんです」

どうかお手柔らかに……という願いを込めて見つめてみたのだが、アレンに伝わったかどうかはわからない。

何度も唇を重ね、長い夜は更けていった。

【第五章】 将軍は妻の願いを叶える

ニーナが仲良くなったご令嬢は、デイジー・ハワード様という十七歳の伯爵令嬢。

クリス様によると、ハワード家はどの派閥にも属しておらず、社交界では広く浅く適度な距離で様々な方とお付き合いをしているとのこと。

先日の夜会では、私はご挨拶だけしている。

彼女は金髪に緑色の目をしていて、真っ白い肌にそばかすが愛嬌《あいきょう》を感じさせる柔和な方だと覚えていた。ユンさんも面識があるそうで、「のんびりとした性格ですよ」と好印象らしい。

ニーナは英雄将軍の義妹としてではなく、あくまでリンドル子爵令嬢として交友関係を結べそうなことを喜んでいて、それは姉としてうれしかった。

「領地なしの新興貴族ってことで、しかもお互いに次女でとても気が合ったの」

今日はデイジーさんのお邸《やしき》で、姉妹揃《そろ》ってお茶会に招待していただいた。こういう気軽なお茶会は初めてなので、私たちは二人とも楽しみにしてやってきた。

馬車の中には、私とニーナ、そしてユンさんとジャックスさんが乗っている。ノーファさんは御者と並んで外に座っていて、移動中も異変を見逃さないように見張りをしてくれていた。

「そろそろ到着しますよ、あの大きな白いお邸がハワード伯爵家です」

「まぁ、立派なお邸ね」

ユンさんに言われて窓の外を見れば、没落する前のリンドル子爵家を思い出す邸宅があった。新興貴族は、歴史は浅いがお金持ちが多いのだ。

馬車がゆっくりと敷地内に入っていくと、手入れの行き届いた庭園には美しい花が咲き誇っていた。

ノーファさんにエスコートされ、私は馬車を降りて伯爵家の玄関へと足を踏み入れる。

「ようこそいらっしゃいました、ヒースラン様、リンドル様」

執事をはじめ、多くの使用人に歓迎される。でもそこにデイジーさんたちご令嬢の姿がなく、私たちは訝《いぶか》しげに顔を見合わせた。

「本日はお招きいただきまして、ありがとうございます。デイジー様のお姿がないようですが……？」

私がそう尋ねると、執事の男性が困ったように眉根を寄せる。

「その、誠に恐縮ではございますが、サロンで今しばらくお待ちいただけないでしょうか」

「わかりました。そのようにいたします」

何かあったのかしら？　準備に手間取っている？

不思議に思いつつも、私たちは案内されたサロンでおとなしくご令嬢を待つことにした。

ガラス細工の豪華なテーブルに、異国から取り寄せたという高級な茶葉で淹《い》れた紅茶。焼きたての菓子を前に、私たちはデイジーさんが来るのを待つ。

二十分ほど経《た》ってもご令嬢は現れず、年嵩《としかさ》のメイドも動揺を滲《にじ》ませていた。

もしや、将軍の妻を待たせていると動揺している……？

私は必要以上に愛想よく振る舞い、「怖くないですよ」とアピールする。

しかしここで、自由なジャックスさんが笑顔で席を立つ。

「ちょっと手洗いに」

何が起こっているのか、探りに行くのだろう。

ユンさんとノーファさんは無言で頷《うなず》き、目だけで「いってこい」と促していた。

「人のお邸でウロウロして大丈夫なのです？」

密《ひそ》かにユンさんに尋ねると、いい笑顔で返事が寄越される。

「大丈夫です。ジャックスは人の記憶に残らない顔つきですし、警戒心を抱かせない雰囲気なので、使用人への聞き込みもばっちりです」

「なるほど」

確かにあのほわっとした雰囲気で、気さくに話しかけられたら答えてしまいそう。

私には待つことしかできないので、お茶をいただきながら朗報を待つ。

ジャックスさんが戻ってきたのは、それからわずか十分後のことだった。

「ただいま戻りました」

「早かったですね！　どうでした？」

メイドには、用事があれば呼ぶからと言って扉の前で待機してもらっている。

ジャックスさんは彼女たちに聞こえないくらいの声量で、私に報告を上げてくれた。

「デイジー嬢が朝から行方不明だそうです。朝食のときは、いつもと変わらず食堂へ顔を出したそうなんですが」

「行方不明？」

誰かに誘拐されたのだろうか、と私は真っ先に思った。

ジャックスさんはそれを読み取り、安心させるように明るく言った。

「まだわかりません。自分でどこかへ行って、何らかのアクシデントで戻れなくなったのか、それとも誘拐されたのか」

ここでニーナが悲痛な面持ちで声を発する。

「誘拐だと思うわ……！　だって、普通の貴族令嬢は私みたいに一人で出かけないもの」

そうだね、と全員が納得する。

「ご当主様には連絡は？」

画廊の経営や芸術関係のお仕事をなさっている父親のハワード伯爵は、奥様を連れて出かけているらしい。使いをやったけれど、まだ連絡がないそうだ。執事や使用人が狼狽《うろた》えるのは理解できる。

「とにかくここにいても仕方がないので、警吏隊に届けるよう執事には助言しました。『世間体が』とか『旦那様がお戻りになっていないので』とか言っていて、まだ届けないみたいですが」

使用人にとって、当主の意向は絶対だ。執事の行動は忠実とも言える。

ただし、誘拐だった場合、時間が経つほどデイジーさんの身の安全が懸念される。

どうにか探せないかしら、と思うけれど、私には何の力もないから悔しい思いをするばかりだった。

「デイジー嬢の部屋を見せてもらいましょう。何か痕跡があるかもしれませんし」

ジャックスさんはそう提案すると、すぐに執事に頼んで部屋へ案内してもらった。

最初こそ彼は渋っていたものの、私の護衛が将軍直轄の特務隊であると知ると、「どうかお嬢様を見つけてください」とお願いされた。

特務隊は騎士団の精鋭であり、行方不明者の捜索は警吏の管轄でまた別なんだけれど、家人からすれば何にでも縋《すが》りたい心境なんだろう。

「こちらです」

案内されてデイジーさんの部屋へ行くと、彼女の世話役の女性・アンさんが困り果てた表情で長椅子に座っていた。行方不明だとわかって一時間ほど、心労で今にも倒れそうに見える。

私たちを見るとすぐに立ち上がり、震える声で挨拶をした。

「このたびは誠に申し訳ございません。せっかくお越しいただいたのにこんなことに……」

「いいえ、お気持ちはお察しいたします。どうか私たちのことはお気になさらず」

部屋はアイボリーとペールブルーを基調としたかわいらしい雰囲気に統一されていて、特におかしなものはなかった。家族宛ての手紙もなければ、誘拐犯からの置き手紙も何もない。

持ち出された物もまったくないと使用人が口を揃えてそう話し、お金も衣服も何もかもがそのままの状態だった。

「デイジー嬢は、日ごろから自由に出歩いていたんですか？」

ジャックスさんの問いかけに、アンさんは激しく顔を振って否定した。

「いいえ！　とんでもございません、必ず誰か供を連れていきます。お嬢様が一人で自由に出かけるなんて、一度だってございませんでした」

やっぱり一人では出歩かないみたい。

何か変わったことはなかったか、という質問も彼女は否定した。

「最近は結婚を意識するご年齢になり、ときおり元気のないこともございました。年頃ですから不安や心配事は多少あったでしょうけれど、うちのお嬢様だけが特別にどうということはございませんし、それに家出するような気性では絶対にありません。気が優しくて穏やかな性格なのです」

アンさんの目には涙が滲んでいて、心の底から心配しているのが伝わってくる。

執事の許可を得て、クローゼットや机の引き出しの中を確認していたノーファさんは、特に異常はないと判断してこちらに視線を送ってきた。

窓を開けてテラスの周囲も確認したユンさんも、「争った形跡はありません」と報告する。念のため寝室にも入らせてもらったけれど、すでにベッドメイクされた後だったのできれいな状態だった。

「手がかりはなし、ですね。どう見てもすぐに戻るつもりで出かけた、としか……」

ジャックスさんの言葉に全員が頷く。

こうなるともう警吏か貴族院の相談室に連絡するべきだろうなぁ、と思っていると、私の隣でニーナが困惑顔で口を開いた。

「お姉様、あの人形」

「人形？」

ニーナは、ベッドサイドにあったかわいらしい人形を指差す。ミントグリーンの衣装を着たその人形は、宝石がいくつも縫いつけられていてとても豪華なものだった。

物語のお姫様をイメージしたであろうそれは、特別に気になるようなものでもない。

けれどニーナは、眉を顰《ひそ》めて私に告げる。

「お姉様に贈られた結婚祝いの中にあった人形によく似ているわ。ドレスの色が違うだけで、ほとんど同じよ」

「それって、あの『英雄の平和の女神《エイレーネー》ちゃん』の元になった人形のこと？」

お披露目のときに送られてきた人形で、贈り主がわからないので『不用品』とされかかり、ニーナが持って帰った人形である。

「ええ、形が本当にそっくり。顔立ちも大きさも一緒よ」

私たちの会話を聞き、ノーファさんが人形を手に取ってまじまじと観察する。

「特に危険なものではないような気がしますが、こちらはどなたかの贈り物でしょうか？」

アンさんは人形を見て、こくりと頷く。

「それは確か、ひと月ほど前にお嬢様が占い師の方にいただいたものかと」

「占い師？」

「ええ、お嬢様は占いが好きで、王都の五番街や十番街にある占いの店によく出かけていました。運気がよくなる装飾品や花飾りを集めるのが好きで……。それに、家具の色や向きなどにもこだわっておられました。そちらの人形は、寝室に飾ると女性として美しくなるためのよい空気が体内に巡るとかそういったことを……」

占いや願掛けが好きな人は、若いご令嬢には多い。デイジーさんはあくまで趣味の範囲内で、そこまでハマっているわけではなかったらしいけれど……。

ここで、ノーファさんがかすかに顔を顰《しか》めて言った。

「これ、匂いは気になりますね」

「匂い？」

ハーブ液やオイルを布に沁《し》み込ませ、香り袋としてベッドサイドに置くのはよくあることだ。それと同じだろうか？

気になって私が近づこうとすると、ユンさんに制された。

ジャックスさんとノーファさんは、人形をひっくり返したり匂いを嗅いだりして調べ始める。

「薬草っぽい匂いがしますね。臭くはないけれど、ちょっと独特の匂いかも。医局で処方される鎮痛剤とか薬草茶とか、それに似てちょっと甘い香りです。あ、分解してみます？」

ジャックスさんが素手で人形を分解しようとしたので、ノーファさんが慌てて止めた。

「頼むから常識を弁《わきま》えてくれ」

「でも怪しいだろう？」

「だとしても、この場で壊すな」

二人のやりとりを見て、アンさんが困惑している。

「あの、その人形でしたらお嬢様のご友人もお持ちになっておられるので、ごく普通の人形かと思いますが」

「デイジー様のご友人も？　念のためその方々のお名前を教えていただけますか？」

私が尋ねると、アンさんはすぐに教えてくれた。

「サーラ・アトキン伯爵令嬢とマーガレット・テイラー子爵令嬢、カルロッタ・フォスター男爵令嬢でございます。この方々とは、誘い合わせて出かけることもございました」

「カルロッタ・フォスター男爵令嬢ですか？」

王女宮の事務官見習いで、アルノーから行方不明だと聞いた令嬢だ。

アンさんによると、デイジーさんとカルロッタ嬢は幼なじみで、カルロッタ嬢のおうちが貧しくなってからも付き合いを続けてきたという。アンさんはカルロッタ嬢が行方不明になっていることは聞かされておらず、私がユンさんたちに説明するのを聞いて悲痛な面持ちになった。

「なんていうことでしょうか……！　お嬢様、どうかご無事で……！」

嘆くアンさんを使用人の方に任せ、私たちは人形を持ち帰ることにして揃って部屋を出た。

執事にはこちらから警吏に連絡しておくと告げ、ご当主様への報告は任せることにする。

「また追って、騎士団からご連絡いたします」

ユンさんは執事にそう告げると、馬車に乗り込み出発を告げた。

何事もなくデイジーさんが見つかって欲しい、全員がそう願いつつ伯爵邸を去る。

動き出した馬車の行き先は、ここから三十分ほどかかる騎士団。ひとまず、ルードさんに事情を説明して指示を仰ごうということになった。

不安から口をつぐむ私たちを見て、ユンさんが慰めるように優しく微笑む。

「デイジー嬢の行方はすぐにわかると思います。ルードさんが動かしている『影』から報告が上がれば、の話ですが」

「影？」

何だか怖そうな響きだ。

「要人警護のために、情報収集や現場視察を行っている者たちです。ソアリス様がお茶会で訪れるとわかっていたハワード邸にも、事前に影が入っているはずですので。もちろん、デイジー嬢が攫《さら》われるなんていうことが発生していれば、影が後を追っています」

「後を追う？　その場で助けてはくれないのですか？　特務隊の人なんですよね、その『影』の人も」

「戦闘能力がそこまで高くないんです。一般人よりはもちろん強いですが、あくまで調査目的の人員ですので……。それに、もしもデイジー嬢が自分から出ていったとすれば後を追うことはしますが、連れ戻したり説得したりは任務外です。誘拐だとしても、本人が誘拐だと気づいていない顔見知りによる犯行ということもあり得ますからね」

「なるほど」

とにかくデイジーさんが見つかる可能性が高いなら、何でもいい。祈るような気持ちで馬車に揺られ、私たちは騎士団の裏手に到着した。


騎士団に到着してすぐ、私たちはアレンのいる訓練場へと向かった。

昼過ぎのこの時間は、三十人ほどが訓練場で剣を交えているという。

見慣れた黒い隊服の騎士をはじめ、近衛や警備兵の姿もちらほら。私が鉄の扉をくぐると殺伐とした空気が一瞬にして変わり、全員が一斉にこちらを見る。

そのあまりの迫力に思わずビクリと肩を震わせると、ジャックスさんたちが視線から私の姿を隠してくれた。

「はーい、見るな～。こっち見るな～。奥様が怯《おび》えたら将軍に殺されるぞー」

「あの、勝手に来たのは私ですから……」

私とニーナは、こそこそとジャックスさんたちの背中に隠れつつ移動する。騎士たちはよほどアレンが恐ろしいのか、また一斉にあさっての方向を向いて私たちを見ないようにしてくれた。

「アレン様、あちらですね」

ユンさんに案内されて奥まで進んでいくと、木剣を手に鋭い空気を放つ夫を見つける。少し汗ばんで血色がよくなった頬も、鋭い目つきも、大人の色香を漂わせていて直視しにくい。

そして、何かを話しかけているルードさんもまた相変わらず涼しい顔で貴公子だった。

しかも今日は、傍らにもう一人きれいな女性がいる。白っぽい長い上着の隊服に茶色のベルトは、城内でよく見かける軍医さんだ。

黒い髪は、女性にしては短めで肩ほどまでの長さ。細身のズボンは足の長さが強調されて、とてもスタイルがいい。軍医は男性ばかりだと思っていたけれど女性もいるのね、と意外に思ってまじまじと観察する。

アレンが訓練の手を止めて何かを話しかけると、彼女は口元に手を当てて優雅に笑う。美男美女の立ち姿があまりに絵になる光景で、思わず見惚《みと》れてしまった。

こちらに気づいたアレンは、驚いて目を丸くしている。

「ソアリス？　今日は茶会ではなかったのか？」

アレンの言葉に、ルードさんたちもこちらに気づく。

私は少しだけ笑みを作り、訓練の邪魔をしてすみませんと遠慮がちに近づいていった。ところが、あと十メートルほどの距離にまで来たところで、女性の軍医さんが私を挑発するように笑った。

「へぇ、この子がアレンディオの」

何かしら、この「獲物を見つけました」みたいな目は……？

彼女と目が合いドキリとした瞬間、その長くきれいな腕がアレンの首に回された。

「っ!?」

彼女は、アレンに顔を寄せてキスをしようとする。

私は衝撃のあまり目を見開いて息を呑《の》み、その場に立ち止まった。

──ゴスッ！

「かはっ……」

唇が触れる直前、アレンは抜群の反射神経で顔を逸《そ》らし、彼女の腹部に拳をお見舞いした。

鈍い音と共に、彼女は右手でお腹《なか》を押さえて片膝をつく。

「ふぐぉぉぉ!!　がはっ、げほっ……、いってぇー!!」

「え？」

私はニーナと顔を見合わせた。見た目は線の細い女性なのに、今呻《うめ》いている声からは男性としか思えなかったから。

苦しむ彼女を見下ろしたアレンは、冷めた目で言い放つ。

「何する気だ、この変態が。俺に浮気疑惑が、しかも男色の気があるとソアリスに勘違いされたらどうしてくれるんだ」

男色？　この軍医さんは、男性なんですね？

「冗談、な、のにっ……ごほっ！」

「冗談でもお断りだ」

アレンはまだ痛がっているその人を放置して、ルードさんと共にこちらへやってきた。

「すまない、あれはレイファーといって腕のいい医者なんだが変態なんだ」

「変態ですか」

「ちなみに陛下の異母弟だ」

「陛下の弟⁉」

いいの⁉　そんな人を殴ってもいいの⁉

「恋人同士や夫婦を見ると、ちょっかいかけて仲を引き裂くのを趣味にしている。どうか気にしないで欲しい」

「気にしないでと言われても」

唖然《あぜん》とする私の背中に手を添えたアレンは、執務室へ行こうと促す。

レイファーさんのことは放置するらしい。

「よろしいのですか？　仲間内でも暴力はいけないと思うんですけれど……」

念のため聞いてみると、いい笑顔が返ってきた。

「問題ない。何かしようとしたらやり返すとは事前に忠告してあったからな。それにあいつは頑丈だ。どうせすぐに復活してくる」

あんなに痛そうな一撃をもらったのに、すぐに復活できるなんて。世の中にはすごい人がいるものだ。アレンの言った通り、彼はすぐに復活して私たちの後を追ってきた。

「もう〜、軍医は戦闘要員じゃないんだから優しく扱って欲しいわ！　この美貌に傷がついたらどうしてくれるのよ」

今度は、高い声に変わっている。

近くで見つめると、首や顎の骨格の感じは男性っぽさを残しているが、ひと目で男性だとわかる人はいないんじゃないかと感心するほど完璧な女装だった。

アレンの肩越しに観察していると、視線に気づいた彼はうふふと友好的な笑顔を向けて言った。

「こんにちは、奥様。私は軍医のレイファーよ。王弟だけれどとっくの昔に養子に出ているから、王族扱いしないでね？　あ、それからこの格好は趣味で、恋愛対象は女性だからそこはよろしく！」

「…………よろしくお願いいたします」

明るい人だった。陛下と半分血が繋《つな》がっているはずなのにまったく怖くない。

アレンはレイファーさんを横目に見て「チッ」とあからさまに舌打ちをし、私を庇《かば》うようにして歩き続けた。

その反応を見て、レイファーさんは面白そうにニヤニヤしている。

「まさかアレンディオがこんなに純真そうな奥様を溺愛しているなんて……。縁談除《よ》けの偽装結婚かと思っていたけれど、本当に好きなのね。信じられない」

「うるさい」

「つれない人ねぇ。あなたの身体《からだ》のことなら全部知ってる私に対して」

「昔、ケガの手当てをしただけだろう。ソアリスの前で誤解を生むようなことを言うな」

建物の中に入っても、二人の口喧嘩《げんか》らしきものは続いていた。

アレンとレイファーさんは仲がいいとは言えないかもしれないけれど、今のアレンはどちらかというと普段の状態に近いので、きっと信頼関係はあるんだろうなと思った。

執務室に着くと、アレンは私をソファーに座らせ、自分はその隣に詰めて座った。あまりの近さに恐縮して離れようとすれば、ぐっと腰に手を添えられてまた元の位置に戻される。ニーナは、ノーファさんに連れられて別室へ。

レイファーさんは私たちの正面に座り、長い脚を組んでニコニコとごきげんな様子だ。

「さっきの話の続き、してもいい？　あぁ、でも奥様の話が先よね、急に来たくらいだから何か用事があったんでしょう？」

「おまえ、時間はあるのか」

「永遠に待てるわ」

「今すぐ医局へ戻れ」

アレンは彼を睨《にら》みつけた後、呆《あき》れ交じりにため息をつく。

私はどうしていいかわからなかったのでルードさんをちらりと見ると、いつも通りの柔和な笑みで返された。

「あの、突然すみません。今日はデイジー・ハワード伯爵令嬢とのお茶会だったんですが……」

私はアレンに、デイジーさんがいなくなってしまったことを話した。

ニーナが持ち帰った人形と同じ（であろう）ものがデイジーさんの寝室にあったこと、そして事務官見習いのカルロッタ嬢も同じ人形を持っていたことも。

「もしかしてデイジーさんも、例の連続失踪事件に関わってしまったのではと不安になって」

騎士団の管轄ではないとわかっているけれど、相談せずにはいられなかった。

アレンは私の話を聞き終わると、さきほどまでとは雰囲気をがらりと変え、凛々《りり》しい将軍の顔つきになった。

「占いというと、レイファーが解析した香水とも関連していそうだな」

「香水？　それは私が夜会で占い師の方にもらった物ですか？」

「あぁ」

アレンが目で促すと、レイファーさんが持っていた袋の中から香水の小瓶を出し、テーブルの上に置いた。中身が半分ほどに減っていて、解析時に使われたのだと予想がつく。

「これって相当に怪しい物だったのよね～。使わなくて正解。王城にあるどの薬品やハーブなんかとも成分が一致しなくて調べるのに時間がかかったけれど、異国で流通している薬が元になっているらしいの。この匂いをずっと嗅いでいると、気分が落ち込んだり高揚したりを短時間で繰り返して精神が不安定になるのよ」

レイファーさんは、ルードさんからの依頼でこの香水を調べていたのだと言う。

今朝ようやく成分がわかったので、その報告に来たそうなのだが……。

彼はジャックスさんから人形を受け取ると、目を閉じて匂いを嗅いで確かめ始める。

「うん、多分この香水に使われている成分と同じ物が人形の中に入っているわ。即効性はないけれど、この人形をそばに置いておくと匂いが脳に影響してだんだん気鬱が進むんじゃないかしら」

お披露目のときにこれと同じ人形が届いていたということは、私もそうなる可能性があったということだ。嫌がらせと言える範囲を超えている。

「もう、こんな危ない物を作るやつなんて全員滅べばいいのに」

ものすごくいい笑顔でそんなことを言ってのけるレイファーさん。顔は笑っているけれど、相当に怒っているみたいだった。

「精神を不安定にさせることで、占いに頼りたい人が多くなって儲《もう》かるってことですか？」

利益を上げるために、わざわざ人を不安にさせて顧客を増やす？

でもそれって本当に儲かるの？

「こんなややこしい香水を作るなんて、随分とお金がかかりそうですが……」

「儲かりはしないわ。けれど失踪事件が絡んでいるなら話は別よ。精神的に不安定な女性たちを集めて、失踪に見せかけて誘拐して、薬で支配することで売買する――っていうなら儲けは出るわ」

「そんな！」

「失踪した女性たちは八割が平民で、お金に困っていたり孤独だったり、失踪するような理由がある人も多いそうじゃない？　貴族令嬢だって、本人が自発的にいなくなったように見せかければ騎士団が出張ってくるほどの失踪事件にはならないわ。貴族は世間体を気にするから、公に捜索隊を組めないもの。闇競売でご令嬢が売買された話も過去にはあったっていうし、戦後のどさくさに紛れて儲けようとする者はいるかもね」

あまりに悲惨な推察に、私は絶句してしまった。

デイジーさんやカルロッタ嬢、それにたくさんの女性たちが酷《ひど》い目に遭っているかもしれないと思うと震えが走る。

「ソアリス、大丈夫か？」

蒼褪《あおざ》める私の肩を抱き、アレンが心配そうにこちらを見下ろす。

そしてすぐさま、彼はルードさんに向かって指示を出した。

「影の報告は？　デイジー嬢の行方がわかったら、特務隊を率いて乗り込む。今すぐ待機させせろ」

「王都にいるなら、もうまもなく報告があるかと。隊にはすぐに準備をさせます」

ルードさんはそう言うとすぐに執務室から出ていき、ユンさんもその後を追って廊下へ出た。

静まり返った部屋で、私はアレンに問いかける。

「特務隊が動いてくれるんですね……？」

「あぁ、組織的なことだとなれば騎士団の管轄になる。俺は出ていくが、ソアリスはどうする？　ここで待つか？」

デイジーさんのことが心配なので、ここで待ちたかった。

ユンさんを見ると、無言で頷いてくれた。

「ここで待ちます。どうかよろしくお願いします」

アレンは私の髪を撫《な》でるとしっかり頷いてくれた。

「早く解決できるよう努めよう。だが、もし時間がかかった場合は夕刻になれば邸に戻ってくれ。ここは女性が夜を明かすには不便だから」

「わかりました。いつもの退勤時間には邸に戻ることにします」

アレンもどうか無事で、そう言おうとしたとき、突き刺さるような視線に気づく。

「――っ！」

正面に座るレイファーさんが、頬杖《ほおづえ》をついてじっとこちらを見ていたのだ。

「ねぇ、アレンディオ。私は～？」

放置されて機嫌を損ねたのか、投げやりな声音でそう尋ねる。

アレンは冷めた目を向け、端的に答えた。

「暇なら来い」

「どうしようかしら～。ここで奥様とお茶でもご一緒していようかしら～、って怖い怖い怖い！　冗談よ、一緒に行くわよ！」

ぎろりとアレンに睨まれ、レイファーさんは慌てて立ち上がった。

これから医局に戻って香水を保管し、部下を連れて特務隊と一緒に行くと言う。言動は自由だけれど、仕事はきっちりするタイプらしい。

「がんばって調べたのに～、もうちょっと優しくしてくれてもよくない？」

レイファーさんはぷりぷりと怒りながら、乱暴に扉を開けて出ていった。

アレンもすぐに訓練場へ戻ると言うので、私は立ち上がって夫を見送る。

「どうかご無事で」

「あぁ、いってくる」

きっとアレンが何とかしてくれる。

私は祈るような気持ちで、夫の帰りを待った。


私たちが城を後にしたのは、夕刻より少し前。

アレンたちは未《いま》だ戻らず、約束通り先に邸に戻ることにした。馬車の車輪から留め具が外され、ガシャンと音が聞こえてくる。

見慣れた騎士団の建物が次第に遠ざかり、来たときと同じくノーファさんが御者の隣に座り、中には私とニーナ、ユンさんとジャックスさんが乗っている。

「そんな顔しなくても、アレン様は無事に戻ってきますよ。伝令によれば、行方不明だったご令嬢方もたくさん見つかったそうですし」

「ええ、そうね……」

ジャックスさんが明るい笑顔で話しかけてきた。

私はかすかに微笑《ほほえ》み、頷く。

アレンたちは、特務隊が私の身辺警護のためにつけていた「影」が持ち帰った情報を元に、デイジー・ハワード伯爵令嬢の行方を追った。

彼女は王都の十番街にある邸にいたそうで、そこには以前から行方不明だったご令嬢方も監禁されていたらしい。

現状を把握し、被害者の身元確認や移送を終えてから帰宅するので遅くなるという報《しら》せが届いたのは、私たちが城を出る直前のことだった。

「デイジーさんが見つかって本当によかったわ。事務官見習いのカルロッタ嬢も、同じ場所にいればいいのだけれど……」

できれば行方不明の女性たちが、全員見つかって欲しい。私にできるのは祈ることだけだった。

馬車に揺られること、二十分。たわいもない話をしていると、馬車が進む速度がゆっくりになっていき、湖の近くの橋で停車した。

「何でしょう?」

窓の外を確認すると、商人や護衛っぽい男性たちが橋の前で時間を潰している姿が見える。

ユンさんが窓を開け、御者席にいたノーファさんに何事かと尋ねた。

すると彼は周囲の人に話を聞いて、状況を確認してくれた。

「橋の途中で、積み荷の落下事故があったそうです。二台の馬車の車輪が一部外れてしまっているので、迂回《うかい》しなければ進めないかと」

先を急ぐあまり、積み荷の固定が疎かになったのだろう。こうした事故はたまに発生する。

けれど、橋の上というのがよくなかった。後続の馬車はいずれも立ち往生していて、私たちも邸へ戻るには迂回するしかない。

御者の判断で、林道を進んで貴族街へ向かうことになった。

「海の方は回れないの？　夕日が見られるかも、ってちょっと思ったんですけれど」

ニーナがそう尋ねると、ジャックスさんが苦笑いで答えた。

「今の時間は無理ですね。満潮なんで、林道の方が安全です」

「そうなんですか。言われてみれば、海沿いの道ってあんまり馬車が通っていないですね。サミュエルさんも夜は通るなよって言ってたような」

「まぁ、道が細いからっていうのもありますが、商品を海風に晒《さら》したくないっていうのもあるんでしょうね」

そんな話をしているうちに、馬車はゆっくりと方向転換をして林道の方へ進んでいく。

すでに辺りは薄暗くなっていて、ユンさんが馬車の中の灯《あか》りを増やしてくれた。

ここで私はふと、ユンさんの任務が夕方までだったことを思い出す。

「そういえば、よかったのですか？　夕方から明日いっぱいまでお休みだったと聞いていたのに。騎士団でそのまま別れた方がよかったのでは」

申し訳ないことをしてしまった。そう思って謝ろうとすると、ユンさんは笑顔で首を振る。

「任務が時間通りでないことなど、よくありますから。それにどうせ戻ったところでルードさんはいませんから」

「あら、どこかおでかけの予定だったんですか？　それこそ申し訳ないわ」

「いえ、予定という予定ではありません。以前、女性騎士たちとのトーナメント戦で優勝したとき、食堂のケーキの無料券をもらいましたのでそれを消化しに行こうとしていただけです。新しく入ってきた料理人が作るケーキがとてもおいしくて、奪い合いなのですよ」

「奪い合い」

騎士のスイーツ争奪戦、それはすごい戦いがありそうだ。

「ルードさんは意外に甘いものが好きですから、無料券をもらったのは私ですがご一緒しませんかと誘ったらあっさり釣れまして。かわいいところがあるでしょう？」

あのいつも冷静で大人な雰囲気のルードさんが、甘いものが好きだったとは。

確かにちょっとかわいいかも、と私は笑顔で頷いた。

「では、今度は甘いものをたくさん用意してルードさんとユンさんをおもてなししますね。来週にでもご一緒しませんか？」

「はい、ぜひ」

林道を急ぐ馬車の中には、和やかな空気が流れていた。

ところがしばらくして、再び馬車の速度が緩やかになり、暗がりが広がる林の中で停車する。

――コンコンコン。

御者台へ繋がる小窓を、外から叩《たた》く音がした。ジャックスさんがそれを開けると、ノーファさんが辺りを窺《うかが》いながら声を潜めて急を告げる。

「囲まれている」

ジャックスさんは即座に扉を開け、外に飛び出していった。

私とニーナはただ事でない雰囲気に怯え、息を潜めて身を寄せ合う。

「何かあっても、声を上げずにじっとしていてください」

「「はい……！」」

ユンさんはスッとサーベルを抜き、窓際に身を寄せて外の様子を窺った。

しんと静まり返っている林道は、不気味な鳥の鳴き声や風で木々が揺れる音がする。

ときおり剣がぶつかり合う音が聞こえてきて、男たちの呻き声や怒号も聞こえ始める。

「ひぇっ」

思わずニーナが悲鳴を漏らし、慌ててその手で口を塞ぐ。

ユンさんはいつも以上に凛々しい表情で、じっと窓の外を見ていた。

外では、ジャックスさんとノーファさんが何者かと戦っているらしく、敵の数はかなり多いみたいに感じられる。

「ぎゃぁぁぁ！」

「がはっ……！」

「ぐぁぁぁ!!」

窓に備えつけてある日除けをそっとずらして覗《のぞ》いてみれば、わずかな灯りがところどころに浮かび上がるように見え、野盗風の男たちが二十人以上もいた。

ところが、私の目を奪ったのは彼らではない。

「オラァ!!　死ぬ覚悟ができたヤツから斬らせろや－！　ハハハハハハハ!!　血を寄越せ、クソどもがぁぁぁ!!」

剣を手にしたジャックスさんが、逃げ惑う男たちを襲っていた。いつもの陽気な彼ではなく、返り血を浴びて不敵に笑うその姿は衝撃的で……。

――シャッ……。

私は即座に日除けを閉じた。

あれは本当にジャックスさん？　人格が変わっているみたいだったけど!?

野盗がかわいそうなくらい怯えていた。

「お姉様？　ノーファさんたち大丈夫なの？」

ニーナが不安げにこちらを見ている。

私があの光景を説明する言葉を持ち合わせていないのもあるが、妹には見せられないと思った。

「大丈夫よ」

私は何も見なかったことにした。

しかしこの直後、突然ドンという衝撃が走り、馬車が大きく揺れて動き出す。

「「きゃぁ!!」」

いきなり速度を上げるなんて、嫌な予感がした。

「ちょっと行ってきます！」

ユンさんが扉を開け、身を乗り出して御者席にいた男を斬り倒す。

赤い血が窓に飛び散り、ニーナが堪《たま》らず私に抱きついてきた。こんな惨劇を目の当たりにしたのは初めてで、私もどうしていいかわからず、ただただニーナを抱き締め返すしかできない。

ユンさんはあっさりと御者台を奪還し、手綱を引いて馬を制御しようとするも、興奮状態にあるのかなかなか馬車が停まらない。

道と呼べるかもわからないようなところを走り、しばらく経ってようやく馬たちは停まってくれた。

「ニーナ、大丈夫？」

「何とか……。気持ち悪い、酔ったわ」

ニーナは口元を押さえて苦しげに呻く。

「ユンさん、大丈夫ですか？」

小窓から御者台を確認すると、無傷で振り返るユンさんの笑顔が見えた。

とはいえ、まだ安心はできない。追っ手が来ていることが、蹄《ひづめ》の音や喧騒《けんそう》ですぐにわかった。

「馬で追ってくるなんて、ただの野盗じゃないの……？」

もしかして、橋が通れなかったのもすべて私たちをここへ誘導するため？　待ち伏せされて、襲撃されたの？

心臓がバクバクと激しく鳴り、私は命の危険を感じていた。

胸の前でぎゅっと拳を握っていると、ユンさんが半開きだった扉を開けて優しく微笑む。

「ソアリス様、ここは私が。絶対に馬車から出ないでくださいね」

「そんな……！」

「これを預かっていただいてもよろしいですか？」

そう言って手渡されたのは、藍染めの薄い紙。

反射的に受け取ってしまったけれど、別れの品を託されるように感じてしまい、私は怖くなって彼女の顔を見た。

「大事なものなので、ソアリス様に持っていていただけると助かります」

「大事なもの？」

恐る恐るそれを見ると、城でよく見るヤドリギの葉の紋様が入っていた。

『ケーキ無料券』

まったく別れの品じゃなかった。

ただ単に、大事なものだから預かっていてという言葉通りのお願いだった。

とりあえず、ハンカチに包んで大事に持っておこう。

私は上着のポケットにそれを仕舞う。

「では、いってまいります」

笑顔で手を振ったユンさんは、外から扉に鍵をかけた。

「ユンさん!!」

一人で戦うなんて……！

慌てて窓に顔を寄せ、外の様子を窺う。いくら何でも、視界も悪い中で一人で立ち向かうなんて無謀すぎる。

「ユンさん!!　戻ってください!!」

私の声は外には届かず、剣を手にしたユンさんが馬車の後方へ向かうのが見えた。

ここから出ると足手まといになる。わかりきっているから身動きも取れず、私はなすすべなく絶望した。が、ここでも予想外の事態が発生する。

「ぎゃぁぁぁ‼」

男の叫び声と蹄の音がどんどん近づいてきたのだ。

「え……？」

目を凝らすと、どうやら追っ手ではないらしい。

馬を奪ったジャックスさんとノーファさんに追われている敵だった。逃げてきたところを、ユンさんに脚を斬られてあっさりと地面に転がっていく。

フード付きのマントを着たその男は、馬から投げ出された衝撃で腕がおかしな方向に曲がっていた。

「ひぃぃぃぃ‼」

悶《もだ》え苦しんでいた男の目の前に、さらにユンさんが剣を突き立てる。

灯りに照らされ、微笑むユンさんは何て言うか……魔性の女だった。

「あら～？　あなたは伝令かしら？　それとも諜報《ちょうほう》？　ふふっ、殺《や》りがいがなさそう」

「た、た、助け………」

「ふふっ、私、獲物は選ぶタイプなの。あんたみたいな薄汚い男はいらないわ」

顔面を蹴り上げられ、男は派手に転がって意識を手放した。

「え、殺してませんよね？」

馬の速度を落として近づいてきたノーファさんが、不安げにそう尋ねる。

逃げてきていた他の男たちもジャックスさんが斬り伏せていて、すでに誰も動いていなかった。

茫然《ぼうぜん》としていると、ノーファさんが馬車の扉を開けてくれた。

「ご無事ですか？」

「はい、何とか」

立とうとすると足がふらつき、転びそうになったところを慌てて支えられる。

「すみません」

ニーナはもう立つことを諦めたのか、座ったままおとなしくしていた。

「あの、襲ってきた人たちは全員倒したんですか？」

震える声でそう尋ねると、ノーファさんは「はい」と答えた。

「襲撃を受けてすぐ、位置を知らせる煙を上げました。アレン様たちがすぐに迎えに来ると思います」

「煙……？」

やってきた方を見ると、空に青白い煙が数本上がっている。

ノーファさんが青い棒のようなものをポケットから取り出し、それを二つに折るとそこから同じ煙がするすると上がっていった。

「奥様に何かあればすぐに位置がわかるよう、特務隊はこれを持っていますので」

「そうですか……」

私は何もしていないのに、疲労感がすごい。外の空気が吸いたくて、ノーファさんの手を借りながらどうにか馬車から降りる。

「奥様、大丈夫ですか～？」

緊張感のない声を発したのは、血だらけのジャックスさんだった。

ケガをしたのかと一瞬だけ心配するも、普通に歩いているので全部返り血だろう。

「おまえはもう少し加減しろ。生け捕りにしないと首謀者がわからないだろうが」

ノーファさんがため息交じりにそう言った。

「いや、何人かは生きてるって。息してるから」

それは生きていると言っていいのかしら……。

私は二人のやりとりをしばらく眺めていたけれど、あまりにジャックスさんが血塗《ちまみ》れなので、ハンカチを取り出して彼の頬にそれを当てた。

「乾く前に拭いた方がいいのでは？　本当にどこもケガはないんですか？」

「はい、ケガはありません。ご心配をおかけしました」

私の手からハンカチを受け取り、ジャックさんは乱暴な手つきで血を拭っていく。

「うわっ、すみません。もうこのハンカチだめになりますね……。あれ？　何か出てきた」

べったりと赤い血に染まったハンカチから、同じく真っ赤な何かが剥がれる。

「ユンさんからの預かり物が……」

ケーキ無料券をハンカチに挟んでいたのを忘れていた。

ここまで血に染まっていては、返すのも憚《はばか》られる。

「トーナメントの賞品ですよね」

「はい」

「俺がケーキ作りましょうか？　芋と人の皮しか剥《む》いたことないですが」

「……すみません、今は冗談を受け流せないです」

ジャックスさんは気まずそうに目を逸らし、乾きつつある返り血をさらに拭った。

「そういえば、狙いはやはり奥様だったようですね。馬車ごと連れ去ろうとするなんて」

「やっぱり待ち伏せされていたんでしょうか」

「そうだと思います。あ、アレン様が来ましたね」

林の奥に浮かぶ無数の灯り。

心身共に疲れ果てているのに、不謹慎にもそれらがとても幻想的な光に見えて美しいと思ってしまった。

特務隊を率いてやってきたアレンは、馬から飛び降りるようにして私に駆け寄ってきた。

「ソアリス、無事でよかった」

「アレン！」

ぎゅっと強く抱き締められると、心からホッとする。

部下の人はたくさんいるけれど、あまりに恐ろしい体験をした後だったのでしばらくそのぬくもりに浸っていた。

「ケガは？」

アレンは私の頬や肩をなぞるように触れ、酷く心配していた。

私は安心させたくて、彼の手を握って微笑む。

「ありません。皆さんが守ってくれたので大丈夫です」

少しだけ脚が痛いけれど、これは揺れる馬車の中で足を踏ん張っていたせいだろう。

私もニーナも、ケガというほどのケガがなかったのは護衛の三人のおかげだった。

「身体が冷たい。怖い思いをさせてしまったな」

「あの……、大丈夫ですから。本当に、あの」

こめかみや頬に次々とキスを落とすアレン。だんだんと恥ずかしくなってきて、私はそろそろと背を反らす。でもしばらくは為されるがままだった……。

「一緒に邸に戻りたいが、俺は城で後始末をつけなければならない。こんなときに……！」

アレンが険しい顔つきで、最後は吐き捨てるようにそう言った。

将軍という立場上、すべてを放り出して私に付き添うことができないのはわかる。

特務隊によって現場は瞬く間に「なかったこと」にされた。

将軍の妻の馬車が襲われた、なんて知れたら国内にいらぬ混乱を招くだけ。ここであったことが世間に公表されることはない。

すでに合図の煙も消えていて、捕らえた者たちは軽い手当ての後に連行されていった。

御者の男性は、離れた場所で脳震盪《のうしんとう》を起こしていただけで無事だった。

敵の被害は主にジャックスさんによって甚大なものになったが、こちらとしては誰にも大きなケガはなく幸いだったと思う。

心配性の夫に向けて、私は笑顔で告げる。

「アレン、私なら大丈夫です。邸に戻っておとなしくしていますから」

しばらく苦しげな顔で黙り込んでいたアレンだったけれど、すぐに切り替えて部下に命令を下す。

「これより城へ戻る！　第一隊はジャックスとヒースラン邸へ向かってくれ。そのほかは騎士団へ戻る！」

いつの間にか馬車の整備も終わっていて、ニーナはユンさんと共に先に乗り込んでいった。

私もアレンに手を引かれ、馬車の方へ向かう。

「今夜は遅くなる。先に眠っていてくれ」

「わかりました。どうかアレンもお気をつけて」

少し離れた場所にいたルードさんに会釈をすると、私はそっとアレンの手を離して馬車に乗り込む。

これからどうなるんだろう。邸へ戻る間、真っ暗な窓の外をぼんやりと眺めながら取り留めのないことばかりを考えていた。


邸へ戻ると、まずはゆっくりと湯に浸かってナイトドレスに着替えて寛《くつろ》ぐことに。

食事は部屋でとり、私は一人でずっと私室に篭《こも》っていた。

ユンさんには邸の中にある部屋に戻って休んでくれと伝え、ニーナにはリルティアについてもらっている。

私よりもニーナの精神状態が心配だったけれど、たくさん食べてパイまで完食したと聞いて大丈夫そうだなと安心した。

「はぁ……」

部屋でぼんやりとしているだけで、気づけば日付が変わってしまっている。

ニーナよりも私の方が深刻かもしれない、とこの時点でようやく気づいた。

耳にこびりつく怒声や悲鳴、一瞬にして覚えてしまった血の臭い。何時間も前のことなのに、目を閉じるとすべてが鮮明に思い起こされる。

身体は疲れ切っていて眠気はあるのに、それでも眠ることができずにいた。ソファーに座ったまま、魔除けのぬいぐるみを抱き締めてそのもふっとした柔らかな感触に顔を埋める。

「この子を連れ歩けばよかったのかしらね……？」

魔除けならば、片時も離さず持ち歩けばいいのでは。そんなばかな考えが浮かぶくらいには疲れていた。

寝室の扉が開く音がして、アレンが入ってくる。

「ソアリス？」

最も安心できるその声に、私は跳ねるようにして立ち上がると魔除けをソファーに置いて寝室へ向かった。

「アレン！」

シャツにベスト、トラウザーズという姿のアレンを見つけると、私は初めて自分から抱きつく。

今夜は戻ってこられないと思っていたのに、予想に反して帰ってきた夫を見るとつい縋るようにして抱きついてしまった。

「ソアリス、眠れなかったのか？」

湯上がりの温かさと、しっかりと抱き締めてくれる腕にホッとする。

アレンは私の頭にキスを落とすと、そっと髪を撫でてくれた。

「遅くなってすまない。陛下にも話をつけてきた」

「陛下に……？」

見上げると、アレンは優しい笑みを浮かべて頷く。

続きの言葉を待っていると、するりと腕をほどかれてベッドの方へ導かれた。

並んで座ると、アレンは私の手を握ったまま諭すように話し始める。

「馬車を襲ったのは、ヴォーレス公爵の手の者だ。最近は目に余る動きがあったから、公爵家に連なる者たちを次々と捕らえて処罰していたんだ。そのせいで、公爵は焦ってソアリスを襲ったんだろう」

「それは、私を亡き者にしようとしたということでしょうか？」

「いや、捕らえた者たちは『将軍の妻を拉致しろ』という命令だったと白状している。馬車の中にユンリエッタがいたから、予定が狂ったのだろう」

いつもなら、私についている護衛は一人か二人だった。

けれど、ニーナがいたから今日は三人護衛がついていた。それは相手にとって誤算だったのだ。

「私を攫って、どうするつもりだったのでしょう？　目的がいまいち見えません」

馬車ごと攫うより、あの場で数にモノを言わせて命を奪った方が簡単なのに。

確かに「殺されるかも」と恐怖を感じたけれど、あの場でならもっと方法があったようにも思える。

「はっきりとはまだわからないが、俺への牽制《けんせい》か取引か。それとも……、いや、考えるのはよそう。ソアリスに聞かせたくないことばかりが思い浮かぶ」

攫われていたら、想像するだけでも耐えがたい残酷な末路が待っていたかもしれない。

私はアレンのいう通り、もうこの件に関しては考えないようにした。

「そうだ。デイジー嬢はすでに伯爵家へ戻っている。心身ともに元気で問題ないと、レイファーがそう診断した」

「デイジーさんが？　それは本当によかったです……！」

安堵《あんど》の笑みを向けると、アレンも幾分か穏やかな顔になる。

「彼女はどうやら、占い師に騙《だま》されたらしい。例の人形や香水のせいで気分が落ち込み、いい薬があると言われ連れ去られていた。俺たちが乗り込んだときには薬で眠らされた状態からまだ目覚めていなくて、救出された後に初めて自分が危険な状態であったと気づいたそうだ」

「まぁ……」

それはいいのか、悪いのか。怖い思いをせずに済んだという点ではよかったのかも？

「ソアリスやニーナには、心配をかけてすまなかったと言っていた。また後日、礼をすると」

アレンによると、事務官見習いのカルロッタ嬢を含めて七人のご令嬢が発見されたらしい。

「レイファーさんの推察通り、売られる予定だったのですか？」

組織的な人攫い。私の頭にはそれが思い浮かぶ。

けれどアレンは少し言葉に迷った後、正直に話してくれた。

「売買の記録も一部には確認されたが、実はそれが一番の目的ではないらしい。邪教の信仰が確認されたんだ」

「邪教とは？　悪魔崇拝みたいなものでしょうか？」

私の問いかけに、アレンは「そのようなものだ」と答える。

「邪教も一つではないが、国教とは別の神を崇《あが》めるものという解釈で間違いない。俺たちは、たとえ異なる神を信仰していてもそれだけで罪に問うほど暇ではないが、彼らは前時代的な魔女狩りや生け贄《にえ》を捧《ささ》げる儀式を行う危険思想のものたちだ。今回の失踪事件も、生け贄《い》として若い女性を拉致したんじゃないか……というのが騎士団や陛下の見解で一致している」

「生け贄!?」

驚きのあまり二の句が継げない私に対し、アレンはさらに話を続けた。

「しかもヴォーレス公爵は、その邪教に関わっている可能性がある。令嬢たちが監禁されていた邸は、ヴォーレス公爵が出資している商家の持ち家だったからな」

「公爵が、邪教を信仰しているということですか？」

医師だった人が、そんな怪しげなものに？

理解できず、首を傾《かし》げる。

「ないとは言いきれない。陛下いわく、公爵は三年前に跡取りの子息を病で亡くしているらしい。そのことで医の道に絶望したというなら、邪教信仰者に付け込まれるのも理解できる」

マルグリッド様の王太子妃候補の話がなくなったのもその時期だ。

不幸が重なり、人生に絶望したのかもしれない。

「ヴォーレス公爵は処罰を受けるのですか？」

「直接的な証拠がないから、今回の件で処罰することはできないだろう。だが、ほかにも数々の不正に手を染めているのはわかっている。公爵が失権するのは時間の問題で、陛下もそれを望んでいる」

「そうですか……」

私の頭には、マルグリッド様のことが浮かぶ。

公爵が処罰されれば、娘のマルグリッド様もこれまで通りの立場にはいられないだろう。

アレンは私が何を思ったのかすぐに察し、そっと肩を抱いて慰めようとしてくれた。

「マルグリッド嬢も何らかの責を負うことになるだろう。哀れだとは思うが、これればかりはどうにもならない」

　彼女はどこまで、お父様の悪事を知っているのだろう？　手を貸しているなんてことは……？

　彼女自身が、悪いことに積極的に手を貸すようには見えない。公爵家の令嬢として、誇りは持っている気がしたから。

「ソアリスは、マルグリッド嬢が心配か？」

　ふと、アレンがそんなことを尋ねる。

「心配です……。悪い人ではないと思うので」

「俺の寝室に、グレナを手引きしたのがマルグリッド嬢でも？」

「マルグリッド様が？」

　つまり、彼女は私とアレンの仲を裂こうとしていた？

　それも父親の命令なのだろうか？

　私はしばらく考えるも、やはり同じ考えに行き着く。

「あれも何か事情があったんだと思います。何が真実かはわかりませんが、私にはマルグリッド様が悪い人だとは思えないし、不幸になって欲しくありません」

　誰にも不幸になって欲しくないなんて、きれい事だとわかっている。

　けれどアレンは私を責めることはせず、何も言わずに肩を撫でて労《いた》わってくれた。

　そして、静かな声でしみじみと漏らす。

「やはり俺はソアリスが好きだ」

「どういうことですか……？」

この問いに、答えが返ってくることはなかった。

きょとんとしていると、はぐらかすかのように話題を変えられる。

「明日、金庫番は休むか？」

突然にそう尋ねられ、私は苦笑いで首を振った。

「家にいても落ち着かないと思うので、予定通り仕事に行こうと思います」

「そうか。無理だけはしないでくれ」

アレンはいつも私に甘い。家にいろと言う方が安心できるはずなのに、いつも私の意志を優先してくれる。

「眠れそうか？　こんな時間に込み入った話をしてしまったが……」

どこまでも心配性な夫に、私はつい笑ってしまった。

「ふふっ、大丈夫です。アレンが隣にいてくれたら眠れそうです」

「そうか。どうせ眠れないなら朝まで抱いていようかと思ったんだが、残念だ」

何だか怖いことを言っている。

恐る恐る顔を上げると、軽くキスをされて「冗談だ」と笑って流された。

「さぁ、もう寝た方がいい」

怯える私の反応を面白がるアレンは、口元に余裕の笑みを浮かべる。

「おやすみなさい」

「おやすみ」

二人でベッドに入ると、あっという間に睡魔が襲ってくる。

アレンに抱き込まれるようにして横になった私は、眠れなかったのが嘘《うそ》のように意識を手放した。


翌朝、私はいつも通りに王女宮へ向かった。

アレンは私を通用口まで見送り、騎士団へ向かう。

「おはようございます」

「おはよう。すぐ来てくれて助かったわ」

金庫番の業務室に入った私を出迎えたのは、軍医の制服を着たレイファーさんだった。

長い脚を組んで、私の机の上に腰かけている。

「どうして朝から金庫番へ？」

軍医さんが王女宮へ来たことは、これまで一度もない。

ということは、レイファーさんの目的はどう考えても私だろう。

「ここに花を回収しに来たんだけれど、記録よりもかなり少ないの」

手元の紙に視線を落とし、彼は言う。

「花？」

いつも届く、将軍の妻ファンの方からの贈り物のこと？

私が首を傾げると、彼はようやく腰を上げて私の正面へやってきた。

「オレンジの花よ。匂いが強めの」

「あぁ、オレンジのアネモネですか？」

「そう。まぁ、正確に言うとアネモネじゃないんだけれど」

あれは匂いが強かったから、外に面している渡り廊下や回廊に移したような。そのほかは、アルノーが持って帰った気がする。

それを説明すると、レイファーさんは納得した表情になる。

「ここにないならよかったわ。あの花からも、精神が不安定になる成分が検出されたの」

「え、それって」

「あなた宛てだったってことは、そういうことなんでしょう」

私に対する悪質な嫌がらせ？

けれど、邪教信仰者が絡んでいるならそれは明確な悪意の塊だわ。

「あの花をずっと飾っていたら、私も精神不安定になっていたってことですか？」

「多分ね。仕事中にずっとあの匂いを嗅いでいると、気分が落ち込んだんじゃないかしら。この部屋になくて正解よ。ねぇ、今日、アルノー・スタッドは？　花のことを聞きたいんだけれど」

「アルノーは、今日は昼からです」

彼の席は、すっきりと片付いている。机の上には、インクの壺《つぼ》があるだけでほかには何もない。

レイファーさんはため息交じりに「わかったわ」と言い、金庫番室を退出しようと扉を開けた。

「アルノーには午後に医局塔へ来るように言ってちょうだい。金庫番室長には私から伝えておくから」

「わかりました」

見送ろうと廊下まで出ると、私のことをまじまじと見つめたレイファーさんが眉根を寄せる。

「あなた酷い顔よ。寝不足？」

私はどきりとして、頬に手を当てた。いつもよりは寝る時間が遅かったから、確かに寝不足だった。

「野盗だけじゃなくアレンディオにも襲われたの？　大変ねぇ」

「なっ!?　違います！」

慌てて否定すると、レイファーさんは白けた顔で言った。

「冗談が通じない子ね。アレンディオったらなんでこんな子がいいのかしら。特別な美人でもないし、胸だってそんなに大きくないのに」

「余計なお世話です」

じろじろと胸元を見られ、私は思わず手で隠す。

自分が平凡だということは、誰よりもよくわかっていますよ！

「そうだ、後であなたもアルノーっていう子と一緒に医局塔へ来なさい。栄養剤を出してあげるわ。もちろん心配性のアレンディオにはきちんと許可を取ってあげるから」

レイファーさんが急に医師らしいことを言うので、私は驚いてしまった。

「何よ。私は幸せそうな人間は嫌いだけれど、人の身体は労わるタイプなの」

「あ、ありがとうございます」

なぜかしら、素直にお礼が言いにくいわ。

引き攣《つ》った笑顔でレイファーさんを見送ると、私はすぐに部屋に戻って仕事に集中した。


昼過ぎになると、アルノーが王女宮に姿を現した。

オレンジ色のアネモネのこと、レイファーさんからの招集を彼に告げるととても驚いていた。

ついでに、昨日私が襲われたことや邪教信仰者のことも一気に話したので、彼は呆気《あっけ》に取られていた。

「ソアリスといると退屈しないよ」

「それは不名誉なことだわ」

もっと平穏で平凡な毎日を望んでいるのに。

私が遠い目で答えると、アルノーはクックッと笑った。

レイファーさんのいる医局塔は、騎士団の裏側にある。王女宮から薬草園を通ればすぐだった。

アルノーと二人で移動中、演習場で模擬戦を行う騎士を横目にこれまでのことを話した。

「ヴォーレス公爵って、元医者だから薬には詳しいよね。それなら、おかしな香水を作れても不思議じゃないな。まぁ、作っているのは配下の薬師だろうけれど」

王家のお抱え医師を多数輩出している名家の当主が、国を揺るがす悪事に手を染めているなんて。

アレンの話では、関係する家や団体の人間を続々と捕縛しているというから、ヴォーレス公爵家の衰退は免れない。

「ソアリスはマルグリッド嬢が心配なんだ？」

浮かない顔の私を見て、アルノーが尋ねる。

スタッド商会もお家騒動やライバル商会との争いを繰り広げて大きくなったから、アレンたちと同じく「やられる前にやれ」みたいな空気感があり、だからマルグリッド様を憎みたくない私の気持ちはわからないらしい。

「自分でもよくわからないけれど、私はマルグリッド様に共感したのかも」

「共感？」

「家に人生を左右されるっていう部分でね。貴族の娘は、親の意向には逆らえないもの。私の場合は、今でこそアレンと結婚させてくれたお父様に感謝しているけれど、相手が違えば私だってどうなってたかわからないわ」

「まぁそうだね。未だに自由にしてる俺からすれば、いきなり結婚させられるとか考えられないな。マルグリッド嬢も選択肢がなかったっていう見方ならかわいそうかもね」

私は小さくため息をつく。

「でも助けたいって思ったところで、アレンがやろうとしていることの妨げにしかならないわ」

「本人に非がなくても、家が処罰されればどうにもならないもんな」

一族郎党、関連する者にはすべてに影響が及ぶ。

特に大きな力を持つヴォーレス家だからこそ、その派閥の家々への影響は大きそうだ。

騎士団の敷地を抜け王城の裏口へと差しかかったとき、アルノーがふと王妃様の薔薇《ばら》園の方を見て呟《つぶや》くように言った。

「あ、噂《うわさ》をすれば」

「え？」

手に何も入っていない籠を持ったマルグリッド様が、庭園のアーチをくぐって出てくるのが見える。

マルグリッド様も私たちに気がつき、表情を曇らせたと思ったら突然走っていってしまった。

「待って！」

なぜかはわからないけれど、私はすぐに彼女を追って走り出していた。

ドレス姿のマルグリッド様は、私が声をかけたと気づいているはずなのに止まる気配はない。

「マルグリッド様！」

話がしたい、そう思ったのだ。

生粋のご令嬢であるマルグリッド様は、幸い走るのが速くなくて私でも追いつけそう……、と思ったのは甘かった。

自分が思った以上に走るのが遅くて、マルグリッド様との距離が縮まらない。

「ソアリス、俺はどうしたらいい？」

並走するアルノーが、半笑いで尋ねてくる。「遅すぎるだろう」とその目が言っていた。

マルグリッド様と私の追いかけっこは、笑わずにはいられない状況らしい。

「マルグリッド様を引き留めて！」

「え、ちょっと無理かな～。平民の俺が公爵令嬢に触れて引き留めたら、どう考えても斬首だよ」

「触らずに、立ちふさがるだけでいいから!!」

私があまりに必死で頼むので、アルノーは渋々ペースを上げて彼女の前に立ちはだかった。

「待ってください！　話だけでもどうか!!」

「――っ！」

驚いたマルグリッド様は、医局塔の手前でようやく止まってくれた。

私はどうにか二人に追いつき、マルグリッド様の腕を両手でしっかりと掴《つか》む。

「マルグリッド様……！　はな、し、を…………聞いて、く、ださい……」

息切れでどうにもならない私に捕まり、同じくらい息が上がっているマルグリッド様は諦めたように立ちすくむ。

「…………………」

どうしよう。捕まえたはいいけれど、何を話せば？

偶然見かけて引き留めたから、一言目すら出てこない。

「ソアリス、とりあえず医局塔へ行って話をする？」

「そうね、そうしましょう」

困惑するマルグリッド様を連れ、私たちはレイファーさんの元へと向かうのだった。


医局塔に到着すると、真っ先にレイファーさんの部屋へ向かう。

「どうしてこの面子《メンツ》で？」

「色々とありまして」

さすがに驚いたらしく、レイファーさんは目元を引き攣らせている。

それでも入室を許可してくれて、アルノーがレイファーさんに花のことで聴取を受けている間に、私はマルグリッド様と話をする時間をもらった。

向かい合って座ると、気まずい空気が流れる。

「突然すみません。どうしてもマルグリッド様とお話がしたくて」

「…………」

沈黙が重い。何から話していいのやら、と頭を悩ませていると、ずっと黙っていたマルグリッド様が躊躇《ためら》いがちに口を開いた。

「昨日、襲われたと聞きました。ご無事で何よりですわ」

「え？　ありがとうございます。その話をどこで……？」

昨夜の件は、すぐになかったことにされたはず。

なぜマルグリッド様が知っているのか。もしかして、ヴォーレス公爵から聞いた？

じっと見つめても、それに対する返事はなかった。

「マルグリッド様は、どこまでご存じなのですか？」

答えてくれるとは思わない。けれど、私は不躾《ぶしつけ》にも尋ねてしまう。

彼女は悲しげに視線を落とすと、ぽつりぽつりと口を開いた。

「どこまで、と聞かれても……。私もすべてを知っているわけではありません。父がヒースラン将軍と敵対し、何かしているのだということはわかりますが」

敵対している、と彼女ははっきり言った。意外だった。

「マルグリッド様」

私は意を決して、まっすぐに彼女を見つめて尋ねる。

「伯爵領でのお披露目のとき、どうしてあなたはアレンの部屋に女性を手引きしたのですか？」

マルグリッド様はしばらく黙っていたけれど、諦めたようにため息をついた。

「父から、ヒースラン将軍を誘惑しろと言われていたので。けれど、そんなことできるわけもありません。あの方は、あなたしか見ていませんもの」

アレンが自分になびくとは思えない。でも監視役の世話係がいるから、何もしないと父に叱責されてしまう。悩んだマルグリッド様は、グレナ嬢を手引きすることでまずは夫婦仲を壊そうとしたのだと話した。

「父は恐れていました。これ以上、ヒースラン将軍に栄光と権力が集まるのを……。私が王妹殿下の侍女になったのは、万が一にでもヒースラン将軍とローズ様が恋仲にならないよう、邪魔をするためです。将軍に王妹殿下が嫁ぐことになれば、ますます将軍の威光が強まってしまうから。けれど、その兆候がないとなれば、父は私を将軍の妻にと望みました」

事細かにアレンのことを公爵に伝え、何度も誘惑は無理だと伝えたマルグリッド様。

公爵が諦めない限り、マルグリッド様に逃げ場はなく、どうしようもなかったのだと言う。

一体、どれほど苦しんだのだろう。

娘の気持ちなんて、これっぽっちも考えていない公爵に腹が立った。

「私は、王太子妃になるのだと言われて育ちました。そのためだけに生きてきたのに、結果は……。

『おまえは失敗作だ』と何度も父になじられました。私は、父に逆らえませんでした」

「あの、第二妃になろうとは思わなかったのですか？」

他国の王女様を王妃に迎えるとしても、王族なら国内の有力貴族から第二妃、第三妃を娶《めと》ってもおかしくない。実際に、ジェイデン様の周りではそのような話が浮上している。

マルグリッド様は力なく首を振った。

「私は第二妃でも構わないと思いました。けれど父は、正妃でなければダメだと言って譲りませんでした。私は国のため、ジェイデン様のためなら第二妃として務めをまっとうするつもりだったのに」

「ジェイデン様を、愛しておられたのですか？」

「愛？　わからないわ。私は、王太子妃になるんだと教えられてきたのですから」

幼い頃から王太子妃になることを目標に、それだけを思ってきたマルグリッド様。凛《りん》とした美しいイメージだったけれど、今目の前にいる彼女は寄る辺ないか弱いご令嬢に見えた。

「父はもう止められません。邸には怪しげな者たちが出入りしていて、誰の言葉にも耳を傾けないのです。大きくなりすぎた己の権力欲を、抑えられないのでしょう。何て愚かなこと……」

「マルグリッド様」

「でも、そんな父に言われるがままの私はもっと愚かです。親族や関係する者たちが次々に捕縛され、ようやく気づきました。ヴォーレス公爵家は終わりなのだと」

かすかに微笑みを浮かべる口元。そこには、諦めと同時にようやく解放されるのだという安堵が入り混じって見えた。

公爵家と共に、マルグリッド様も破滅へ向かうの？　本当にそれしか道はないの？

「マルグリッド様は、逃げたいと思わないのですか？」

こんなことを聞いて何になるんだろう。

自分の無力さに苛《さいな》まれる。

私の問いかけに、マルグリッド様は悲しげに笑った。

「逃げる？　私が逃げたら、母が父に責められます。だからどこへも逃げ場なんてありません。あるのは破滅だけ。私に未来なんてないのです。どうにもならないのよ……！」

俯《うつむ》きながらも、涙を堪《こら》えるマルグリッド様。同情など不要だと拒絶するその様子に、私は余計に胸が苦しくなった。

「……マルグリッド様とは、もっと別の形で出会いたかったです」

「そうね。私もそう思うわ」

まるで別れの挨拶みたい。

そんなことが頭をよぎるも、私は諦めたくなんてなかった。

「マルグリッド様。もういっそ、私と一緒に助けてって叫んでみませんか？」

「は？　一緒にって、あなた何を」

怪訝《けげん》な顔をする彼女に向かって、私は必死で訴えかける。

「まだ手はあるはずです。自分だけの力なら無理かもしれませんが、思いきって助けてって叫んでみたら、何とかなるかもしれません」

「何をバカなことを」

マルグリッド様は椅子から立ち上がり、扉の方へ向かおうとした。

私は後を追い、彼女の手首を掴む。

「私も少し前までは自分で何とかしようって、自分ががんばればいいって、自分が我慢すればそれでいいって思っていました。でもそうじゃなくて……！　助けてもらうことは、恥ずかしいことでも愚かなことでもありません」

「あなたは甘すぎるわ。正直に話したところで、誰が私を信じてくれるというの？」

ヴォーレス公爵の娘というだけで、国賊扱いされる可能性すらある。

マルグリッド様は、何もかもどうでもいいという態度で嘆く。

「女の身で何ができますか？　味方もいない、逃げ場もない、守ってくれる人もいない……。こんな非力な私が王太子妃だなんて、なれるわけがなかったのです。何もかも無駄に終わった今、おとなしく終わりを待ち、潔く散るしか残された道はありません」

「そんな！」

必死で追い縋っていると、続き間の扉が開いてレイファーさんとアルノーが出てきた。二人の顔つきから、私たちの話を聞いていたんだとわかる。

レイファーさんは、私に呆れているのだろう。「諦めれば?」という顔をしていた。

けれど、アルノーは違う。いつも通りの笑顔で、マルグリッド様に向かって言った。

「マルグリッド様。もういっそ、悪魔に魂を売ってみたらいかがです?」

にこにこと笑うアルノーは、交渉をするときに見せる商人モードだった。

私の頭には、彼のいう悪魔な騎士の笑顔が浮かぶ。

「ちょっと対価は必要になるだろうけれど、とっても優しい悪魔がいるでしょう? 将軍の隣に」

一体何を言っているのか?

マルグリッド様は困惑を露《あら》わにする。

「あんたたち、諦め悪いって損よ? 面倒が増えるだけ」

レイファーさんは、ため息をつきながら髪をかき上げる。でも、反対はしなかった。

医局塔での話し合いは、騎士団へと場所を移して行われることになった。

【第六章】愛され妻の理想の騎士様

マルグリッド様と話してから、わずか五日後。

私たちは煌《きら》びやかな衣装を纏《まと》い、王城の一角にいた。今夜は、王妹・ローズ様のお誕生日祝いのパーティーが開かれるからだ。

その前に、ヴォーレス公爵と決着をつけなくてはいけない。

冷たい石造りの地下通路を通ってやってきたのは、王城の敷地内にありながら忘れられた存在になっている離宮・ガーネット宮。

外観は蔦《つた》に覆われていて、誰も住んでいないことがひと目でわかる。

ここは先王の寵愛《ちょうあい》を欲しいままにした側妃様が住んでいた離宮で、かつて凄惨な跡目争いが勃発したいわくつきの宮殿だった。

第一王子、第二王子が斬り合いをして双方共に絶命した場所なので、普段は封鎖されていて誰も近づかないのだという。

王女宮からは正反対の位置にあるため、私はこれまで一度もここへ来たことはなく、その存在すら知らなかった。まして、王城の裏側から隠された地下通路で繋《つな》がっているなんて思いもしない。

埃《ほこり》まみれのこの通路は、数日前に特務隊の一部が安全確認のために入っただけで、随分と長い間誰も通っていなかったことがすぐにわかる。

――ガラガラガラ……。

マルグリッド様を先頭に、大きなリネン籠を乗せた台車を押して歩くジャックスさん。台車の隣にアレンが、その後ろをレイファーさんが歩いている。

私は、リネン籠の中に隠れていた。

シーツやタオルをクッションにして座って運ばれているので、一人だけラクしているみたいでちょっと申し訳ない。

そろそろガーネット宮の地下扉に到着するかしら、と思っていると、布でできたフタが静かにずれて、レイファーさんが顔を覗《のぞ》かせた。

「あなたに何かあったら、アレンディオが反旗を翻しかねないって本当にわかってる⁉　絶対に無謀なことはしないでよね！」

「おい、勝手にソアリスを見るな」

別に見られて困るような姿ではないのに、アレンが心底嫌そうな声でそう言った。

「いいわね？　あなたは飾り！　おまけ！　余計なことはしないでよ？」

「わかっています、レイファーさん」

私のことを心配している、というよりは国を心配しているというのが伝わってくる。

いくら何でも、アレンが国を相手に戦うことはないと思うんだけれど……と困った顔で見つめ返せば、盛大なため息をつかれた。

「まったくそんな虫も殺さなさそうな顔しておいて、とんでもない悪妻だわ。マルグリッド嬢のことをどうしても助けたいだなんて、ワガママにもほどがある」

「あはは……、お手伝いいただきありがとうございます」

私たちはあの日、騎士団の執務棟でルードさんを捕まえた。

アルノーに悪魔と表現された彼は、私がマルグリッド様を連れてきたことについて少々驚いていたものの、とてもいい笑顔で迎えてくれた。

『マルグリッド嬢がこちらに来てくださるなら、できることが増えそうですね～』

爽やかな笑みに黒いオーラが見えたのは、気のせいじゃない。

すぐに訓練場にいたアレンを呼び戻し、ヴォーレス公爵への対処について会議が始まった。

アレンたちに反対されるかもと思っていたのに、意外にもすんなり受け入れられて驚いた。

ヴォーレス公爵家を完全に解体してしまうと、今までおとなしくしていた中間層の抑えがなくなってしまうので、どうにかして安全な人物を公爵家のトップに置きたかったのだとルードさんはその理由を教えてくれた。

『女性は爵位を継げません。でも、暫定的に当主代理として家を治めることはできます。マルグリッド嬢が父君に逆らい、我々につくというのなら、あなたがいずれ男児を産むまでの間は陛下や王妃様が後ろ盾となり、女公爵の肩書を差し上げるとお約束します。それに、母君のことはこちらで手を回して保護いたしましょう』

マルグリッド様もすごく驚いていて、戸惑ってもいた。これまで王太子殿下を支えるべく妃《きさき》を目指し、自分が前面に立つことは考えてもいなかったのだから仕方がない。

『公爵家存続のためには、もうこの方法しか残っていません。どうしますか？』

ルードさんは、真剣な顔で選択を迫った。

父を裏切るか、それとも破滅へと進むか？

マルグリッド様の答えは、私の望んだものだった。

『わかりました。私はこれより、悪魔に魂を売りましょう』

『これしか選択肢がないことに、ちょっと怒っていますね？』

ルードさんが口元を引き攣《つ》らせていた。

それに対して、マルグリッド様はまるで夜会に出ているときのようにいい笑顔で答えた。

『いやだわ、まさかそのような。ただ、これまでどれほど神に祈っても報われなかったのです。もうここまでくると、宗旨替えしてみるのもよいかと。遠くの神より近くの悪魔というではないですか』

オホホホホと上品に笑うマルグリッド様は、どこか吹っ切れたようだった。

アルノーは「壊れた？」と言っていたけれど、私もちょっとそう思った。

そして作戦会議の結果、マルグリッド様はローズ様のための祝宴が開かれる慌ただしい夕方の時間を狙い、ジャックスさんと共謀して私を攫《さら》って公爵の下へ連れていくということになった。

ジャックスさんは、マルグリッド様に恋心を抱いている……という設定である。

アレンの誘惑に失敗したマルグリッド様は、私の護衛であるジャックスさんを誘惑することに成功し、こうして将軍の妻を拉致することになったと。

アレンは最後まで反対していたけれど、ガーネット宮の周辺やその内部にも特務隊を配置し、公爵が邪教信仰者と共にいる現場さえ押さえられればすぐに乗り込むということで渋々納得してくれた。

「アレンディオもおかしいわよ。なんでこんな普通の女の尻に敷かれてるわけ？　将軍なら将軍らしく、妻の足の腱《けん》を切ってでも止めなさいよ」

「それもう将軍じゃなくてただの暴君っすよ。妻への虐待案件で拘束です」

ジャックスさんが苦笑いで突っ込む。

アレンはレイファーさんを冷めた目で見ると、落ち着いた声で言った。

「ソアリスが望むことに手を貸す、これの何がおかしい？」

「何がって……」

理解できない、レイファーさんは呆《あき》れて絶句する。

「言っておくが、俺にとって大事なのはソアリスがどうしたいかだけだ。普段は多くを望まない妻が、どうかと頼んできたことくらい叶《かな》えてやるのが当然だろう？　それに、今回の話はこちらにとっても悪くない話だった」

アレンだって、無理なことは無理だと言うと思う。

ヴォーレス公爵の処罰は陛下の望みでもあるから、マルグリッド様が味方になってくれるのは利のあることだ。

ただし、本人も言っていた通りマルグリッド様を信じられるかどうかにすべてはかかっている。

私はそこが心配だったんだけれど……。

「ソアリスがマルグリッド嬢を信じるなら、俺も信じる。妻が守ろうとしたものを斬るような男になりたくない」

「本当にどいつもこいつも……」

レイファーさんは一人頭を抱えていた。

「これだから王侯貴族の争いを知らない子は困るのよ。権力者同士の勝負っていうのはね、負ければその場で関係者全員が消されるのよ。それを一部だけ救いたいだなんて」

まだ納得できないらしい。文句を言いつつ、ついては来てくれるのが不思議だわ。

籠の中からじっと見つめていると、薄ら笑いを浮かべている彼が見えた。

「世の中にはね、性別を偽るまでしないと生き延びられない者もいるのよ。あなたたちみたいに甘い考えじゃ、この先が思いやられるわ」

彼も明言はしないいし、私も尋ねないけれど、自分のことを言っているんだろう。

先王の後継者争いは苛烈を極めたというのは有名で、力のない王子たちは命を奪われたとも聞いた。きっとレイファーさんは、そんな日々をどうにかして生き延びた人なんだろう。

だからこそ、将軍の妻という立場でありながらマルグリッド様を助けたいなんて甘いことを言う私には怒りもあるはず。

それでも私は、可能性があるならそれに賭けてみたかった。

アレンやルードさんがいる限り、これは分の悪い賭けなんかじゃないはずだから。

呆れや嘆きを吐き出すレイファーさんに向かって、前を行くマルグリッド様がちらりと振り返って言った。

「あら、私が生き延びたいと思って足掻《あが》くことがそんなにお嫌ですか？　ならば医局塔でゆっくりなさっていればよろしかったのでは？」

「誰もそんなこと言ってないでしょう？」

「それにローズ様は、腹違いとはいえあなたにとっても妹でございましょう？　お誕生日のお祝いくらいお伝えになってはよろしいかと」

言われてみれば確かにそうだ。

レイファーさんは、じとりとした目でマルグリッド様を睨《にら》む。

「やめてよ。こんな兄なのか姉なのかわからないのが出てきたら、ローズ様が混乱するでしょう？　私はもう王族じゃないんだから、存在を知られなくてもいいの。どうせあの子だってすぐに嫁ぐし、すれ違うこともない関係でいるのが一番よ」

そんな話をしているうちに、ガーネット宮の地下にある入り口に到着した。

アレンとレイファーさんは、ここまでしか付き添えない。

「何かあったら、これを口にして倒れておきなさい」

「これは？」

レイファーさんに、丸薬のようなものを渡される。

赤紫色をしていて、ザクロに似たきれいな粒だった。

「とにかくマズイ薬よ。飲んだら最後、しばらくのたうち回るくらいにはマズイわ」

「どうして私がそんなものを……？」

「苦しむ演技とかできないでしょう⁉　最悪の事態になったらこれを噛《か》んで、苦さでのたうち回っていたら向こうも驚いて『まさか服毒自殺？』って怯《ひる》むから。時間稼ぎくらいにはなるでしょう」

そんなにうまく行くかしらと疑問に思いつつ、ありがたくそれを受け取った。

「一応、あなたにも渡しておくわ」

レイファーさんはそう言うと、マルグリッド様にも同じ丸薬を渡す。

彼女もそれを受け取り、ドレスの胸元から出した小さな丸いケースに入れて再び戻した。

豊満な胸があればあんな風に小物を隠せるのね……。

じっと見つめていると、籠のフタを大きめにずらしたアレンが心配そうな顔を覗かせた。

「ソアリスは、自分の身の安全だけを考えてくれ。想定外のことが起これば、ジャックスが全員斬り伏せるまで隠れていればいい」

できればそうならないよう願います。私は心からそう思った。

「また後で。必ず守る」

アレンは屈《かが》んでいる私の額に優しくキスを落とすと、名残惜しそうにその蒼《あお》い瞳を揺らした。

そしてお別れを邪魔するかのように、レイファーさんが身体《からだ》ごと割って入ってくる。

「じゃあね。無事に戻ってきたら、おいしいワインでも寄越しなさい」

「ありがとうございい、きゃぁ！」

お礼を言おうと思ったら、乱暴にフタを閉められた。

私に対する扱いがものすごく雑だわ！　将軍の妻として日頃から皆に大事にされているから、レイファーさんみたいに雑に扱ってくる人はめずらしく、ちょっと新鮮なくらいよ……。

「奥様、いきますよ～」

緊張感のない声。これから本当にヴォーレス公爵の下へ乗り込むの？

もう一度気を引き締めて、私はリネン籠の中で膝を抱えて座り直した。

――ギィ……。

重い扉を強引に押し開けると、薄暗くて寒い廊下を進んでいく。

灯《あか》りは等間隔に用意されているから歩く分には問題ないけれど、調度品や美術品などはほとんど撤去されていた。

「持ち上げますよ」

ジャックスさんが小声でそう言うと、私が入っているリネン籠がそっと持ち上がっていく。

今現在、私は眠らされて誘拐されたことなっているので、いつどこで公爵の手下に出会うかわからないから言葉を発することはできない。

息を殺していると、高い靴音と共に籠が揺れ始め、階段を上っているのだとわかってきた。

二階まで行くと、そこには数名の男たちが待っていた。

布の隙間から見える範囲には限界があり、私からは男たちが何人なのかわからない。

男たちが着ている黒っぽいフード付きマントは、いずれも二つ頭の羊のエンブレム入り。邪教と呼ばれる宗教団体も様々あるが、ルードさんによると彼らは中規模の組織だそうだ。

『邪教信者も増えすぎると分裂するんですよね～。穏健派と強硬派に』

同じ神を崇拝していても、色々とあるらしい。

ちなみにヴォーレス公爵が与《くみ》しているのは、穏健派。生《い》け贄《にえ》を捧《ささ》げたり、悪魔を呼び出そうとしたり……どこが「穏健」なのかと疑問が募る。

強硬派のように信者獲得のために荒っぽいことをしない、という意味で穏健派なんだろうけれど、どう考えても穏健という言葉とはほど遠いから困る。

ドキドキしていると、マルグリッド様が堂々とした声で彼らに尋ねた。

「お父様はこちらかしら？」

「…………」

彼らは何も言わず、謁見の間のような広い部屋にマルグリッド様とジャックスさんを案内した。絨毯《じゅうたん》の敷かれていない石造りの床は、歩くたびにカツカツという音が響く。

「早かったな、マルグリッド」

突然、低い声が静かな部屋に反響した。

夜会のときに聞いたから、ヴォーレス公爵の声だとすぐにわかった。

「ローズ様にお祝いを述べに行きましょう、とお誘いしたら何の疑いもなくついてきてくれました。護衛も一緒なのでなおさらですわ」

マルグリッド様がそう答えると、こちらに近づいてくる一人分の靴音が聞こえてくる。

私は慌てて目を瞑《つぶ》り、眠っているように見せかけた。

リネン籠のフタがサッと取り払われ、ランプの灯りに照らされる。

「将軍の妻で間違いないな」

「はい、お父様」

公爵がすぐそばにいる。

それだけで、私は緊張から心臓がバクバクと鳴っていた。

「ふんっ、将軍はこのような凡庸な娘になぜこだわる？　どれほどの美女かと思いきや、取るに足らぬ普通の女ではないか。忌々《いまいま》しい」

私の「将軍の妻コレじゃない感」にヴォーレス公爵がご立腹だった。自覚はあっても、改めてはっきり言われるとちょっと傷つくわ。

マルグリッド様は、気を遣ってくれたのか話題を変えた。

「お父様、そんなことよりなぜソアリス様を生かしたまま捕らえることにこだわったのです？　馬車で襲ったときも、あの場で命を奪うことはできたはずでしょう？」

今日だって、薬でも盛るように指示されるのではとマルグリッド様は思っていた。それなのに、公爵が指示したのは私の拉致。あくまで、生きたまま捕らえることにこだわった。

アレンに何か交渉するために、私を人質として使うのか。

そう思っていたら、とんでもない言葉が耳に飛び込んでくる。

「おまえと入れ替えるためだ」

「……どういう意味でしょう？」

マルグリッド様は恐る恐る尋ねた。

公爵はゆっくりと歩いて娘との距離を開け、暗がりから出てきた女に命令する。

「準備は整っているのか？」

「ええ、後はそちらのお二人がいればいいだけよ」

うっすら目を開けて確認すると、その女は私に香水を渡した占い師だった。

赤い唇が妖艶で、その目は煌々《こうこう》と輝いていて興奮状態に見える。

私はもう眠っていたふりも忘れて、彼女の姿に見入っていた。

「儀式はすぐに終わる。何も心配することはない」

公爵は自信たっぷりに宣言する。

「お父様？」

身の危険を感じたマルグリッド様は、一歩後ずさった。

「おまえにやり直す機会をやろう。呪術の儀式を行えば、おまえは将軍の妻と入れ替わることができるのだ」

「入れ替わるだなんて、そんな……」

「将軍もまさか、妻の魂がマルグリッドと入れ替わったとは気づくまい。おまえはその身を捨て、将軍の妻に成り代わってあいつをうまく操るのだ。そうすれば栄華を取り戻せる……！」

もうとっくの昔に、この人はおかしくなっていたのかもしれない。魂を入れ替えるなんて、そんなことできるはずがない。あり得ない。

ただ、頭ではそう思っていてもこの場の空気がそれを現実的に思わせる。

背中や肩にゾクリと悪寒が走り、公爵の狂気を感じた。

「お父様、本気でそんなことができるとお思いですか⁉　魂を入れ替えるなど」

マルグリッド様の声が震えている。どこまでも娘を駒として扱うその残酷な性質を恐れているのか、それとも怪しい呪術への恐怖心なのか。

公爵に娘の言葉は届かず、彼は薄ら笑いを浮かべていた。

「さぁ、生け贄は用意してある」

彼が視線を向けた先には、動物を入れる檻《おり》のような鉄柵が見える。

その中には、十代と思われる女性が五人いた。

いずれも、茶色い髪に碧色《みどり》の瞳。私の持つ色彩によく似た女性たちだった。

嫌な予感に、私は身震いする。

「この生け贄の目を取り出し、神に捧げ、術式を展開することで奇跡は起きる！　さぁ、マルグリッド。早くこちらへ」

公爵の言葉を合図に、ローブを着た男たちが一斉に私たちを取り囲む。

ここでようやくジャックスさんは私が入った籠を床に置き、その右手を剣にかけた。

そして……。

「怖い怖い怖い怖い怖い怖い怖い、そしてきもい！」

ジャックスさんの、緊張感のない声が広い部屋に響く。

いや、まぁね!?　目を取り出して捧げるとか怖いけれど！

ものすごく怖いけれど!!

正直な意見につい頷《うなず》きそうになるも、今はそれどころではないという気持ちがこみ上げる。

私は籠の中で立ち上がると、ドレスの裾をたくし上げてその中から出た。

「あの、ここからどうします？」

――シャッ……。

剣を抜く音がやけに大きく聞こえる。それが答えなんだろうとはわかるけれど……。

「おまえ、逆らうのか！」

公爵がジャックスさんに向かって叫ぶ。

しかし、その返答がある前に奥の扉が大きな音を立てて吹き飛んだ。

「おとなしくしろ！　すでに離宮は制圧済みだ！」

剣を手にしたアレンを先頭に、先に潜んでいた特務隊の一部がなだれ込む。

邪教信仰者たちは慌てて逃げ道を探し、方々に駆け出した。

「公爵は生け捕りにしろ！　そのほかの者は抵抗するなら相手をしてやれ！」

アレンはそう言いながらこちらへ向かってくる。

私はジャックスさんの背中に守られながら、おとなしく身を縮こまらせていた。

「おっ？　どこに逃げるんだ？」

「ああっ！」

逃げようとしたローブ姿の男を、ジャックスさんが捕まえて剣の柄《つか》で殴りつける。

三十代後半と思われるその男は、ぶるぶる震えながらジャックスさんを見上げていた。

「わ、我らは穏健派だぞ！　暴力など……！」

令嬢たちを誘拐して生け贄にしようとしていたくせに、自分への暴力は窘《たしな》めるなんて。私は呆れて男を睨む。

ジャックスさんは、満面の笑みで彼に告げた。

「あぁ、奇遇だな。俺も特務隊の穏健派なんだよ。仲良くしようぜ」

「なっ!?」

ガンッと鈍い音がして、男が床に崩れ落ちる。

一撃で意識を失った男は、だらしなく四肢を投げ出し、口から涎《よだれ》を垂らしていた。

ものの数分で離宮は制圧され、指揮を終えたアレンが私の下へ駆け寄ってくる。

「ソアリス！」

黒の隊服姿の夫は、こんな殺伐とした空間でも美しい。

私を長い腕で捕まえると、ぎゅっと抱き締めてくれた。

「無事か？」

まったく危険には晒《さら》されていない。

ルードさんが特務隊をまんべんなく配置していた上、アレンが予定より早く乗り込んだおかげで何事もなくすべてが終わった。

「私は大丈夫です。それより……」

数メートル先には、捕縛されて床に膝をついたヴォーレス公爵がいる。

逃げようとして乱れた髪や服装に、かつての威厳はなくなっていた。

悔しげにギリギリと歯を食いしばっていて、捕縛されず立ったまま自分を見下ろしているマルグリッド様を睨んでいる。

ここでようやく、娘の裏切りを知ったのだ。

対するマルグリッド様は、何の感情も宿していない目で父を見ている。

公爵の隣には、邪教信仰者の中心だった占い師の女が不満げな表情で座っていた。縄をかけられても、事の重大さがわかっていないようだ。

その態度に、ルードさんが冷たい目を向ける。

「信者を煽《あお》り、生け贄の令嬢たちを集めさせたのは犯罪ですよ。それに違法な薬物を配ったことも」

ところが、ふんっと鼻で笑った彼女はあっさりと言い返した。

「わたくしは関係ないわ。公爵に騙《だま》されたのよ。わたくしが信者を煽ったなんて証拠はないでしょう？」

強気な姿勢は、どこにも証拠を残していないからなんだろう。

ただし、ルードさんと特務隊はそんなに甘くない。

「証拠がないのに逮捕したら騎士団が批判を受けますね」

「そうでしょう？」

「仕方ありません。批判を受けないように、あなたごと存在を消しましょう」

「……は？」

にやりと笑うルードさんは、とても楽しそうだった。取り囲んでいる騎士たちも、「それがいい」と同調している。

「ちょっと！　そんなバカなことって……！」

占い師の女は、特務隊によって連れていかれる。

ほかの邪教信仰者も全員が連行されていった。

この場に残されたのは、公爵のみ。マルグリッド様は父親を見下ろし、小さな声で呟《つぶや》いた。

「愚かですね、お父様。私は今までこんな人に……」

マルグリッド様にかける言葉は見つからなかった。

私はただ、その背中を見守っていた。

「おのれ……！　母親を見捨てるつもりか……！」

ヴォーレス公爵は、この期に及んでそんなセリフを吐く。

何も答えないマルグリッド様に代わりそれに答えたのは、ここにいるはずのない国王陛下だった。

「公爵夫人は王家が保護した。そなたは心置きなく隠居せよ」

ルードさんと共に現れた陛下を見て、私は慌てて礼を取る。

マルグリッド様も同様にし、一歩下がって陛下の前を開けた。

陛下は相変わらずの眼光の鋭さだったけれど、少し悲しげにも見える。

「なぜここまで愚かなことを……」

貴族筆頭として、国のために尽力してきたはずのヴォーレス公爵家。

かつて陛下が王太子だった頃は、公爵とも親しい関係性だったと聞く。それがどうしてこんなことに、と嘆く陛下の気持ちは痛いほど伝わってきた。

しかし、ヴォーレス公爵は陛下のことも嘲笑するかのように言い捨てた。

「いらないんですよ、弱い国は」

「弱い？」

「隣国と縁組しなければいけないほど弱い国も、弱い王も、すべて正さなければならない……！　将軍という一人の騎士を崇《あが》める国民も、それに追随する騎士も、貴族も、私が支配下に置き統制しなくては……！　神はそれを望んでいる！」

高らかに笑い声を上げる公爵は、自分の正当性を未《いま》だ信じているみたいだった。

「おまえたちもいつかわかるだろう！　この国に生まれたことを後悔する日が来る！　そのとき気づくのだ！　私の言ったことが正しし」

「あ、すみません、時間です」

容赦なくそう言ったのは、陛下のそばにいたルードさんだった。

天を仰ぎ自分に酔いしれていたヴォーレス公爵は、呆気《あっけ》に取られて目を見開く。

「王妹殿下の祝宴が迫っていますので、演説は牢屋《ろうや》でしてください」

「なっ！」

うちの悪魔は、時間に厳しいタイプだった。

「だいたい、後悔ならもうしてますよ、公爵が生きてるタイミングでこの国に生まれて嫌だなって。ねぇ、アレン様」

話を振られたアレンは、私の隣で深く頷いた。

「まったくだ。やるならよそでやれ、よそで」

そして、もう終了したとばかりに私の肩を抱いて扉の方へと歩いていく。

「アレン!?」

陛下も残したままでいいの!?

私は慌てて声をかける。

するとアレンは何を思ったのか、私のことをひょいと横抱きにして持ち上げた。

「えっ!?」

びっくりして目を丸くすると、至近距離から麗しい笑みを向けられた。

「ジャックスにソアリスを運ばせたのは間違いだった。ソアリスを運んでいいのは俺だけだ」

「意味がわかりません！」

「わからなくてもいい。こういうことは理解するよりも感じるものなのだと思う」

「はい……？」

ますます意味がわかりません。夫の言動が理解できず、私は眉根を寄せてじっとそのご尊顔を見つめてしまった。

すると背後から、マルグリッド様の声がする。

「ソアリス様。お待ちを」

アレンが足を止めると、彼女は私のそばに駆け寄ってきた。

「レイファー様からいただいたお薬、持っていらっしゃるかしら」

笑顔でそう尋ねられ、私はポケットから丸薬を取り出す。

マルグリッド様はそれを無言で受け取り、そのまま振り返ってヴォーレス公爵のところへ向かっていく。

「お父様」

「⁉」

満面の笑みのマルグリッド様は、その手に二つの丸薬を持っていた。どちらもレイファーさんからもらった薬である。

なぜかジャックスさんが無言で彼女の隣に立ち、丸薬を受け取った。

彼の表情は、いたずらが楽しみで仕方ないというようなイキイキとしたもので――――。

「はーい、どうぞー」

「んがっ！」

ジャックスさんによって頬を押さえつけられ強引に口を開かされた公爵は、その二つの丸薬を放り込まれる。

私はアレンに横抱きにされたまま、茫然《ぼうぜん》とそれを眺めていた。

「んがぁぁぁぁぁ！　ぎゃぁぁぁぁぁ‼」

もがき苦しむその様は、レイファーさんに「マズイ」と聞いていたよりも数倍、いや、数百倍はすさまじい光景だった。

断末魔のような、悲鳴だか怒声だかが響き渡り、涙と鼻水、涎などあらゆるものを吐き出しつつ公爵は苦しんでいた。

「レイファーさん、あれを私に飲めって……………？」

よかった、飲まなくて。周りの人が近づけないほど、のたうち回っている。

あれで毒薬じゃないって、一体成分は何なの？　これは、マルグリッド様から父親への仕返しということかしら？

公爵はこの後、王族が幽閉される塔に監禁されて一生を過ごすことになるという。

処刑すれば事が公になってしまうから、マルグリッド様が穏便に家を継ぐには幽閉するしかない。

「さようなら、お父様。もう二度と会うことはありません」

マルグリッド様は父を一睨みした後、ドレスの裾を翻して颯爽《さっそう》と歩いていった。


王城に用意されていた客室に戻った私たちは、王家のメイドたちによって瞬く間に着替えさせられ、ローズ様のお誕生日祝いにふさわしい装いになった。

アレンに抱えられてやってきた私を見て、メイドたちは「もしやおケガでも!?」と慌てていたけれど、何もないことがわかったときのあの生温かい目といったら……。「あー、そうなんだ～。運びたかっただけなんだ～」という心の声が聞こえてきて、今すぐ逃げたいと思った。

マリーゴールドの花に似た美しいオレンジ色のドレスに着替えた私は、アレンにエスコートされて祝宴会場へと向かう。

そこにはすでに正装に着替えたルードさんがいて、その隣には水色のドレスを着たユンさんがいた。

「ローズ様は無事に控室に入られました」

ユンさんはついさきほどまで、王妹殿下の護衛についていた。

私たちと一緒に行きたいと言っていたけれど、ローズ様の身辺も警護を手厚くしておかなければ……ということで、五人の女性騎士と共に王城内にいたのだ。

「では、参りましょう」

満面の笑みで手を差し伸べられると、反射的にそれを取ってしまいそうになる。

アレンはすぐに私の手を掴《つか》み、ユンさんを睨んだ。

「ソアリスは俺の妻だ！　油断も隙もない……」

「あら、そうでしたか？　では仕方がないので、ルードさんにエスコートしてもらいます」

「そうしろ。ついでに再婚約の報告でもすればいい」

アレンが投げやりにそう言うと、ユンさんはふふふと笑みを深める。

その表情はとても幸せそうで、私は「もしかして」と思った。

ぱっとルードさんを振り返れば、苦笑いで「お察しの通り」と答えが返ってくる。

「ええっ！　再婚約おめでとうございます！」

「ありがとうございます」

ユンさんは、最高の笑顔で私と手を取り合う。

そしてぎゅっと抱き合ったところで、密《ひそ》かに報告してくれた。

「勝手に作った合鍵で、寮の部屋に忍び込んだんです。ルードさんは変わらず頑固だったんですけれど……」

　夜這《よば》いに来たユンさんに対し、ルードさんはもう一度きちんと断ったそうだ。

『私は補佐官である以上、アレン様を一番に守ることを考えます。それこそ、妻子よりも。……あなたには、あなたを一番に想《おも》ってくれる男と結婚して欲しい』

　将軍の補佐官である限り、ユンさんを最優先にできない。ルードさんの気持ちもよくわかる。

　でもユンさんは、特務隊の徽章《きしょう》を握り宣言したのだと言う。

『私も同じです。敵が目の前に現れたとき、私はルードさんを踏み台にしてでも敵を倒し、武功を上げてみせます』

　これには、ルードさんも呆気に取られていたらしい。

　ユンさんは妖艶な笑みを浮かべ、「私が勝ちました」と囁《ささや》くように報告する。

「本当におめでとうございます……！」

　涙ぐむ私。アレンは何が何だかわからない、といった風にユンさんと私を見つめていた。

　強気なユンさんらしい求婚に、私は泣き笑いで拍手を贈る。

「アレン様、色々ありまして再婚約の運びとなりました」

　ルードさんからも報告され、アレンはますます「は？」と怪訝《けげん》な顔になる。とはいえ、おめでたいことではあるので「それはよかったたな」とアレンも祝福していた。

「あっ、そろそろ時間ですね」

　今日はローズ様の誕生日。

祝宴の華やかな音楽が聴こえている。

私たちが会場に到着すると、まもなく両陛下とジェイデン様、主役のローズ様が壇上に現れ、大きな拍手で迎えられた。

初めての大規模な宴《うたげ》に、ローズ様は少し緊張気味で。けれど、背筋を伸ばしご立派だった。

私とアレンは陛下に挨拶をし、ローズ様にお祝いの言葉を伝えに行く。今宵のメインの仕事を早々に終えた後は、一曲だけダンスを踊ることになった。

シャンデリアから降り注ぐ、たくさんの光。あれほどの騒動があったのに、嘘《うそ》みたいに平穏な時間が過ぎていく。

「アレン。ありがとうございました」

改めてお礼を言うと、彼は優しく微笑《ほほえ》む。

ゆったりとした音楽に合わせてステップを踏み、抱き合うくらいに近づいたときアレンは言った。

「俺はソアリスのものだから。君のために騎士になったのに、こんなときくらい役に立ちたい」

その表情も、目も、声も、愛《いと》おしいという気持ちが溢《あふ》れていた。

こんなにも愛情深い人に出会えるなんて、奇跡だと思った。

「そういえば母から聞いたんです。小さい頃の私の夢は、『素敵な騎士様と結婚すること』だったと」

お披露目の日の夜、ふと昔のことを思い出した母がそう言っていた。「それが現実になったのね」とも言われ、とても驚いた。

自分自身もすっかり忘れていた夢を、アレンは叶えてくれた。

「私の今の夢は、ずっとアレンの妻でいることとです」

まだまだ未熟で、夫婦になったばかりの私たち。

私はずっとアレンの妻でいたいから、この人を支えられる女性になろうと決めた。

「いつか、アレンに私と結婚してよかったと思ってもらえるようにがんばります」

十年も私を想い続けてくれたこの人に、同じくらいの気持ちを返したい。

心から幸せだと思って欲しい。

今は助けてもらってばかりだけれど、私もアレンを守れるようになりたかった。

「アレン？」

「………………」

まだダンスの途中なのに、足を止めたアレンに抱き締められる。

私の髪に顔を埋めていた彼は、しばらくの沈黙の後で呟いた。

「ソアリスの……」

「え？」

「ソアリスのすべてを愛している。俺の妻になってくれてありがとう」

感極まったようにそう告げられ、私は高揚感でいっぱいになる。

周囲にはたくさんの目があるのに、この瞬間だけは全部忘れてアレンを抱き返した。


ローズ様のために開かれた祝宴は、おおむね盛況といった雰囲気で幕を閉じようとしていた。

先王の隠し子である王妹殿下の存在が、国政にどう影響を及ぼすかはまだわからない。でも両陛下のローズ様を大切に想う気持ちは貴族たちにも伝わり、そのおかげで王妹殿下としての立場は安泰なようにも思われた。

私たちはそっと人波から外れ、テラスにあるテーブル席へ移動する。

すると、そこではローズ様の友人として招待されたニーナとエリオットが寛《くつろ》いでいた。

「まさかずっとここにいたの？」

ニーナはともかく、エリオットはこうしたパーティーは初めてだ。いくら衣装や装飾品を揃《そろ》えても、気後れして隠れていたらしい。

「一回だけ踊った、ユンリエッタさんと。すごくハードなレッスンだった」

「レッスンって……」

ユンさんによれば、エリオットはとても鍛え甲斐《がい》があるらしい。剣の腕も立つし、リズム感もよくダンスも踊れれば、要人警護に向いているので「ぜひとも特務隊へ」と誘われた。

エリオット自身は、未だに借金取りを目指しているので騎士になる気配はない。

「私が相手できなくてごめんね」

「姉上に足を踏まれるのは嫌だよ」

弟は正直だ。本邸で練習に付き合ってもらったとき、何度も足を踏んだからごもっともなんだけれど、姉の威厳がなくなる気がして密かに落ち込んでしまう。

アレンも気まずそうな顔で、「踊れないと肩身が狭いな」と零《こぼ》していた。

そのとき、なぜか逃げるようにしてローズ様が駆け込んでくる。

「ソアリスさん！」

「ローズ様⁉　主役がこんなところに来てはいけませんよ？」

驚いて目を瞠《みは》ると、彼女はふにゃりと顔を歪《ゆが》ませた。

泣きそうな顔で私の腕に縋《すが》り、護衛騎士らは困り顔だった。

「ゼス様が……！　祝宴の最後のダンスパートナーにして欲しいとおっしゃられて」

「まぁ」

婚約者がいないとき、最初と最後のダンスパートナーは特別だ。

今夜の最初のダンスのお相手はジェイデン様だったから、最後の相手に立候補するっていうことは、向こうは婚約に前向きだという意思表示だと思われる。

ローズ様はどう接していいかわからず、ここへ逃げてきてしまったらしい。

「キラキラしすぎて……！　普通に顔を見て話せないんです！」

私も、アレンが戻ってきてすぐの頃はそう思っていたので気持ちはわかる。

でも慣れるしかないわけで……。何の助言もできずに困っていると、エリオットが突然に言った。

「そんなに相手の顔って気になりますか？　どうせいつかはみんな爺《じじい》なんだから、大差ないと思いますよ？」

初対面のときはあれほど王族の存在に怯《おび》えていたのに、一緒に街を歩いたことですっかり普段のエリオットになっていた。

本来であればこんな態度は失礼なのに、ローズ様はまったく気にも留めず、むしろ前のめりでエリオットに尋ねる。

「どうせいつかは、みんな爺？」

「あの、ローズ様、爺なんて言葉を……」

教育係の方々がいたら卒倒しそうだわ。

ところが、ローズ様はなぜか元気を取り戻す。

「光が見えました！　私、ホールへ戻ります！」

「え⁉」

一体何がそうさせたの？

その姿を見送る私に、アレンが言った。

「何にせよ、健やかなのはいいことだな」

「アレン、あなたローズ様のことを十歳くらいの子どもだと思っています？」

まさかね……。でも、もしかして。

ちらりと見上げると、アレンが目を丸くして私を見ていた。

自分でも気づいていなかった、といった様子だ。

「え？　もしかして、本当にそうなんですか？」

「ローズ様のことを大人として扱ったことはないな。……いくらなんでも失礼だった」

本当に子どもだと思っていたのね⁉

びっくりして私も目を丸くする。

それからしばらくして、ホールを見ればローズ様がゼス様と踊っていた。

二人は想像以上にお似合いで、何となくホッとする。

ゴドウィンさんに叶わぬ恋をしていたローズ様が、別の男性のことを考えられるようになるのはまだ先かもしれない。それでも、かわいらしい王妹殿下がずっと笑顔でいられるようなお相手に巡り合えたら……と願った。

ホールの喧騒《けんそう》から離れてテラスで寛いでいると、ルードさんとユンさんもシャンパングラスを手にやってくる。

皆でたわいもない話をしていると、そこに真っ赤なドレスを纏ったマルグリッド様がやってきた。

「皆様、こちらで密談ですか？　今度は何をなさるんです？」

いつも悪巧みをしているみたいな言われようである。

ルードさんは笑顔で受け流し、「たまには雑談もしますよ」と返すからさすがだ。

「あら？　レイファーさん、そのお姿は？」

マルグリッド様と一緒に歩いてきたレイファーさんは、いつもの女医スタイルではなく、男性用の青い盛装姿だった。

これはご令嬢方が放っておかないだろうな、とひと目でわかる。

「誰のせいだと思ってるの？　ヴォーレス公爵は医局塔のトップだったから、後始末が大変よ。おかげさまで、私がこんな格好して挨拶回りや各方面への根回しをしてるってわけ」

王弟という立場があっても、まだ若いレイファーさんが医局塔をまとめるのには反発する人もいるらしい。すぐには無理でも、何年もかけて体制を整えていくと彼は話した。

疲れて今は考えたくない、とも付け足す。

「マルグリッド様、皆様の反応はどうでしたか？」

この祝宴にヴォーレス公爵がいないことを、気づかない人はいない。明日には「療養」が発表されるだろう。

ヴォーレス公爵家の関係者が次々と処分されていることは周知の事実で、マルグリッド様に対して酷《ひど》い言葉を浴びせる人がいないとは限らない。

「ふふっ、面白い反応でしたわ。小娘をいいように扱って利を得ようという下心が透けて見える方々がたくさんいて、とても充実したお話ができました。家ごと取り込んでやろうと、自分を婿に……と言ってくる方もいましたわ」

まだ今夜は前哨戦《ぜんしょうせん》だ、という風にマルグリッド様は笑った。

そのお顔はすっきりした様子で、悲哀は感じられない。

「大丈夫です。今はわずかでも、希望がありますから」

ただ破滅するだけだと絶望していた日々とは違い、マルグリッド様はこれからが楽しみだと話す。

とはいえ、先行き不安であることには変わりなく――――。

「あぁ、でも困りましたわ。どれほど家門の力が衰えようとも、名家は名家ですから。私の結婚相手には、それなりに身分のあるお相手を選ばなければなりません」

マルグリッド様は、ちらりとルードさんを見た。

「ついでに、どなたかちょうどいい婿を差し出してくれません？」

ヴォーレス公爵家に婿入りできる身分で、しかも家とマルグリッド様を支えられるほどの男性となれば、そうは多くない。

無茶なお願いをされたように見えたルードさんだったけれど、何かに気づいたようにじっとレイファーさんを見た。

「何よ」

「ヴォーレス公爵家は医師の家系ですよね。それなりに身分があって、独身の男で……となると」

私たち全員の目がレイファーさんに集中する。

そういえば、こんなところにぴったりなお相手がいた。

「王弟で、軍医で、婚約者もいない二十九歳って貴重ですよね？　マルグリッド嬢」

ルードさんに尋ねられ、マルグリッド様は深く頷いた。

そしてレイファーさんに向き直り、真顔で告げる。

「私、あなたが欲しいです」

「何言ってんのよ!?　バカじゃないの!?」

逃げようとするレイファーさんを、間髪入れずにルードさんが捕まえる。

「なぜ今まで気づかなかったんでしょう？　これってけっこう大きな利があると思いません？　レイファーさんがヴォーレス公爵家に入れば余計なことを仕掛けてくる家はないでしょうし、上流貴族の権力争いが一気に沈静化します。素晴らしく健全化できそうです」

「大きな利って騎士団と将軍に、でしょう!?　私の利益は何なのよ!?」

ごもっともなお答えだった。権力志向ならともかく、軍医で気ままな立場を気に入っているとしたらメリットがない。

ところが、ルードさんは彼の腕をしっかりと捕まえたまま端的に言った。

「国の安寧」

「っ!?」

「レイファーさんは、国が乱れるのを望みませんよね？　だからこそ、私たちに協力もしてくださる。将軍を旗頭にして、ヴォーレス公爵家を手元に置き、この国や貴族界に安寧をもたらしませんか？」

悪魔の囁きをまともに聞いてしまったレイファーさんは、苦悶《くもん》の表情を浮かべていた。

「仕方ないわね……！　前向きに検討するわ」

即決はしなかったけれど、多分落ちそうな気がする。

確かに二人の結婚で解決できる問題はたくさんあるんだろうけれど、本当にいいのかしら？

そんな風に思っていると、ユンさんが笑顔で言い切る。

「ルードさんは、人柱を捧げるのも得意なんです」

将軍の補佐官は、どこまでも有能だった。

「人柱とは」

アレンもルードさんの作戦に異論はないらしく、どんどん外堀を埋められていくレイファーさんの様子を満足げに眺めていた。

祝宴を終え、まだ後始末が残っていると言ったアレンと別れ、私は先に邸《やしき》へと戻ってきた。

ヘルトさんやメイド長、リルティアらに迎えられ、彼らの表情を見たときはホッとした。

「奥様、おかえりなさいませ」

「ありがとうございます」

ニーナとエリオットもそれぞれの客間へ戻り、私も自分の部屋に戻って湯あみをした。

メイドたちにあれこれ世話を焼かれ、疲れた体を癒《いや》してもらう。

ユンさんは私を邸に送り届けるまでが仕事なのに、代わりの護衛が来てもなかなか離れようとしなかった。

アレンの心配性が移ったのかもしれない。

部屋から出ないので安心して休んでください、と告げると渋々といった風に納得してくれた。

「何かあればすぐに呼んでくださいね？」

「わかりました」

「何もなくても呼んでくださいね？」

「それじゃユンさんが休めませんよ？」

王妹殿下の警護からの祝宴というスケジュールを終えても、ユンさんは元気だった。私とは体力も気力も、そもそもの基礎が違うらしい。

「何かあれば呼びますから」

「それでは……」

笑顔でユンさんに手を振ると、扉が静かに閉まった。

一人きりの部屋で、私は温かいハーブティーを飲みながらアレンの帰りを待つ。

魔除《まよ》けのぬいぐるみを手に取り、そのもふもふした感触を楽しんでいると妙に静けさが気にかかり、この部屋はこんなにも広かったのかと寂しさを感じた。

それでも、次第に瞼《まぶた》が重くなってくる。

明日は休みだからアレンが帰ってくるまで起きて待っていよう。そう思っていたのに、慣れない荒事で疲労が溜《た》まった心身は限界だった。

「はぁ……」

ソファーに横たわると、あっという間に睡魔がやってきた。ストールに包まり、ほんの少しだけのつもりで瞼を閉じる。

暖かい部屋で、眠りに落ちるのは一瞬だった。

どれくらいの時間が経《た》っただろうか、私は自分がゆらゆらと揺れる感覚と、頬に当たる柔らかな毛布の感触で目を覚ます。

かすかにベッドが軋《きし》む音がして、まだ重い瞼を開けるといつもの黒い隊服を着たアレンがいた。

その両腕は私を包むように抱きかかえていて、ソファーからベッドまで運んでくれたのだとすぐにわかった。

「アレン……？」

「すまない、起こしてしまったか」

またすぐに閉じようとする瞼を懸命に押し開け、私はベッドの上で座り直す。キノコもどきの子がコロンとシーツの上に転がった。

「おかえりなさい」

「あぁ、ただいま」

額にチュッと口づけられると、少しだけ冷たかった。

アレンは今戻ってきたばかりらしい。

「あの」

話し合いはうまくいったのか。そう尋ねようとすると、彼は少しだけ微笑んで頷いてくれる。

「後はすべて、宰相がうまくやってくれる。マルグリッド嬢はレイファーを婿に迎え、家を継いで今度こそ自分の足で歩いていけるだろう」

「……よかった」

アレンはベッドに腰を下ろし、私の肩を抱き寄せて言った。

「ソアリスには苦労をかけたな」

「マルグリッド様を助けたいとお願いしたのは私です。すべて解決してくれて、ありがとうございました」

苦労したのは私ではなく、アレンやルードさん、それに特務隊の方々だ。

けれど、アレンはそう思っていないみたいだった。

「今回も、将軍の妻だから巻き込まれた事態だ」

「そんな」

「それに特務隊に関しては、仕事が増えて喜んでいたくらいだからな」

なんとも返答しにくいことだわ。

暴れられてうれしかったということよね!?

私は返答に困り、沈黙する。

しばらく寄り添っていると、アレンが真剣な声音で口を開いた。

「ソアリス」

「はい」

隣を見上げると、蒼い瞳がまっすぐにこちらを見つめていて、何事かと私は身構えてしまう。

アレンは少し言いにくそうにして、でも静かに話し始めた。

「明日から数日、家を空けることになった。まだ数十人の行方不明者がいて、彼女たちは国境付近の廃村にいるということがわかったんだ。騎士団を率いてそこへ向かい、邪教信仰者をまとめて捕縛する任務がある」

「まぁ、国境付近まで？」

「今夜のことが敵の組織にバレないうちに、すぐに王都を出発する。邪教のことは特務隊だけで秘密裏に処理すべき案件だから、表向きは訓練のための遠征ということになるな」

戦が終わったばかりだから、邪教信仰者が事件を起こしていたことは公にされない。

特務隊が後始末をつけることは理解できた。

「危険はないのですか？」

そう問いかけると、アレンは柔らかな笑みで頷く。

「心配ない。今日のように圧倒的に制圧することになるだろう。ヤツらは武力を持たない組織だから」

「そうですか……」

「結婚式までには帰ってくる。ソアリスは、いつも通り過ごしていてくれ」

私たちの結婚式まで、あとふた月。国境付近まで行って帰ってくるなんて、かなりの強行スケジュールだ。

けれど、何より無事に帰ってきてくれる方が大事だ。

私はアレンの手に自分の手を重ね、縋るように願った。

「無事に帰ってきてくださいね？　結婚式はできなくてもいいですから……」

執務で邸に帰ってこないことは、これまでだってあったのに。

急に心細くなり、不安がこみ上げる。

「ソアリスの花嫁姿を見るために戻ってくるのに？」

アレンはクッと笑うと、私の手を握り返した。

ゆっくりと顔が近づいてきて、柔らかな唇が触れ合う。

「これでは行きたくなくなる」

「…………」

行かないで、なんて言っちゃいけない。

だから別の言葉を探すけれど、何も思い浮かばなかった。

「ソアリス？」

何も話さない私を見て、アレンが不思議そうな顔をする。

私はどうすることもできず、無言で抱きついた。背中に回した腕にぎゅっと力を込めると、アレンも何も言わずに抱き締め返してくれる。

そして……。

「よし、もう行くのはやめよう」

「はぃ!?」

「ソアリスがこれほど寂しがっているのに、置いていけるわけないだろう」

「いえ、あの」

「ルードに任せて、これを機に辞職するのはどうだろうか」

「ダメですよ!?　私が寂しがっているから辞めるなんて、理由になっていません！」

慌てて顔を上げると、アレンが面白そうに笑いを漏らす。

「ははっ、寂しがっていることは否定しないんだな」

「――っ！」

指摘されると、一気に恥ずかしさがこみ上げてくる。

ちょっと夫が戻らないくらいで寂しいなんて、子どもみたいな……！

両手で顔を覆って反省していると、再び抱き締められた。

「寂しいと思ってくれるか」

「…………当たり前です」

一年にも満たない結婚生活なのに、こんなにもアレンを好きになってしまったから。この腕の中にいると幸せだと知ってしまった。

寂しくないわけがない。

「帰ってきたら、ずっと一緒にいてくださいね？」

せめてこれくらいは、伝えてもいいだろうか。叶わないことはわかっているけれど、私がアレンを必要としていることは覚えていて欲しい。

「約束する」

あまりに即答だったから、私はくすりと笑ってしまった。

「ありがとうございます」

「やはり行かなくていい方法を探そうか」

「ダメですってば」

「どうしても？」

「仕方のない人ですね、アレンは」

それからもたわいもないやりとりは続き、いつの間にか私が積極的に行けと言う側になってしまっていた。

行って欲しくないのに、行けと言わなければならない妻の立場って滑稽だわ。

寝室に朝日が差し込む頃になり、アレンは私や使用人たちに見送られて静かに出立した。


アレンが国境付近へ向かって二十日。そろそろ廃村に到着し、救出作戦を決行しているだろう。

私は、今日も金庫番の仕事に励んでいた。

午前中に片付けるはずだった書類はすべて終わり、午後にはおでかけする王女様のお見送りがある以外には緊急の仕事はない。

「ソアリス、そろそろ食堂に行きましょう」

メルージェに誘われて、私も席を立つ。

今日の食堂のメニューは、魚のパイ包み焼きだったはず。ボリュームがあるから、二人で半分に分けるのがいつものパターンだ。

「スコーンも食べたいわね〜。持ち帰りにしてもらって、後で部屋で食べない？」

「メルージェったら、もうおやつの話？」

「あら、いらないの？」

「いるわよ、もちろん」

笑い合いながら廊下を歩き、食堂へ到着するとそこにはすでにアルノーがいた。

今日は午後からなので、食堂で昼食をとってから仕事に入るつもりだったんだろう。

彼は私たちを見つけると、右手を上げて笑いかける。

「今ようやく昼食？　もう済ませたかと思っていたよ」

「そうね、申請書が多くてちょっと時間がかかったの」

席に着いて注文を済ませると、メイン料理がくる前にスープをいただく。

野菜がたくさん入っていて、ダイエットには最適だった。

「あれ、まだ痩せようとしているの？　結婚式の直前だと無理じゃない？」

「アルノー、この世には追い込みっていう言葉があるの。現実と理想は違うけれど、理想を追いかけるのは自由なのよ」

「へぇ、諦めが悪いっていうのとは違って？」

「…………」

私はスープを口に運ぶ。

「…………」

何だか思っていたよりおいしくない。

スープはいつもと同じ味のはずなのに、一口食べただけで食欲が一気に引いていってしまった。

「どうしたの？　ソアリス」

スプーンを持ったまま、動きを止めた私を見てメルージェが尋ねる。

「何でもないわ。ちょっと味がおかしいかもって思っただけで」

しかしここで慌てたのはアルノーだった。

「毒⁉　異物混入とかじゃないよね⁉」

「「えっ⁉」」

私とメルージェは驚いて目を瞠る。

「えっ、えっ⁉　でも食堂で出されるものは、全部毒見された後のはずよね」

メルージェの言葉に、私もうんうんと頷く。

アレンが過保護のあまり、王女宮の食堂に毒見役を配置したのは随分前のことだった。

「何ともない……？　舌の痺《しび》れや吐き気とか」

アルノーに尋ねられ、私はまたもや激しく頷いた。

「とにかく状況がわからないから医局塔へ連絡して、ソアリスは金庫番の控室で待機かな。風邪ひいただけかもしれないし」

「そうね、風邪なら味がわからなくなることがあるものね」

ヴォーレス公爵の件が片付いて、すっかり危機は去ったと思っていた。

私はメルージェとアルノーに付き添われ、護衛の待機場所へと向かう。

「ねぇ、これってただの風邪ならものすごく人騒がせなんじゃ……」

私事で申し訳ない、と呟くとメルージェがため息交じりに言った。

「仕方ないわよ、将軍の妻なんだから。むしろ風邪でも一大事よ？　結婚式まであとちょっとなのに」

「ううっ、何事もないことを祈るわ」

そういえば朝からちょっとだるかったような？

仕事中は忘れていたけれど、今さらそんなことを思い出した。

金庫番の控室で待機していると、アルノーから連絡を受けたユンさんとレイファーさんが急いで駆けつけてくれた。

軍医さんを呼び出してしまっただけでも申し訳ないのに、今日はレイファーさんの部下が二人も一緒に来てくれている。

「あなた、私を呼び出すだなんていい度胸してるじゃないの」

「申し訳ございません……！」

小さくなっていると、レイファーさんが医師以外を部屋の外へ追い出す。

「で、見たところ顔色はよくないけれど元気そうじゃない」

「はい、味がおかしかっただけで毒ではないような。それにほかの人はいつも通りの味だったって言っていますし」

「本当に人騒がせな子ね。まぁいいわ。私たちも面倒な会議を抜けてこられたから許してあげるえ、会議を抜けていいんでしょうか？

目を丸くしていると、部下の女性二人がくすくすと上品に笑いを漏らした。

「あぁ、こっちは部下のエリカとアイヴィーよ。本物の女」

「本物って」

「で、本題に入るけれど、あなた毒より先に疑うものがあるんじゃないの？　私はまずそっちだと思ったんだけれど」

「そっち、とは？」

わりと元気な方なので、体調を崩すことはあまりないのに……。としばらく思考を巡らせる。

しかしレイファーさんはせっかちなので、私を待ってはくれなかった。

「子どもができた可能性は？」

「え……？　子ども？」

「そう、子ども」

しまった。

さっきアルノーが「毒」って言ったから、そのインパクトに引きずられてまったく妊娠のことを想像していなかった！

「え？　え？　えええ？」

混乱して沈黙していると、レイファーさんが呆れながらも問診を始める。

「身体がだるかったり、夜寝つきが悪くていまいち熟睡できなかったり、食欲が減ったり……そんな違和感は？」

「全部あります」

あぁ、レイファーさんの目が怖い。

申し訳なさすぎる。

「まだそうと決まったわけじゃないけれど、多分つわりね。しばらく様子を見た方がいいわ。仕事は休みなさい」

「え、あの、でも」

「アレンがいないときにあなたが倒れでもしたら、国が亡びる前段階に一歩近づくのよ！」

「そんなバカな」

「とにかく！　本当に子ができたか確定するまでは、寝室から一歩も出るんじゃないわよ！　わかったわね！」

「は、はい……」

レイファーさんの勢いに圧倒されて、私は寝室から出ないことを約束させられた。

すぐにユンさんやメルージェが呼ばれ、各所への手配や根回しが行われることになる。

私は椅子に座っているだけで何も許されず、そのまま早退することになった。

【エピローグ】二人は永遠の愛を誓う

今日はいよいよ結婚式。

王家のメイドやスタッド商会のドレスサロンスタッフが総出で私の準備に取りかかり、四時間かけて花嫁姿に仕上げられた。

「本当におきれいです」

「ありがとう、ユンさん」

白に金糸の刺繍《ししゅう》が入った騎士服を着たユンさんは、今日も私のそばに控えてくれている。

「こんな日を迎えられるなんて、思ってもみませんでした」

アレンと結婚して、もうすぐ十一年。戦地へ行ったきり戻ってこない夫のことなんてすっかり忘れ、出稼ぎへやってきた王都で、これほどまでに盛大な結婚式を挙げることになるなんて……。

今日のために用意された花嫁衣装は、アイボリーと水色の華やかなドレス。

光沢のある生地には細やかな花模様が刺繍されていて、長袖は総レースという豪奢《ごうしゃ》なデザインだ。

ちりばめられた美しい宝石も、長いヴェールも、愛する家族や友人から贈られるおめでとうの言葉も、とっくの昔に諦めたものばかりだった。

「何もかもが揃《そろ》っているのに……」

そう。こんなにも、ありとあらゆる祝福に包まれているのに。ただ、一つ足りないものがある。

「どうしてアレンがここにいないんでしょうね⁉」

私はがっくりと肩を落とす。

挙式まであと三時間。アレンは未《いま》だに大聖堂へ到着していなかった……‼

「大丈夫です。もしも間に合わなくても、陛下が賓客に謝罪してくれますから」

「ユンさん、そんな恐ろしいこと」

私一人で婚礼の儀はできないから、アレンが戻らなければ国王陛下が直々に賓客の皆様に謝罪してくれるらしいけれど、国のトップが謝罪するとは……。

将軍が自分の結婚式にいなくて、陛下が謝罪。申し訳なさすぎて、気絶しそうだわ。

私にできることは、待つことだけだった。

「アレンはきっと戻ってきてくれます。私は信じています」

「ソアリス様……。鞭《むち》ならここにありますので」

「使いませんからね⁉　遅れたとしても、そんな物いりませんからね⁉」

ところが、予定時刻のわずか三十分前。にわかに表が騒がしくなる。

「アレン様が戻られました！」

見張りをしていたノーファさんが、私の控室へ飛び込んでくる。

普段はまじめで規律を守る彼なのに、このときばかりはノックもせずに報告に来たのだから事態の深刻さが感じられた。

「アレンは⁉」

「騎士に捕まり、控室に放り込まれ……じゃなかった、準備に入っています」

私は椅子から立ち上がり、すぐに大聖堂の正面へと向かう。

「何とか間に合ってよかったですね。アレン様がこの後きちんと式をまっとうできるといいのですが」

「ふふっ、さすがに大丈夫だと思いますよ？」

招待客は、すでに大聖堂の中に揃っている。

アレンの到着がギリギリになったおかげで、私は妙に落ち着いていた。

「ユンさん、これからもどうかよろしくお願いしますね」

「はい。ずっとおそばにおりますよ」

ユンさんの手を取り、ゆっくりと階段を上がっていく。

見上げた空はどこまでも高く、清々《すがすが》しいほどの青が広がっていた。

目の前には、花や草木の彫刻が見事な扉が見える。この先はもう、婚礼の儀を行う礼拝堂だ。

改めて大聖堂のつくりを眺めていると、本当に結婚式をするんだなぁと実感が湧いてくる。

アレンと再会してから、彼に翻弄されっぱなしだった。これからもきっと愛情過多な夫に翻弄されながら、幸せな日々を重ねていくんだろう。

未来のことを考えると、自然に唇が弧を描く。

右手をそっとお腹《なか》に添えると、今まであったすべての出来事に感謝する気持ちになれた。

「ソアリス！」

大聖堂の階段下。式典用の隊服に着替え、しっかりと髪も整えたアレンがいた。

胸には勲章がいくつもついていて、ノーグ王国が誇る凛々《りり》しい将軍がそこにいた。

アレンは瞬く間に階段を駆け上がると、長い脚でまた一気に私との距離を詰める。

「おかえりなさい」

「ただいま」

ぎゅっと抱き締められ、そのぬくもりに私は目を閉じてひと息つく。

よかった、無事に戻ってきてくれて。結婚式に間に合ったことよりも、彼が無事でいてくれたことがうれしかった。

「待たせてすまない。ようやく戻ってこられた」

私の髪に顔を埋め、アレンが囁《ささや》くように言った。

「ふふっ、無事で何よりです」

腕を緩めたアレンは、私を見下ろして目を細める。

その笑顔があまりに幸せそうで、私は胸がいっぱいになった。

「よく似合っている。とてもきれいだ」

そう言うアレンは今日も眩《まぶ》しいくらいにきれいで、つい見惚《みと》れてしまう。

「ありがとうございます。アレンもとても素敵です」

大きな手が頬にかかり、二人の唇が重なる。

周囲には神官や護衛がいるのに、アレンはいつも通り躊躇《ためら》いなくキスをした。

恥ずかしいけれど、今日ばかりは仕方ない。結婚式だからいい、ということにしよう。

私は、無理やり自分を納得させる。

「明日からは毎日一緒にいられる。陛下が約束通り、蜜月休暇の十五日間を認めてくれたからな」

まさか本当にお休みが取れるとは。

予想外のお知らせに、私は驚いて目を瞬《しばたた》かせる。

「ソアリスとゆっくり過ごすのもいいが、どこか行きたい場所があるなら二人で行こう」

「二人で？」

「あぁ、二人きりで過ごしたい」

忙しいこの人とゆっくり過ごせる日が来るなんて。結婚式が挙げられることにもびっくりだけれど、休暇までもらえるなんて二度びっくりだ。

けれど、今のうちに伝えておかなければいけないことがある。

「アレン。あの、今はあまり遠くへは行けないんです。移動が、ちょっと……」

上目遣いに伝えると、アレンが心配そうに見つめ返した。

「どこか具合でも悪いのか？」

「えっと、具合が悪いといいますか……」

私は苦笑いで小さく首を振ると、彼は少し首を傾《かし》げて言葉の続きを促す。

「レイファーさんたちの見立てでは、子どもができたと」

私はお腹に手をやり、視線を落とす。

アレンが帰ってきたらすぐに報告しようと思っていたから、面と向かって伝えることができてホッとした。

「つわりはそれほど重くないので出かけることはできます。でも、遠出はさすがに無理だと……って、アレン？」

見上げれば、アレンはピタリと動きを止めていた。

放心状態という表現がふさわしい。

「アレン？」

もしかして、びっくりしすぎて声が出ないのかしら？

しばらくじっと彼を見つめていると、はっと気づいた彼は再び私を抱き締めてきた。

「子ども、か」

「はい、おそらくは……」

「そうか」

「はい」

これまでとは違い、気遣うように、遠慮がちに力を込めるアレン。かと思ったら、急に私を抱き上げた。

「きゃあっ！」

突然のことに私は思わず悲鳴を上げ、彼の首元に手を回してしがみつく。

アレンはくるりと振り返ると大聖堂の扉に背を向けてしまい、そばに控えていた人たちに大声で宣言した。

「祝宴はすべて取りやめる！」

「「「えええええええ!!」」」

うん、びっくりですよね。

私も驚いています。

「アレン!?」

「つわりが重くないとはいっても、万全ではないんだろう！　結婚式なら二人きりですればいい、人目に晒《さら》されて神経をすり減らしたら腹の子に障る！」

神官たちはオロオロし始め、ユンさんは呆《あき》れて笑っている。

近衛や護衛騎士らは呆気《あっけ》に取られていて、アレンを止めることができずにいた。

こうなるともう、ルードさんしか止められる人はいない。

私が困っていると、救世主は遅れてやってきた。

「アレン様、今日は諦めてください。奥様のことは全力でお守りしますから」

式典用の隊服に着替えたルードさんは、じとりとした目でアレンを睨《にら》む。

「もういっそ、今日はおまえとユンリエッタの結婚式にすればよいのでは」

「せっかく一つ事件が片付いたのに、新たな事件を起こさないでください」

私もユンさんもうんうんと頷《うなず》いて同調する。

結婚式の新郎新婦を入れ替えるなんて、どう考えてもできることではない。

「だが、それが一番被害が少なくて済むぞ？」

「だからそういうことは、被害者に向かって言うことじゃありませんって」

ルードさんが呆れ顔になるのもわかる。

さすがに今日だけは無茶ぶりが通用しないと思うわ。

「アレン、私なら大丈夫ですから」

どうにか説得し、大聖堂の扉の前で下ろしてもらった。このまま抱きかかえられて入場……なんてことにならずによかった。

気づけば予定時刻の直前で、神官たちは慌ただしく動いている。

私はアレンの隣に立ち、左腕にそっと自分の手を添えた。

重厚感のある管楽器の音色が響き、ついに結婚式が始まる。

「ようやく、ですね」

隣を見上げると、アレンは穏やかな笑みを向けてくれた。

「ようやく、だ」

これからは、できればゆったりとした日々を送りたい。

平凡で何気ない日々を、この人と一緒に過ごしていきたい。

「十年か」

アレンがぽつりと呟《つぶや》く。

私も何気なく、同じように返した。

「十年ですね」

たくさんすれ違った分だけ、幸せになれると信じたい。

ふと視線を感じて隣を見ると、穏やかな蒼《あお》い瞳がこちらに向けられていた。

「俺は生涯、ソアリスだけを愛する。神ではなく、ほかでもないソアリスに誓う」

「はい。私も、あなただけを愛しています」

ゆっくりと開く大きな扉。私たちはたくさんの花びらが舞う中、赤い絨毯《じゅうたん》の上を歩いていった。

後日談　これからもずっと

春の柔らかな日差しが窓辺に降り注ぎ、私は自分が座ったままうたた寝をしていたのだと気づいた。

「ぶぅ」

ゆりかごの中にいる愛娘《まなむすめ》は、ゆらゆらと動かしていた私の手が止まったことにちょっと怒っているみたいで、じっと抗議の目を向けている。

「あぁ、ごめんね。ルチア」

生後四カ月のこの子は、アレンに似た黒髪に蒼《あお》い瞳の女の子。大きな目が堪《たま》らなく愛らしくて、見ているだけでつい笑みが零《こぼ》れる。

「お姉様、そろそろミルクあげてもいい？」

そばでおもちゃを手にしているのは、婚約者の家に花嫁修業に行っているはずの妹。ルチアが生まれて以来、すっかり叔母バカになってしまったニーナは、何かと理由をつけてはこの子を構いに来ている。

「ミルクはあげてもいいけれど、そろそろ戻った方がいいんじゃない？」

「ええ〜、今日は泊まっていく。ルチアと一緒に寝るわ」

「またそんなこと言って……」

そろそろお迎えが来るのでは、と思っていると予想通り扉をノックする音が聞こえてきた。

「奥様。お客様です」

リルティアの声に、私はすかさず返事をした。

「どうぞ」

ガチャリと扉が開く音がして、扉の前に置いてあった衝立《ついたて》の脇から姿を現したのは見目麗しい紳士だった。

「こんにちは、姉君。ニーナを迎えにまいりました」

「クリス様。いつもすみません」

ニーナは本来、ここにいるはずがない。

今は、クリス様の婚約者としてシュヴェル侯爵家にお世話になっているのだから……。

二人が婚約したのはつい二カ月前ほどのこと。

夜会の折に、どこかのご令嬢に媚薬《びやく》を盛られたクリス様をニーナが発見して、大量の水を飲ませて口内に指を突っ込んで吐かせるという暴挙（英断？）の末、医局塔まで背負って運んでいったのが二人の婚約のきっかけだった。

貴族令嬢らしからぬ体力と根性があることは知っていたけれど、まさか成人男性を背負って歩けるくらい力があったとは……。

目を覚ましたクリス様は、妹の逞《たくま》しさに惚《ほ》れ込んで求婚したらしい。

私としては、ニーナと年は十歳ほど離れていても誠実なお相手が見つかってうれしかったのだけれど、問題は婚約後だった。

「さぁ、ニーナ。帰りますよ」

「……今日はここに泊まっちゃダメですか？」

「それは承服しかねます。私を邸《やしき》に一人にする気ですか？」

「お邸にはいっぱい使用人がいるじゃないですか」

ニーナが帰りたがらないのは、何とも残念な理由だった。

私は呆《あき》れて苦言を呈す。

「せっかく迎えに来てくださったのだから、シュヴェル家に戻りなさい。それに私は婚約前に言ったでしょう？　質素倹約と極貧は違うって」

「だって、想像以上にお金持ちだったんですもの……！　詐欺だわ」

これにはクリス様も苦笑いだった。

彼の婚約者がなかなか決まらなかったのは、そのお立場のこともあるが、ご令嬢方から「シュヴェル家の質素倹約のモットーが嫌だ」と言われ続けてきたことも大きい。

それなのに、今度は「お金持ちすぎる」という理由でニーナに逃亡されるとは予想外だっただろう。

クリス様は怒りもせず、「もうすぐ慣れますよ」とだけ言った。

「さぁ、帰りましょう。私はあなたがいないと寂しいです」

きらきらのご尊顔と優しい声でそんなことを言われては、その手を取らないわけにはいかない。

ニーナはちょっと照れたように目を伏せつつも、差し出された手を取ってようやく立ち上がった。

「そこまで言うなら、帰ろうかしら？　お姉様、また来るわ」

もうしばらく来たらダメでしょう。いくら近いとはいえ、花嫁修業はきちんとしなくては。

三人で一階へと下りていくと、すでにニーナの荷物をまとめたリルティアが待っていた。

できる使用人がいて何よりだわ、本当に。

「クリス様、今度はゆっくりお茶でも飲みにいらしてください」

私は苦笑いで手を振って、ルチアと共に見送りをする。

ニーナはルチアのちっちゃな手を握り、「また来るね」と名残惜しそうにしていた。クリス様とニーナは仲睦《なかむつ》まじい様子で帰っていき、私も一安心だった。

せっかく玄関まで下りてきたのだからルチアと庭を散歩しようかと思っていたところ、このタイミングでアレンが訓練から戻ってくる。

「クリス殿とすれ違った。またニーナが逃げてきていた？」

アレンが大体の事情を察し、苦笑いで話しかける。

「おかえりなさい。そうなんです。でも二人して邸へ帰りました」

私とルチアの二人の頬にキスをして、笑顔を向けるアレン。

凛々《りり》しい将軍も、愛らしい娘の前では自然に表情が和らぐ。

「元気に遊んでいたか、ルチア」

「だっ、ばっ、ぶぅ」

「そうか、いっぱい遊んだのか」

まるで、会話できているように見えるから笑ってしまう。

「今日は早かったのですね」

子どもが生まれても、アレンは相変わらず忙しい毎日を送っている。珍しく夕暮れ前に帰ってきたから驚いた。

「隣国の使者の到着が遅れていて、今日の会談がなくなった。明日の午後まで休みだ」

「よかったですね」

笑顔を向けると、アレンも口角を上げて頷《うなず》いてくれる。

「見送りだけなのに上着を着ているのは、散歩でもする予定だったのか？」

「ええ、そのつもりでした」

「俺も付き添おう」

帰ってきたばかりなのに、アレンは当然のように私たちと共に庭へ向かう。

剣を家令に預けると、私の手からルチアを引き受け歩き始めた。

「アレン様、おかえりなさいませ」

外へ出た私たちを追いかけてきたのは、メイド姿のユンさん。

先日、騎士を辞職し、正式に私の護衛兼メイド兼話し相手というマルチな側役になった。

ユンさんはルチアの顔を覗《のぞ》き込み、うれしそうに話しかける。

「ルチアお嬢様、お散歩ですか。早く大きくなって、私と剣の稽古をしましょうね」

「えーと、お手柔らかにお願いしますね？」

ルチアがアレンに似ていればいいけれど、運動神経が私に似ていたら……。

考えるのはやめよう！

見た目がアレンに似ているんだもの、きっと能力もアレンから引き継いでいるはずよ。

私は曖昧な笑みを浮かべ、アレンの隣を歩いていく。

「すっかり暖かくなりましたね」

「そうだな。昼間なら、もっとルチアと散歩ができるかもしれないな」

庭園の入り口へやってくると、辺り一面にはすでに薔薇《ばら》の香りが広がっている。

ルチアはアレンの隊服を小さな手でぎゅっと掴《つか》んでいて、色とりどりの花をじぃっと見つめていた。

平和だなぁ、としみじみ感じていると、背後から人が走ってくる気配を感じて振り返る。

私たちを追ってきていたのは、相変わらず補佐官として忙しくしているルードさんだった。

「あら、お迎えが来ましたよ。ユンさん」

「本当ですわね」

ユンさんが迷惑そうな顔をしている。

ルードさんが今日ここへ来たのは、アレンの持ち帰り仕事を運んできたわけではない。

新妻を叱りに来たのだ。

「ユンさん！　メイドの仕事はせずにじっとしていてくださいって言いましたよね⁉」

開口一番、ユンさんに苦言を呈すルードさん。

アレンから心配性が移ったのかもしれないわね、と密《ひそ》かに思った。

「あら、心配せずとも大丈夫ですよ」

「大丈夫と言う保証はどこに⁉」

ルードさんが心配するのも無理はない。

だってユンさんったら、もうお腹《なか》がぽっこり目立つくらいなのに訓練に参加しようとしたり、メイドとして私の世話をしようとしたりするんだから。

妊娠がわかってから、この二人の言い争いはもう毎日のように発生しているから見慣れてしまった。

「もう、過保護なんですよ⁉　ルードさん言ってましたよね、いざというときもアレン様を優先するからあなたのことは守れないと。それでいいと私は言ったではありませんか！」

反論するユンさんは、過保護にされてうっとうしそうだった。

急に行動を制限されても困る、というのが言い分らしい。

「あれは究極の二択の場合です！　平時から妻に優しくない夫なんて人としておかしいでしょう!?　私は日常的には、あなたを気にかけますし案じもします！」

ものすごく正論で返されて、ユンさんは不満げに唇を尖《とが》らせる。

それがおかしくて、私はふっと笑ってしまった。

アレンは付き合いきれないとばかりに私の背中に手を添え、庭園の先へ行くように促す。

「ユンリエッタはルードに任せて、俺たちは家族水入らずで散歩をしよう」

「ふふっ、そうですね」

なんだかんだ喧嘩《けんか》しつつも、あの二人は仲がいい。心配は無用だった。

私たちは薔薇を見ながら、ゆっくりと庭園の奥へ歩いていく。

そしてしばらくすると、アレンの腕の中でルチアがすーすーと寝息を立てていることに気づいた。

さっきまでニーナと遊んでいたから、今になって眠気がきたんだろう。

「気持ちよさそうに寝ていますね」

「そうだな」

「寝顔なんてさらにアレンにそっくりですね」

「ルチアはソアリスに似ていると思うが」

「ええ？　アルノーとメルージェも、『将軍にそっくり』って言っていましたよ？」

二人は昨日、揃《そろ》ってこの子を見に来ていた。

結婚の報告をするために来たんだけれど、メルージェがルチアをかわいいと言って離さなかったのですっかり話題が子どものことに移ってしまっていた。

「あの二人は、結婚式はいつにすると？」

「来月、親族だけで行うそうです。二人とも平民だから、大げさなことはしないと」
平民の場合、教会で二人きりで婚儀を行うのが一般的だ。

アルノーの場合はスタッド商会の看板があるのでそうもいかず、親族を集めたパーティーは開くという。

休暇も三日間だけで、家の方はしばらく家族向けの寮に入るらしい。
ようやく二人が幸せになってくれて、私だけでなく金庫番の皆も安心している。

「結婚の贈り物は、何にしましょうか」

「アルノーからは、魔除《まよ》けはいらないと事前に釘《くぎ》を刺されたからな」

あの魔除けは、私室のソファーに置いてある。
娘があれに気づいたとき、何を思うのだろうか。
成長が楽しみだ。

庭園の奥までやってくると、花の香りが満ちる小路《こみち》で私たちは立ち止まった。

「ここに来ると、ソアリスとやり直そうと必死だった頃を思い出す」

「ふふっ、色々ありましたね」

この場所は、アレンが離婚しないと宣言してくれた場所だ。
両手に百合《ゆり》の花束を抱え、緊張の面持ちで現れたアレンの姿は今でもはっきり覚えている。

――さっき将軍を辞めてきた。
――ソアリスが俺に褒美をくれると言うのなら、俺は君の一生をもらい受けたい。どうかアレンディオという一人の男を好きになれるよう、歩み寄ってはくれないだろうか？

きっとこれからも、私はここに来るたびに思い出すのだろう。

今だって、あのときのことが頭に浮かぶと自然に笑みが零れる。

「結婚しているのに、今日から婚約者として……って言われたときはどうなることかと思いました。でも、とてもうれしかったです」

「あのときはただソアリスと離れたくなくて、どうすれば俺を見てくれるのかとそれだけを考えていた。あれからもう二年なのか、まだ二年なのか」

気持ちが通じ合って、こんなに早く娘まで授かって、あのとき離婚しようと悩んでいたことが嘘《うそ》みたいに思えてくる。

アレンも同じことを思ったのか、目を合わせて笑い合った。

私をまっすぐに見つめてくれる蒼い瞳は、あの頃と変わらず優しい。

「俺と一緒になってよかったと、思ってくれるか？」

今さらそんなことを聞くなんて。

世間でどれほど武勇を称《たた》えられようとその実は妻を愛する一人の人間で、私の心を欲するこの人がかわいらしく思えてしまう。

「もちろんです。私はあなたの妻になって、本当に幸せです」

笑顔でそう伝えると、アレンは満足げに微笑《ほほえ》んだ。

そしてゆっくりと顔を寄せ、柔らかな唇を重ねる。

できれば、この平穏な日々が永遠に続いて欲しい。

離れ離れだった十年よりも、これからの日々の方がずっと長いのだから。

そっと寄り添えば、呟くような声が降ってきた。

「あぁ、幸せすぎるなこれは」

「……そうですね」

花びらが風に舞う庭園で、心安らかでいられるひとときは続いた。

あとがき

こんにちは、柊一葉です。『嫌われ妻は、英雄将軍と離婚したい！』三巻をご覧いただき、誠にありがとうございます。

突然の政略結婚から始まった二人の物語は、ついに完結を迎えました！

書籍化にあたりたくさんの方々にお世話になり、しかも憧れの三浦ひらく先生のイラストで嫌われ妻の世界を描いていただけて、私にとって印象深い作品となりました。

どこまでも一途で不器用で、まっすぐすぎて空回りしているアレンディオ。真面目で苦労人、そして自己評価が低くて慎重派のソアリス。一巻ですれ違いを解消し「もう一度やり直そう」と誓いますが、その後も幾つもの試練が訪れました。

そのたびに、アレンディオのどこまでもソアリスのことだけを考える溺愛ぶりが顕著で、それなのになかなか本物の夫婦にはなれないという……。

三巻では不憫ヒーローとして輝きつつも、積年の想いを遂げられてよかったと思いました。

じれじれな二人を見守ってくださった皆様、本当にありがとうございます。

ハッピーエンドの先にも様々な試練は降りかかりそうですが、すべてアレンディオが強引に何とかしてくれるでしょう。愛の力は偉大ですね！

キノコの魔除けも二人を見守ってくれることですし、アレンディオとソアリスにはこれからもたくさんの幸せが満ち溢れていてほしいなと思います。

そして、ルードとユンリエッタにも幸せになってもらいたいなという気持ちです。強く逞しい女性が大好きなので、ユンリエッタにはどんどんルードを振り回してもらって……。

アレンに振り回され、ユンリエッタにも振り回される不憫なルードを愛でたいです。

完結を迎えることは寂しくもありますが、ウェブ版にはないシーンも加筆することができ、最後までご覧いただけた満足感でいっぱいです。

応援していただいた皆様に心より感謝を申し上げます。本当にありがとうございました。

また新しい作品を皆様にお届けできるよう励みますので、ぜひご注目ください。

書籍版は三巻で完結となりましたが、コミカライズはゼロサムオンラインにて現在連載中です。コヤマナユ先生が描くすれ違いコメディをお楽しみください。

どうかこれからも、応援をよろしくお願いいたします。

嫌《きら》われ妻《づま》は、英雄将軍《えいゆうしょうぐん》と離婚《りこん》したい！3

永遠《えいえん》を誓《ちか》う夫《おっと》の溺愛《できあい》からは逃《に》げられません。

2023年8月5日　初版発行

初出……「嫌われ妻は、英雄将軍と離婚したい！いきなり帰ってきて溺愛なんて信じません。」

小説投稿サイト「小説家になろう」で掲載

著者　柊 一葉

イラスト　三浦ひらく

発行者　野内雅宏

発行所　株式会社一迅社
〒160-0022 東京都新宿区新宿3-1-13 京王新宿追分ビル5F
電話　03-5312-7432（編集）
電話　03-5312-6150（販売）
発売元：株式会社講談社（講談社・一迅社）

印刷所・製本　大日本印刷株式会社
ＤＴＰ　株式会社三協美術

装幀　AFTERGLOW

ISBN978-4-7580-9571-6

おたよりの宛て先

〒160-0022 東京都新宿区新宿3-1-13 京王新宿追分ビル5F
株式会社一迅社　ノベル編集部
柊《ひいらぎ》 一葉《いちは》 先生・三浦《みうら》ひらく 先生